L'Irrésolu

Patrick Poivre d'Arvor

L'Irrésolu

ROMAN

Albin Michel

IL A ÉTÉ TIRÉ DE CET OUVRAGE
VINGT-CINQ EXEMPLAIRES
SUR VÉLIN BOUFFANT DES PAPETERIES SALZER
DONT QUINZE EXEMPLAIRES NUMÉROTÉS DE 1 À 15
ET DIX HORS COMMERCE NUMÉROTÉS DE I À X

22, rue Huyghens, 75014 Paris

www.albin-michel.fr

ISBN broché 2-226-11670-2
ISBN luxe 2-226-12001-7

Pour Arnaud

Nous commençons toujours notre
vie sur un crépuscule admirable.

René Char

1.

LES condamnés prirent place à l'intérieur des fourgons de police dans un silence de mort. Les chevaux piaffaient par moments, secouant les berlines noires et jetant les uns contre les autres des êtres qui, la veille encore, se connaissaient à peine.

Le froid était pénétrant en cette nuit de janvier ; les hommes rentraient sous leur pelisse des épaules déjà voûtées depuis l'annonce du verdict : prison pour tous.

Victor avait été l'un des derniers à monter dans le fourgon de queue. Calé à l'arrière contre l'épaule d'un brigadier au regard absent, il tressautait au rythme des cahots et fixait, au-delà des barreaux de la portière, le pavé luisant qui défilait. Et, avec lui, ses espérances brisées.

Le convoi se dirigeait vers la prison Saint-Paul en suivant les quais de Saône. Sur le pont qui faisait face au palais de justice de Lyon, l'attention de Victor fut attirée par des éclairs au magnésium. Les photographes de presse immortalisaient le juge Héron prenant la pose au-dessus du fleuve qui charriait chaque jour de nouveaux cadavres d'assassinés, de trafiquants et de proxénètes. Victor frémit de dégoût.

2.

HÉRON pouvait être fier de lui ce soir-là. En ces premiers jours de 1883, il vivait l'épilogue d'une instruction que le procureur lui avait confiée en récompense de la souplesse de son échine sous l'Empire puis sous la République. Une affaire en or, qui lui vaudrait avancement et renommée. La société lui avait simplement demandé de frapper fort, pour se laver de sa mauvaise sueur, de ses mauvaises peurs.

Dissimulé derrière un pilier de la mezzanine qui surplombait la salle d'audience, Héron avait humé avec délices, trois jours durant, les exhalaisons de ce procès longuement mijoté : soixante-six anarchistes dans la même marmite !

Il avait entendu les dérisoires protestations d'innocence des accusés, broyés par une machine implacable. Elle dictait à l'ordonnance de renvoi ce qu'avait conclu le rapport d'expertise, à l'accusateur public ce qu'avait dit le juge, au président ce que demandait le procureur. Le tout avec les exquises nuances lyonnaises dont ce ragoût de bouchon gardait le secret : un expert bien déterminé à ménager la précieuse clientèle d'un juge, lui-même attentif à jouer de tous les vices et perversités pour attirer chacun dans ses pièges.

Le procureur Bile, lui, n'avait pas ces finesses. Il était là pour marcher au canon ; on le lui avait demandé en haut lieu. Comme il était un peu lourd, la progression avait été lente, mais au terme de huit heures d'éloquence chantournée, il pouvait estimer avoir rempli sa mission : il avait envoyé presque tout le monde au trou. Il avait délicatement essuyé la bave qui coulait de sa bouche, retrouvé le teint verdâtre qui s'accordait si bien avec son nom, et guetté les murmures approbateurs ou les clins d'œil de connivence que devait lui valoir son discours-fleuve. N'ayant rien vu ni entendu de tel, il en avait conçu quelque amertume et s'en était retourné chez lui, fermant sa porte à double tour, car il craignait les voleurs quand ils n'étaient pas à sa merci.

Quant au président, toujours ferme et courtois, il était bien embarrassé : il lui restait un fond d'humanité. Par chance, ses deux assesseurs – deux vieillards au regard délavé par trop de turpitudes étalées – connaissaient mieux que lui la vieille recette à appliquer dans ces affaires déjà jugées par l'opinion : prenons les réquisitions, multiplions par deux et divisons par trois, fignolons et enrobons.

Le juge Héron savait tout cela et il aurait pu raconter à l'avance le déroulement du procès, mais il ne se lassait pas de voir les bourdons s'engluer dans cette toile d'araignée qu'il avait patiemment tissée pendant des mois avec la tacite approbation de ses chefs, eux-mêmes fidèles serviteurs du pouvoir politique, sous les bruyants applaudissements des éditorialistes. En échange de quoi, il avait enseigné à quelques journalistes le métier de greffier, qu'ils découvraient avec ivresse. Certains, plus doués que d'autres, avaient l'art d'antidater les procès-verbaux qui publiaient ainsi les réponses à des questions qui n'avaient pas encore été posées...

Héron, du haut de sa mezzanine, observait le dos courbé de ses obligés, transformés en scribes de misères humaines dont ils savaient déjà les tenants et les limites. Elles leur ressemblaient tant...

3.

TÉTANISÉ dans les premières heures par la solennité des lieux et l'enjeu du procès, Victor se détendait peu à peu et exploitait au mieux cette étrange faiblesse de son caractère qui lui permettait d'être tout à la fois acteur et témoin de sa propre vie.

Depuis l'enfance, il avait appris à se regarder passer, comme du haut d'un balcon. Il ne jugeait jamais, balançait souvent entre une opinion et son antithèse, se mettait facilement à la place de son contradicteur, estimait qu'il y avait du vrai partout et qu'au fond, rien n'avait d'importance.

Il se mit donc à observer le déroulement de l'audience, d'un œil presque détaché, comme si toute cette affaire ne le concernait qu'incidemment. Son goût pour les échecs l'incitait à partager les êtres qui s'agitaient dans ce huis clos en pions noirs et blancs, de part et d'autre d'une barre d'acajou brillant. Tout au fond, les appartements royaux de la Cour, si bien nommée. Le roi trône en alternant sévérité et bonhomie ; chacun est prié d'apprécier et d'obtempérer. Il a pouvoir souverain sur sa salle qu'il peut à tout moment faire évacuer par ses hallebardiers. Il est vêtu de noir, tout comme ses deux vice-rois qui s'ennuient à ses côtés. L'accusateur public, lui, ne manifeste jamais de lassitude. Il s'emporte ou bout intérieurement, et ne déteste pas les effets de manches. Aux échecs, ce serait le fou, mais il ne faut pas accabler la fonction, essentielle pour la digestion naturelle de la justice. Face à lui, alerte et primesautière, la greffière, hors du jeu.

Ces cinq personnages ont chacun une place, un sous-main, un verre d'eau et même, pour le roi et le fou, une carafe. Ils ne bougent qu'exceptionnellement. Beaucoup plus remuante en revanche, la cohorte des cavaliers-avocats qui, vu leur nombre et celui des prévenus, ne bénéficient pas tous de sièges de choix. Les derniers arrivés doivent assister aux débats debout. Attentifs à la moindre mise en cause de leur client, aux aguets lorsque celui-ci va s'exprimer, de peur qu'il ne commette une bourde, ils se dispersent dès qu'il s'agit d'un autre accusé. Le tout donna à Victor une impression de grande volatilité.

Il les entend chuchoter, s'esclaffer, soupirer, tandis que parle le procureur, au risque d'encourir une réprimande présidentielle. Le récalcitrant plonge alors le cou sous l'étrange bavoir qui est l'emblème de sa fonction ; du moins a-t-il pu protester et faire valoir les droits de la défense, dans l'infime espace de liberté qu'on veut bien lui concéder.

Cette troupe est plutôt sympathique à Victor. Parce qu'elle a le beau rôle, bien sûr, mais aussi parce qu'elle est multiple. Il y a là le besogneux, le virevoltant, le grand ténor, le fils qui a tout appris de son père et en sait déjà plus que lui – sauf l'extrême vanité des hommes –, l'écorché vif qui voudrait que tout le monde l'aime, surtout la greffière, le jeune Savonarole révolté par le pouvoir de ceux qui osent le juger, car il fait à ce point corps avec son dossier qu'il oublie parfois que l'accusé est son client, et non pas lui. Il y a aussi l'avocat bègue depuis qu'une attaque l'a frappé, mais que chacun vient consulter car il est, comme Bouddha, la sagesse même ; l'académicien français qui passe entre deux séances du dictionnaire et l'amoureux du droit qui ne désespère jamais de la justice des hommes. Sa voix puissante tonne comme un reproche, imposant le silence à ses pairs et à ses juges, mais il est vaincu d'avance.

Dans le box d'infamie, sont parqués les pions qu'on affuble du nom de prévenus, alors qu'ils ne sont prévenus de rien du tout, si ce n'est du sort funeste qui les attend dès lors que la justice les interpelle.

Front bas, dos courbé, regard perdu, morts de peur, ils se savent déjà condamnés, parce que la machine est plus forte qu'eux. Certains, plus insolents, essaient de croiser le regard de ceux qui leur font face, mais le plus souvent ne captent rien du tout. Quelques-uns bavardent, la plupart cherchent du réconfort. Mais les débats, à charge plus qu'à décharge, ne sont pas faits pour ça.

Ainsi se compose, grossièrement, le côté noir de l'échiquier.

Hors du champ de vision de Victor, voici une zone plus grise. Là, ni roi, ni reine, pas de fou ni de cavalier, mais de simples pions qui écoutent, rapportent, sans peser sur le cours du processus judiciaire. S'y mêlent journalistes et badauds. Les premiers sont payés pour assister à la corrida, les seconds seraient prêts à payer pour le faire. Ils sont nombreux à se presser chaque matin derrière les barrières, plaideurs de profession, étudiants en droit, parents inquiets ou amoureuses éplorées. Leur regard sur les accusés est souvent compatissant. Eux aussi se sentent écrasés par les ors et les armes de la justice.

De la tribune de presse, les journalistes portent sur les accusés un œil infiniment moins charitable. Ils sont là parce qu'il n'y a pas de fumée sans feu. La justice est respectable, elle ne se trompe pas, du moins pour autre que soi. Entre un juge en robe et un futur condamné tremblant dans son box, le cœur peut un moment balancer, pas la raison.

D'où cet étrange parcours qu'ont dû accomplir Victor et ses compagnons d'infortune avant de prendre place sur l'échiquier : au bas des marches du Palais, une nuée bourdonnante d'appareils photographiques, puis un double cordon de gendarmes placides et de voyeurs en quête d'émotions fortes. Regards et objectifs guettent davantage la chute des hommes que l'ascension des marches. En haut, ivre d'elle-même, la foule tourne et s'enroule, rendue folle par les crépitements des flashes et les bousculades sous les colonnes imposantes du Temple où de fortes inscriptions en latin semblent dicter un chemin dont chacun redoute qu'il soit à sens unique, et les gendarmes font entrer le banc de poissons dans la nasse.

4.

CE 8 janvier 1883, Victor Priadov-Parker pénètre à son tour dans l'arène. Ses oreilles bourdonnent encore du murmure confus de la foule à l'extérieur de la salle d'audience, et le silence qui règne dans le tribunal le saisit ; c'est celui qui précède les mises à mort. Tout juste perçoit-il, en passant devant la tribune de presse, un chuchotement qui lui fait chaud au cœur : « Il y a des jours où l'on n'a pas plaisir à faire ce métier. » Mais un murmure désapprobateur couvre vite cet instant d'indulgence.

Passé cette haie de déshonneur, Victor est à nouveau happé par la nuée des avocats. Derniers raclements de gorge, les violons et les cuivres s'accordent ; le spectacle va commencer.

Dissimulé dans l'ombre de la corbeille, Héron a tout vu. Il a distingué les embarras des uns, la prétention des autres. Voilà des semaines qu'il imaginait le comportement de chacun. Le juge, grand pêcheur amateur en eaux troubles, avait fini par remonter une carpe de belle taille, mais un peu trop muette à son goût : un prince, un vrai prince russe, Piotr Alexeïevitch Kropotkine. Ayant réussi à s'évader des prisons du tsar, Kropotkine avait vécu quelques années à Genève, où il dirigeait le journal anarchiste *Le Révolté*. Expulsé de Suisse, il s'était installé en Savoie. On avait fini par le ferrer et ce n'était pas, pour Héron, une mince satisfaction. Les autres prises avaient été plus faciles : simples étudiants ou, le plus souvent, ouvriers – pour ceux-là, un seul coup de filet avait suffi.

Dans le bocal de la salle d'audience, ils peinaient à trouver leur oxygène et faisaient moins les fiers, à l'image de ce journaliste que Héron accusait d'avoir encouragé par ses écrits les actes des autres prévenus.

Avant de le choisir, le juge s'était offert le plaisir de voir défiler, à titre de témoins, dans son cabinet, une bonne quinzaine de représentants de cette espèce ondoyante. Il s'agissait pour lui de jauger leurs capacités d'indignation, d'acceptation, de repentir.

Héron savourait par avance son triomphe. Il notait avec satisfaction que les autres accusés ne se pressaient pas autour du prince, ce qui constituait déjà, aux yeux du tribunal, une première marque de repentir. Il est vrai qu'avant cette affaire, aucun des prévenus n'avait jamais eu maille à partir avec la justice, ce qui rendait plus plaisant encore l'état de panique de certaines de ces proies qui s'agitaient comme le menu fretin dans la lumière de la palangrotte. La plupart d'entre eux étaient innocents, Héron le savait bien, ou, tout au plus, coupables par imprudence. Il verrait bien qui, le premier, aurait besoin d'air, et mangerait l'autre.

Pourtant, Héron fut déçu. Les accusés ne ressemblaient en rien à l'engeance habituelle des prétoires lyonnais, et la Cour n'avait jamais eu à juger pareil cas. A Paris, on en était déjà à la troisième condamnation d'anarchistes, et le pouvoir tenait à rassurer ses bourgeois en organisant, pour la première fois en province, un procès collectif et spectaculaire. Grâce au zèle du juge Héron, l'instruction avait été des plus rapides : deux mois à peine pour interroger une centaine d'individus, dont un bon tiers avaient été mis à l'ombre préventivement, facilitant ainsi le travail des magistrats tout en calmant le ministère.

Les faits, à vrai dire, n'étaient pas d'une exceptionnelle gravité : le 23 octobre 1882, deux bombes avaient explosé à Lyon, l'une sans provoquer de dégâts devant un bureau de recrutement, l'autre blessant un employé du restaurant L'Assommoir. Le hasard voulait que Victor y eût ses habitudes et connût bien le serveur. Il aurait parfaitement pu être là à l'heure de l'attentat et se retrouver du côté des victimes, mais cet argument ne convainquit pas le juge qui boucla son interrogatoire en moins d'un quart d'heure. Lors de l'enquête, un autre serveur avait rapporté un propos de Victor qui, six mois auparavant, faisant allusion au roman de Zola, s'était écrié : « Quand on a lu *L'Assommoir*, on a envie de foutre des bombes partout ! » Victor ne niait pas le fait, mais il était ahuri : et qu'un homme de sa condition – un employé comme lui – pût le dénoncer pour des propos de bistrot qui, à l'époque, avaient fait sourire tout le monde, et que la justice se souciât de charges aussi minces. Il avait raconté au juge qu'il avait lu le livre de Zola dès sa parution, en 1877, et qu'il était même monté à Paris, deux ans après, pour voir son adaptation théâtrale. Victor avait commencé par expliquer pour quelles raisons, notamment familiales, *L'Assommoir* lui tenait à cœur, mais le juge l'avait coupé sèchement : « C'est assez, pas de sentimentalisme. » Il lui avait simplement posé une dernière question dont il avait pu ensuite vérifier qu'elle était revenue dans tous les interrogatoires : « Avez-vous participé aux émeutes de la Bande Noire, le 15 août dernier, à Montceau-les-Mines ? » Victor n'avait jamais été à Montceau-les-Mines de sa vie et, le 15 août, il travaillait comme tous les jours à la soierie ; son contremaître pourrait en attester.

Héron avait dû vérifier, et avait laissé Victor en liberté jusqu'au procès. Prise négligeable, au demeurant, mais il l'avait tout de même inculpé, comme soixante-cinq autres, de complicité de destruction de biens appartenant à autrui, commise en bande organisée. Il s'agissait de faire nombre. Or, de toute la bande, Victor ne connaissait que Kropotkine – et encore, seulement de nom –, un compagnon de tablée, à L'Assommoir, dont il partageait les idées sur Zola et sur la condition ouvrière, et enfin deux collègues de la soierie.

Il avait depuis longtemps son avis sur l'injustice de la naissance ; il allait découvrir celle de la justice.

5.

Le procès fut aussi expéditif que l'instruction. Rares furent ceux des prévenus qui purent se défendre plus de dix minutes. Le président demanda à Victor de confirmer ses propos sur *L'Assommoir*. Son camarade avait déjà témoigné le matin même, assurant qu'il ne fallait pas y voir malice. La phrase avait été prononcée dans le feu de la conversation, tous les ouvriers et employés présents avaient acquiescé. D'ailleurs, s'ils avaient, comme lui, lu le livre, ils auraient suivi son conseil et « foutu des bombes partout ».

Ce témoignage avait fait mauvais effet sur le tribunal. Quelqu'un dans la foule cria : « Vive l'anarchie ! » et le président ordonna l'expulsion du perturbateur. L'avocat de Victor, un jeune homme commis d'office qu'il n'avait jamais rencontré jusqu'à cet instant, s'était alors approché de lui et lui avait conseillé de répéter ce qu'il avait dit à l'instruction sans y ajouter le commentaire que venait d'apporter son compagnon. « Les faits, rien que les faits », martela-t-il à plusieurs reprises.

Victor était décomposé lorsqu'il fut appelé à comparaître, tard dans l'après-midi. Après avoir interrogé une quarantaine de prévenus, le président et ses assesseurs semblaient bien las. Mécaniquement, on lui demanda ses nom, prénom, âge et qualité.

– Parker Victor. Trente-six ans. Fils de Catherine Parker et de père inconnu. Ouvrier soyeux.

– Confirmez-vous avoir, en juillet 1882, au restaurant dit L'Assommoir, tenu les propos suivants : « Quand on a été à L'Assommoir, on a envie de foutre des bombes partout ? »

C'était un piège. Victor se redressa et répondit d'une voix blanche :

– Non, je n'ai pas dit ça, j'ai...

– Non, *monsieur le Président.*

Décontenancé par cette interruption, Victor ne savait comment poursuivre.

– Dites : « monsieur le Président » quand vous vous adressez à la Cour.

Victor obtempéra.

– Monsieur le Président, je n'ai pas dit ça, j'ai

dû dire : « Quand on a lu *L'Assommoir*, on a envie de foutre des bombes partout. »

– Vous avez *dû* le dire, ou vous l'avez dit ?

– Je crois que je l'ai dit.

– N'ergotez pas. C'est bien ce que j'ai lu tout à l'heure.

– Non, monsieur le Président. Dans cette phrase, je parlais du livre d'Emile Zola, pas du restaurant.

– Pas de cours de littérature, s'il vous plaît. Je n'ai jamais lu ce monsieur et je m'en porte tout aussi bien pour administrer la justice.

– Mais, monsieur le Président, je n'ai jamais mis de bombe nulle part, pas plus à L'Assommoir qu'ailleurs.

– Dans ce cas, que pensez-vous de ce que nous disait ce matin votre camarade : « Si les autres avaient lu comme nous ce livre, ils auraient foutu des bombes partout » ?

Victor sentit une nouvelle chausse-trappe et se souvint des conseils de son avocat.

– Je n'en pense rien.

– Donc, vous réprouvez ces propos ?

Victor s'embrouillait. Il ne savait pas ce que « réprouver » voulait dire. Il se tourna vers son avocat qui, de la tête, lui fit signe d'acquiescer.

– Oui.

– Eh bien, mon garçon, pour un anarchiste, vous n'êtes pas très courageux ! Vous n'avez guère de suite dans les idées.

Victor bouillait, mais ne pouvait réagir. Il se rappelait la colère du président lors de l'interrogatoire de son compagnon. En vérité, il savait à peine ce qu'était l'anarchie et aurait été incapable de faire du mal à une mouche.

L'interrogatoire s'achevait. Il ne s'en était pas trop mal sorti. Il allait regagner sa place quand le président planta son ultime banderille :

– Restez avec nous, mon garçon, nous n'en avons pas terminé avec vous.

– Excusez-moi.

– Excusez-moi *qui* ?

– Excusez-moi, monsieur le Président.

– Est-il exact que, le 24 mars de l'année dernière, vous ayez assisté à Roanne au procès d'un chômeur ?

Victor, qui ne s'attendait pas à la question et ne savait comment y répondre, fut sauvé – du moins le crut-il sur l'instant – par l'intervention de son avocat :

– Je proteste, monsieur le Président. La question n'a jamais été abordée lors de l'instruction et mon client peut parfaitement ne pas y répondre. Chacun est libre d'assister à un procès. C'est un droit inaliénable.

– Nous ne le contestons pas, cher Maître. Nous posons simplement une question factuelle, qui n'appelle qu'une réponse par oui ou par non.

– En la posant, monsieur le Président, vous sous-entendez que mon client avait des sympathies pour les idées de ce chômeur...

L'avocat se tourna vers la salle pour ajouter :

– C'est un peu comme si vous déduisiez de la présence ici de cette noble assistance qu'elle partage les idées anarchistes que vous prêtez à mon client et à ses coaccusés.

Des « Non, non ! » fusèrent dans la salle, mais aussi, malheureusement pour Victor, trois cris de : « Vive l'anarchie ! »

– Faites évacuer la salle ! ordonna le président, livide.

Pendant que les gendarmes remplissaient leur office, Victor, que la colère étouffait, ne put s'empêcher d'exploser :

– Le chômeur a écopé de huit ans de travaux forcés, c'est honteux !

– Monsieur Parker, rétorqua sèchement le président, on ne conteste pas une décision de justice. Surtout dans cette enceinte. Regagnez votre banc !

C'était un naufrage.

6.

LE reste du procès fut émaillé d'incidents du même ordre. La salle, chauffée à blanc, donna souvent de la voix et fut plusieurs fois menacée d'une nouvelle expulsion. Poussés à bout par la partialité du président, les accusés relevèrent la tête et, pour la plupart, exprimèrent des idées de révolte, même si tous niaient leur participation aux faits qui leur étaient reprochés, sauf un pauvre hère qui reconnut avoir fait le guet lors de l'attentat qui n'avait provoqué aucun dégât.

Plutôt courtois le premier jour, le président se montra de plus en plus brutal à mesure qu'il sentait le procès lui échapper, et, pour tenir les délais qui lui étaient impartis, il imposa même à la défense une procédure exceptionnelle qui fit tonner, sans résultat, l'ensemble des avocats : il n'y aurait qu'une seule plaidoirie pour tous les prévenus, à l'exception du prince Kropotkine – qui avait amené de Paris un as du barreau – et du journaliste de *La Presse* qui tenait à assurer seul sa défense.

« Abus de pouvoir ! », s'écrièrent les avocats, sans émouvoir le président qui craignait par-dessus tout une dérive politique de ce dossier qu'il voulait maintenir dans le strict domaine juridique. Soixante plaidoiries de bavards qui allaient prendre la salle à témoin, se rengorgeraient comme des coqs et divagueraient vers des considérations dont on n'avait que faire...

Déjà, la presse, favorable à l'accusation au début du procès, commençait à s'interroger. A l'exception des journaux qui préféraient flatter leurs lecteurs, persuadés que l'anarchie était aux portes de Paris et de Lyon, certains se demandaient si une telle parodie de justice servait bien les intérêts de la société et si d'aussi petites causes – deux inoffensives bombinettes – devaient entraîner de tels effets. D'autant que l'unique victime du double attentat, l'employé de L'Assommoir, déjà remis de ses blessures, avait tenu un discours amical, presque chaleureux, à l'endroit de certains des accusés, parmi lesquels Victor, qu'il connaissait bien et qui ne s'était, disait-il, jamais pris de boisson ni querellé avec personne.

Dissimulé derrière son pilier, Héron lui aussi sentait l'audience tourner à l'aigre. Il fut donc satisfait de voir le président rabattre leur caquet aux avocats. Les deux hommes se concertaient-ils chaque soir comme on le murmurait sur les bancs de la défense ? Le procédé, évidemment, était illégal, mais comment empêcher les dîners en ville et les conciliabules feutrés entre gens du même monde ? Le procureur, de son côté, devait sûrement transmettre les consignes de Paris. On put s'en apercevoir tout au long de l'interminable réquisitoire de son adjoint, le procureur Bile. Et c'est Paris aussi que décida de prendre à la gorge le journaliste Duval, qui assurait sa propre défense.

– Monsieur le Président, chers confrères..., commença-t-il avec emphase, en se tournant vers la tribune de presse.

– S'il vous plaît, monsieur Duval, adressez-vous à la Cour.

– Monsieur le Président, Messieurs de la Cour et vous, monsieur l'Accusateur Public qui allez bientôt rendre compte à votre patron le garde des Sceaux (Bile frémit de rage, mais se contint), j'ai la fierté d'appartenir à un journal fondé par le grand Emile de Girardin qui vient de nous quitter il y a quelques mois. M. de Girardin s'honorait de l'amitié du non moins grand Victor Hugo, qui écrivit souvent pour *La Presse*. En ce soir de honte pour la justice française, qu'il m'autorise à faire mien son jugement : « C'est une des choses les plus difficiles et les plus nécessaires de la vie que d'apprendre à dédaigner. Le dédain protège et écrase. C'est une cuirasse et une massue. Vous avez des ennemis ? Mais c'est l'histoire de tout homme qui a fait une action grande ou créé une idée neuve. C'est la nuée qui bruit autour de tout ce qui brille. Il faut que la renommée ait des ennemis comme il faut que la lumière ait des moucherons. Ne vous en inquiétez pas ; dédaignez ! Ayez la sérénité dans votre esprit comme vous avez la limpidité dans votre vie. Ne donnez pas à vos ennemis cette joie de penser qu'ils vous affligent et qu'ils vous troublent. Soyez content, soyez joyeux, soyez dédaigneux, soyez fort. »

« Monsieur le Président, Messieurs, poursuivit Duval, vous me savez innocent, mais également attaché à cette liberté de l'écrit qui fait la noblesse de mon métier. Je sais pourquoi je suis là : parce qu'il faut que la renommée ait des ennemis et que les moucherons soient attirés par la lumière.

« Je n'ai pas la force de tous les honnêtes travailleurs que vous avez parqués derrière moi, mais, comme eux, parce que vous êtes aux ordres, je vous exprime mon dédain !

La salle applaudit à tout rompre. L'un des journalistes présents dans la salle, sans doute lui aussi de *La Presse*, se leva et cria : « René, on est avec toi ! » Le président toisa l'impertinent et le rappela aux règles de sa profession. L'assistance se calma peu à peu et la parole fut donnée à l'avocat du prince Kropotkine.

Très politique, la plaidoirie de ce maître du barreau passa en grande partie au-dessus de la tête des autres prévenus. Le prince récusait la justice bourgeoise dans son ensemble. Par la voix de son avocat, il s'adressait à un mystérieux Maître du Monde d'un univers idéal où les puissants seraient misérables et où les misérables ne crieraient plus misère ni vengeance. Il assumait et revendiquait tout, sauf sa présence au moment des faits, mais se réjouissait que ses actes publics ou ses écrits puissent avoir incité d'autres à commettre ces attentats.

La plaidoirie ne manquait pas de panache ; il était clair que le prince se serait senti déshonoré si elle n'avait pas réussi à lui valoir la peine maximale. Il l'obtint sans difficulté.

Après l'ultime intervention d'un avocat besogneux commis à la défense impromptue des soixante-quatre malheureux regroupés pour la circonstance en un seul et unique cas, le bâtonnier de l'ordre vint exprimer, pour le principe, une vigoureuse protestation de l'ensemble de ses collègues interdits de plaidoirie. Le président écouta poliment et annonça que le jugement serait rendu dans la soirée, ce qui en disait assez sur ses intentions de clore le procès au plus vite et sur celles du gouvernement qui, de toute évidence, avait bouclé l'affaire à l'avance.

La Cour se retira et délibéra pendant une heure, pour sauvegarder les apparences. Ce délai de convenance se transforma pour la salle tout entière en une vaste récréation. Quelques avocats déambulaient en récitant la plaidoirie dont ils avaient été privés ; d'autres venaient amicalement converser avec des accusés qu'ils n'avaient jamais rencontrés jusqu'alors et qui découvraient eux-mêmes pour la plupart leurs compagnons d'infamie. Une manière de solidarité se noua, qui n'existait pas l'avant-veille, à l'ouverture des débats.

Le public lui aussi se laissait aller, après s'être échauffé le sang à la faveur des incidents de procédure et des envolées lyriques des prévenus qui avaient gagné à leur cause les plus sourcilleux des étudiants en droit et des chicaniers professionnels. Dans le brouhaha général, des femmes ou des compagnes d'accusés tentaient de dire un mot à leur homme, malgré l'interdiction des gendarmes, ou d'échanger un dernier regard avant la prison.

Car tous, on le savait, étaient destinés au cachot.

Lorsque la Cour revint, ce fut pour distribuer les sentences comme les maîtres d'école annoncent les notes : en commençant par le bas. Elle ne prononça qu'une seule relaxe : un simple d'esprit que le président n'avait même pas pu interroger. Il n'était manifestement pour rien dans l'affaire, mais on pouvait tirer de lui tout ce qu'on voulait. A l'instruction, il s'était accusé de tous les péchés du monde.

Pour les innocents qui s'étaient montrés dociles : six mois de prison. Encore leur demandait-on de se repentir de ce qu'ils n'avaient pas fait.

Si le prévenu n'avait pas exprimé de regrets à l'audience ou s'il avait manifesté la moindre velléité de révolte, le tarif passait à un an. C'était le cas d'une grosse moitié des accusés. Victor était du lot.

Comme il avait pris en haine cette justice de lâches, il la trouva presque clémente, même avec des innocents ou des coupables par inadvertance. Surtout, il se dit qu'il n'avait pas à regretter son coup de sang à la barre. En qualifiant de « honteux » le procès d'un autre, il avait soulagé sa conscience. Avec ses mots à lui, moins cinglants que ceux du journaliste, il avait fait blêmir le représentant de l'ordre bourgeois : c'était en soi une victoire et une consolation. Un an de prison, ce n'était pas si cher payé pour des vérités qu'à trente-six ans il n'avait encore jamais osé assener à un quelconque supérieur. A ce prix, pourquoi ne pas franchir le pas et agir à son tour comme les responsables de ces deux attentats ? C'est ce que devaient se dire également le seul ahuri qui avait reconnu sa complicité (deux ans de prison) et le prince Kropotkine, visiblement satisfait de sa peine de trois ans de prison pour écrits séditieux susceptibles d'attenter à l'ordre public.

Victor, pourtant promis à l'enfermement, avait le sentiment de s'être délivré de chaînes anciennes, lourdes et rouillées. Pour la première fois de sa vie, aux portes de la prison, il se sentait libre, libéré.

Contrairement à la plupart de ses camarades d'infortune, il n'avait personne dans ce prétoire avec qui échanger un regard de fierté ou de complicité. La seule femme qui l'aurait mérité, et à laquelle il n'avait cessé de penser tout au long de l'audience, était morte depuis treize ans.

7.

ELLE vint lui parler la première nuit, à la prison Saint-Paul. « Courage, mon petit, disait-elle dans son rêve. Je suis fière de toi. Tu es devenu un homme et la révolte habite désormais ton cœur comme elle habitait le mien. »

Allongé les yeux ouverts sur sa paillasse, Victor attendait que l'aube paraisse. Et il était résolu à attendre pareillement les aubes à venir.

Sa situation, au demeurant, n'était pas intolérable, meilleure en tout cas que celle des autres condamnés. Personne ne l'attendait dehors, ni femme ni enfant. Les gardiens le traitaient à peine plus durement que ses chefs à la soierie. Et tisser le fil perdu de ses journées oisives ne lui était pas plus insupportable que son travail à la machine. Il ne se plaignait pas de la nourriture – mangeait-il beaucoup mieux à L'Assommoir ? –, se montrait docile avec les matons qui l'appelaient « l'Anar » presque affectueusement.

Pourtant, la haine brûlait toujours dans le cœur de Victor. Mais il savait que les loups doivent cacher leurs crocs ; ce qu'il cherchait, c'était la confiance de ses gardiens pour obtenir la permission de lire des livres à la bibliothèque. La faveur n'était accordée qu'à ceux qui savaient obtempérer. Il lui fallait quatre mois pour l'obtenir. Quatre mois d'obéissance.

Pour autant, il lui était interdit de rapporter un livre dans sa cellule après cinq heures du soir, heure de la fermeture de la bibliothèque. Mais dès l'ouverture, à huit heures du matin, il classait les ouvrages en réparant les plus endommagés, déjeunait rapidement – on servait le repas à onze heures et demie – et se précipitait sur ses lectures chéries.

Pas un Zola qu'il n'ait lu et relu. Plus tard, sur les conseils d'un prisonnier, il découvrit Balzac qui lui enseigna les mécanismes d'une société dont il ignorait presque tout. Il ne s'accorda aucune escapade hors de ces deux-là : ce panthéon était assez grand pour lui.

Celle qu'il aimait par-dessus tout, c'était Gervaise, l'héroïne de *L'Assommoir*, parce qu'il retrouvait dans son histoire celle de sa mère,

Catherine Parker, dont le petit Victor avait été le seul rayon de soleil.

Comme tous les détenus anarchistes, considérés comme dangereux, Victor avait droit à une cellule individuelle. Chaque soir, il y attendait sa mère. Jamais elle ne lui avait autant parlé depuis sa mort. Le petit cahier qu'elle lui avait légué constituait jusqu'alors l'unique cordon qui le reliait à elle. Et les confidences qu'il contenait n'avaient cessé de le hanter.

8.

Lyon, ce 28 décembre 1869

Mon grand Victor,

Si tu lis aujourd'hui ces lignes, c'est que j'aurai enfin quitté ce monde qui me fait horreur. J'ai bien compris ce que signifiait la longue figure du médecin qui vient de partir. Il n'est pas besoin d'être bien savant pour savoir ce qu'est la phtisie et comment cela se termine chez les pauvres gens. C'est mieux comme ça. A quarante-trois ans, j'achève mon passage ici-bas. J'aurai au moins eu le temps de faire un pied de nez à la société qui s'est si longtemps moquée de moi. Tu te rappelles ma joie quand, le 29 juillet, la veille de ton anniversaire, je t'ai annoncé que nous, les ouvrières, nous nous étions mises en grève à la soierie ? Personne n'avait jamais fait ça à Lyon, et peut-être même en France. Nous ne supportions plus ces messieurs qui nous tripotaient et nous exploitaient. Le patron ne devait pas savoir. Tant pis pour lui. Il n'avait qu'à licencier les contremaîtres. Mais c'est nous qu'il a décidé de mettre à la porte, comme des malpropres, au bout de deux semaines de grève. Personne à la fabrique ne nous a soutenues, et ça m'a fait mal au cœur de voir des filles beaucoup plus jeunes que nous se presser derrière les grilles pour mendier notre place, comme si rien ne s'était passé. Toutes ces chairs prêtes à se faire peloter, engueuler, maltraiter pour quelques francs... Ce jour-là, j'ai pleuré, c'est vrai ; je savais qu'on avait perdu, mais j'étais tellement fière d'avoir pu prouver que nous avions encore la force de nous révolter.

Après cela, bien sûr, aucune autre usine ne voulut de moi ; les patrons avaient dû se donner le mot. D'ailleurs, j'étais trop vieille. Te voilà donc obligé de te saigner aux quatre veines pour nous faire manger avec ton petit salaire. Quand la mère ne peut plus donner la becquée à son oisillon, et que le petit va chercher la nourriture pour elle, c'est que l'ordre naturel s'est inversé. Impuissante, je te voyais rentrer fourbu le soir, n'osant pas me parler de ton travail, de cet endroit que j'avais pris en grippe, puis me servir ma soupe quand j'ai commencé à être malade. Je me méprisais. Se faire porter son dîner au lit comme une paresseuse ! Obliger son fils de vingt-trois ans à vivre avec sa mère, alors qu'il est en âge de fonder son propre foyer...

Tu vois, c'est mieux comme ça. Voilà deux heures que tu as quitté le logis derrière le médecin, tu t'es installé devant les métiers de nos exploiteurs, après t'être sans doute fait réprimander pour ton retard, qu'ils trouveront, comme toujours, injustifié. Peut-être même vont-ils te retirer quelques sous de ta paie. Désormais, demain, après-demain, dans deux jours, quand j'aurai passé, tu pourras vivre à ta guise.

Ce temps qui désormais m'est compté, je vais l'employer à t'écrire sur ce carnet que je cacherai sous mon drap, ce soir, lorsque tu rentreras, tout ce que je n'avais jamais osé te dire, car je t'ai menti.

Tu ne t'appelles pas Parker. Moi non plus, d'ailleurs. Pendant longtemps, je n'ai même pas su comment t'appeler. Je ne connaissais pas le nom de ton père, tout juste son prénom, Alexandre. Il faut donc me pardonner de t'avoir dit qu'il était américain et qu'il avait fait fortune en Californie au moment de la ruée vers l'or, deux ans après ta naissance. Tout cela, vois-tu, c'était pour enjoliver notre existence, lui donner du mystère. Et parfois, d'ailleurs, j'y croyais. L'idée m'en est venue quand j'ai retrouvé le meilleur ami de ton père, évanoui dans la nature. Il s'appelait François et s'est installé depuis, comme maréchal-ferrant, à Saint-Gervais-sur-Sioule, dans le Puy-de-Dôme. C'est lui, en réalité, qui revenait de Californie, mais encore plus pauvre qu'avant son départ, en 48. Il m'a prise en amitié, nous avons même eu un petit béguin et il m'a proposé de devenir ton parrain. Je lui ai répondu que je ne croyais pas beaucoup à ces histoires de religion ; la chose ne s'est pas faite. Mais considère que si, un jour, tu en as besoin, tu as un parrain. Il me l'a fait jurer en découvrant que tu étais le portrait craché de son ami. Je n'ai rien voulu te dire à ce moment-là, je m'étais trop embrouillée dans mes mensonges.

Des mensonges, il y en a eu beaucoup parce que je voulais oublier, effacer toute ma vie avant toi. J'étais bien jeune quand j'ai rencontré ton père à Paris. Je vivais alors légèrement, comme une grisette. Les hommes allaient et venaient dans ma vie, me laissant parfois un peu d'argent pour arrondir mes fins de mois de lavandière. Alexandre a été l'un d'eux. Il était tout juste débarqué de son Auvergne. Il fêtait ce jour-là son seizième anniversaire et il avait un visage d'ange. J'ai eu l'impression que, rien qu'à me regarder, il était tombé amoureux. J'ai aimé cela, c'était flatteur. Nous nous sommes revus quelques jours plus tard. J'étais la première femme de sa vie. La première, en tout cas, à qui il faisait l'amour, ça, j'en suis sûre.

Je n'ai jamais revu ton père après cette nuit-là. Au matin, je suis allée travailler quai de Bièvre et j'ai laissé Alexandre dans mon lit. A son réveil, il a dû découvrir un petit coffret où je gardais sottement tous les billets doux de mes amants. Il a pris la mouche – il était si jeune – et il a filé.

Je n'avais pas eu le temps de m'attacher à lui, je ne savais même pas où il habitait, mais son prénom, désormais, sonnait comme un reproche de ma vie dissolue. Six semaines plus tard, j'ai su que je t'attendais. Ce jour-là, j'ai brûlé toute cette paperasse et j'ai adopté une conduite beaucoup plus sage.

Quand tu vins au monde, j'ai crié victoire, car ma vie prenait désormais un sens. C'est pour cela que je t'ai appelé Victor.

Je n'ai jamais pu retrouver ton père. Je ne voulais pas l'obliger à te reconnaître, je souhaitais simplement qu'il voie à quoi – et à qui – tu pouvais ressembler, tellement tu étais beau. Plusieurs fois, j'ai cru apercevoir sa silhouette parmi les passants qui nous regardaient travailler sur les quais, mais ce n'était jamais lui. Aucune trace, aucun courrier à mon domicile, rue de la Vieille-Lanterne, qui abrita notre après-midi et notre nuit d'amour.

J'avais perdu tout espoir de le retrouver quand une amie lavandière me raconta une histoire qu'elle avait lue dans un journal.

Un jeune homme qui venait d'avoir vingt ans s'était donné la mort en se jetant sous un fiacre, à Neuilly. L'article disait beaucoup de bien de lui, car il était journaliste et, dans ce milieu-là, on a l'air de s'aimer. Il paraît qu'en le voyant mort, dans la boutique même où avait expiré le duc d'Orléans, une dame avait dit : « Oh ! un si beau jeune homme... »

A l'époque, je ne savais pas lire (tu ne m'avais pas encore appris), mais je regrettais de ne pas pouvoir déchiffrer moi-même cette phrase, car j'étais presque sûre qu'il s'agissait de ton père. Le prénom, l'anniversaire, les dates, tout concordait. J'ai cherché à en savoir plus. Des camarades de son journal m'indiquèrent l'emplacement de sa tombe, au cimetière de Neuilly. Je t'y ai emmené plusieurs fois ; je m'asseyais avec toi sur un caveau voisin. Tu me parlais de la mort avec tes mots à toi, j'y répondais avec les miens. Cela te surprendra peut-être, mais j'étais gaie, j'avais retrouvé ton papa et j'avais le sentiment que, là, dans ce cimetière, nous formions tous les trois une gentille petite famille.

C'est de cette époque que commencèrent mes premiers arrangements avec la vérité. Ne sachant rien d'Alexandre, je devais lui inventer un passé. Tu me posais des questions et je devais donner des réponses, et broder, broder... Ton père fut donc américain, riche, noble peut-être (je ne savais pas s'il y en avait là-bas). Je ne fus d'ailleurs pas surprise de voir, recueillies devant sa tombe, quelques dames aux allures aristocratiques. Je crus même reconnaître une actrice alors célèbre, Alice Ozy, inclinée sur la sépulture de mon Alexandre...

Voilà comment j'ai été amenée à imaginer pour toi un nouveau père. Il n'y avait pas de mal à cela. Toi et moi, nous discutions avec lui, en ce lieu étrange ; je crois qu'il aurait aimé ressusciter, juste pour voir ça. Je lui ai donné le nom de Parker, parce qu'on m'avait raconté que c'était celui d'un grand explorateur qui s'était noyé dans le Niger, mais je crois bien, depuis, qu'on m'a induite en erreur. Peu importe : Parker, ça sonnait bien.

Et c'est toujours au cimetière qu'un beau jour j'ai rencontré le meilleur ami de ton père, François Jeuge, qui me raconta tout de lui.

Alexandre était un petit paysan orphelin, élevé par sa grand-mère et un instituteur du village voisin, Pionsat, qui lui apprit à lire. Vers dix ans, estimant qu'il en savait assez, il s'enfuit de chez lui pour aller travailler à la ville, à Montluçon, dans une tannerie, puis à Clermont-Ferrand, dans une usine de caoutchouc. A seize ans, il vint à Paris et se fit embaucher comme typographe ou coursier, je *ne sais plus, dans un grand journal. Il y a rencontré des artistes avec lesquels il a vécu une courte vie de bohème, impasse du Doyenné. J'y suis allée ; l'endroit était misérable. Depuis, le quartier a été rasé. Il a ensuite commencé à rédiger des articles pour sa gazette, ce qui lui a permis de rencontrer les plus grands écrivains, Victor Hugo, Alexandre Dumas, Théophile Gautier. Avec eux, il s'est lancé dans la politique pour faire tomber le roi Louis-Philippe. Et c'est sur les barricades de 1848 qu'il a retrouvé son ami François. Ils se battaient alors pour la cause du prince Bonaparte. Depuis son plus jeune âge, Alexandre avait une passion pour l'Empereur, le seul, l'unique, Napoléon Ier. Il n'aura pas eu le temps de voir le neveu empereur à son tour, mais d'après ce que m'a dit son ami, il avait pris ses distances avec Louis Napoléon lorsqu'il a été élu président de la République, à la fin 48. François Jeuge n'en savait pas beaucoup plus, car il avait alors quitté la France pour la Californie. « Une affaire de femmes, je crois », disait-il pour expliquer la déception politique d'Alexandre. Tu te rends compte, mon fils ! Une femme entre ton père et Napoléon III ! C'est formidable, un homme qui se bat pour ses idées, qui fait tomber avec d'autres le dernier roi de France et qui, pour une histoire de cœur, s'éloigne ensuite du chef de l'Etat qu'il a aidé à mettre en place...*

D'après François – mais il n'en était pas du tout sûr –, on disait dans Paris qu'Alexandre venait de découvrir qu'il était le bâtard du duc de Morny, demi-frère de l'empereur... Il n'en avait fait la confidence à personne, mais une lettre de sa grand-mère, retrouvée dans ses affaires après sa mort, l'attestait. Tout cela explique-t-il son suicide ? Ou bien l'a-t-on poussé à se tuer ? Je n'en sais rien, mais j'ai la certitude que ton père était un grand homme. Il ne m'a appartenu qu'une demi-journée et une nuit, mais il m'a offert, sans le savoir, le plus beau des cadeaux : toi.

Lorsque j'ai su tout cela, j'ai été contente de t'avoir appelé Victor, comme Hugo, son ami. Plus tard, quand tu m'as appris à écrire et à lire, tu m'as fait découvrir Les Misérables. *Tu ne savais pas, à cet instant-là, que ton père avait parlé au grand Hugo, qu'il avait partagé des combats avec lui. Ressemble-lui, mon fils. Je t'ai aimé plus que tout. Adieu.*

9.

LIVRÉ à lui-même de cinq heures du soir à huit heures du matin, Victor lisait et relisait le testament de sa mère, seule lecture autorisée dans sa cellule.

Treize ans après sa mort, il osait enfin lui dire combien elle l'avait laissé désemparé. Tout ce qu'il avait appris dans ce journal et qu'il n'avait pas à juger – bien au contraire, il ne l'en aimait que plus –, il aurait préféré qu'elle le lui dise quand elle était encore là. Il l'aurait questionnée inlassablement sur ce père qu'elle avait sûrement rejoint au paradis des honnêtes gens.

Et pourtant, de son vivant, il ne s'en était jamais vraiment inquiété. Il avait sa mère et elle suffisait amplement à son bonheur. Ce Parker dont elle lui parlait et dont elle semblait si fière lui était étranger. Bien sûr, grâce à lui, il avait pu clouer le bec à ses petits camarades d'école qui auraient raillé un enfant né de père inconnu. Ce Californien, qui avait prospecté la rivière Yukon, leur en imposait.

Lui-même n'en tirait guère plus de gloriole. Sa condition lui convenait assez bien. Il n'avait jamais manqué de rien et surtout pas d'amour. Que demander de plus ? Pourtant, il lui arrivait de s'étonner que cet homme – son père – ait pu quitter femme et enfant par appât du gain ou par goût de l'aventure. Pourquoi n'avoir jamais donné signe de vie ? Pourquoi sa mère lui répondait-elle toujours avec embarras qu'il était sans doute mort là-bas ? Ce père de pacotille ne lui manquait pas. Il avait donc éprouvé un réel bonheur en apprenant qu'il n'avait jamais existé. Et davantage encore en découvrant la vérité.

Cet Alexandre lui convenait tout à fait : Victor aimait les héros de passage.

Ce qu'il regrettait le plus, désormais, c'était de ne pas avoir gardé le souvenir de ces conversations dans le cimetière de Neuilly, quand il avait trois ans. « J'ai toujours été passionné par la mort et n'en ai jamais eu peur, écrivit-il à sa mère dans la marge d'un livre de Hugo. Jusqu'à la tienne, je ne savais même pas ce que c'était. Après, plus rien ne m'importait. »

Dans le premier poème qu'il lui avait écrit

pour son anniversaire, à dix ou onze ans, il s'était écrié : « Si maman va au ciel, elle me prendra avec elle sous le bras. » Que lui était-il passé par la tête, pourquoi ce besoin d'invoquer la mort, alors qu'il ne craignait rien ni personne à cette époque-là ?

Sans doute parce qu'ils venaient tout juste d'arriver à Lyon. Il avait appréhendé ce déménagement lorsque Catherine lui en avait parlé. Non pas parce qu'il quittait ses camarades de Paris, il en avait peu puisqu'il n'allait pas encore à l'école. C'était précisément pour lui permettre de faire des études, lui avait-elle expliqué, qu'elle changeait de métier et qu'ils s'en allaient. A Lyon, les soyeux offraient l'instruction aux enfants de leurs ouvriers. Non, ce qu'il redoutait dans cette perspective, c'est qu'elle en profite pour l'abandonner, lui qui voulait rester dans ses bras jusqu'au paradis.

Ses craintes avaient été vite dissipées. Victor aima tout de suite le quartier populaire de la Croix-Rousse, où ils s'étaient installés. Ce n'était pas comme à Paris, où l'on croisait trop de calèches et où s'étalaient les signes d'opulence d'un monde dont on serait toujours exclu. Ici, chacun semblait vivre sur un pied d'égalité. Les canuts s'entassaient dans de minuscules appartements dont ils avaient transformé le niveau supérieur en atelier pour y installer leur métier à tisser. Comme les rues étaient très pentues, le quatrième ou le cinquième étage devenait rez-de-chaussée sur une rampe plus élevée. D'où ce sentiment qu'on était toujours chez soi, en famille...

Il se prit aussi de passion pour le travail de sa mère, et passait de longues heures à la regarder transformer en or la bave de ces étranges chenilles. Elle qui avait lavé pendant douze ans le linge des riches, elle le fabriquait maintenant, et peut-être le porterait-elle un jour...

Et surtout, il avait adoré l'école. C'est grâce à elle qu'il avait appris à lire et à écrire ; et il put, à son tour, lui transmettre son savoir.

Dans sa lettre, Catherine lui reprochait la becquée qu'il devait lui donner dans les derniers jours de sa maladie, mais c'était encore du bonheur, même s'il était bien mince comparé à celui qu'il avait ressenti toutes ces soirées où, après son travail, il lui répétait ce qu'il avait lui-même appris, le matin, à l'école. Ce petit homme qui se transformait en instituteur pour sa maman de trente ans, et qui la grondait quand elle ne gonflait pas suffisamment ses majuscules ou rechignait sur les pleins et les déliés... C'était délicieux, et il avait envie que cela dure éternellement, d'autant qu'il savait que, juste après la leçon, les rôles s'inverseraient à nouveau et qu'elle le gronderait comme n'importe quelle mère le ferait avec un mioche de dix ans...

Oui, Victor avait aimé Lyon. Et il comprit mieux plus tard pourquoi Catherine avait dû quitter Paris, son logement, son métier de lavandière : elle avait besoin de se purifier de son passé, d'éviter à son fils une rencontre fortuite avec un de ses anciens amants éphémères ou des moqueries de camarades de classe, et elle voulait lui offrir une vie neuve dans un horizon dégagé. Comment pouvait-elle prévoir le chômage et la maladie pour elle, l'injustice et la prison pour lui ?

10.

JOUR après jour, Victor se prit au jeu de l'introspection. Il s'était toujours laissé guider par les événements et menait sa vie comme un bouchon au fil de l'eau. Il ne se reconnaissait aucune qualité. On le trouvait beau, il se jugeait fade. « Un grand beau mâle », disait sa mère. Grand par la taille, oui... Ses élans, nombreux, étaient toujours tempérés par une incapacité à leur donner un sens ou à les prolonger. Etait-ce un manque de courage ou le signe d'un caractère trop indécis, pas assez trempé ? Les obstacles lui paraissaient faits pour être contournés de loin ; il ne prenait même pas au sérieux ses révoltes, trop souvent velléitaires.

Pourtant, ce séjour en prison lui forgea l'âme de manière inattendue. Doutant encore de lui, il se résolut à coucher ses réflexions sur le papier, afin de leur donner un peu de consistance. Pour ce faire, il utilisa le seul support dont il disposait : les marges des œuvres complètes de Victor Hugo. Il remplissait le moindre blanc de toutes les idées qui lui passaient par la tête et s'efforçait de dresser le pauvre bilan de sa vie. C'est ainsi qu'il tomba un jour sur un texte qui lui disait quelque chose, comme s'il lui parlait de lui.

Il s'agissait d'un propos de Villemain, ministre de l'Instruction publique, qui, atteint d'une maladie mentale, avait été obligé de démissionner en 1844, sous les quolibets.

« Soyez dédaigneux, soyez fort, lui avait dit son ami Hugo.

« – Cela est facile pour vous de le dire, vous, Victor Hugo ! avait répondu Villemain. Moi, je suis faible. Oh ! Je me connais bien. Je sais mes limites. J'ai un certain talent pour écrire, mais je sais jusqu'où il va ; j'ai une certaine justesse dans l'esprit, mais je sais jusqu'où elle va. Je me fatigue vite. Je n'ai pas d'haleine. Je suis mou, irrésolu, hésitant. Je n'ai pas fait tout ce que j'aurais pu faire. Dans les régions de la pensée, je n'ai pas tout ce qu'il faut pour créer. Dans la sphère de l'action, je n'ai pas tout ce qu'il faut pour lutter. La force ! Mais c'est précisément ce qui me manque ! Or, le dédain est une des forces de la force. »

C'était son portrait à lui, Victor, et ces propos

d'un homme « arrivé », en apparence installé dans la vie sociale, par leur découragement, leur renoncement même, le plongèrent dans une terrible nostalgie. Du fond de sa cellule, le cours entier de sa vie redéfila. Victor n'était plus qu'un souvenir captif.

11.

Mon père, ce héros au sourire si doux
Parcourait à cheval le soir d'une bataille
Ce champ couvert de morts sur qui tombait la nuit...

Victor lisait et relisait *La Légende des siècles*. Hugo y avait enserré ses obsessions à lui, ses cauchemars : la nuit, les morts qui s'éveillaient à sa mémoire, le fracas des champs de bataille, d'une gloire qui lui serait refusée. Et ce père, désespérément absent, ce père qui, grâce au testament de Catherine, avait désormais un visage, peut-être même un sourire. Pendant longtemps, Victor pensa vivre mieux grâce à cette révélation. Or, ce père, il n'en avait nul besoin, puisque celui qui en faisait jusqu'alors office, et que sa mère avait inventé, lui était déjà parfaitement inutile. Et voilà qu'en plus, elle choisissait de s'en aller au moment même où il apparaissait. « Tu meurs, il naît, disait-il dans ses prières à sa mère, comment veux-tu que je puisse l'aimer ? »

Victor se sentait envahi par la protection maternelle, par la nostalgie de son enfance à Paris, de son adolescence à Lyon. Il ne se posait alors pas de questions, ou si peu. Sa mère l'aimait, il l'aimait, cela lui suffisait.

Avec le temps, cette mélancolie, cette quête d'une douceur révolue s'estompèrent. Il ne pensait pas moins à elle, mais il savait qu'il lui faudrait vivre désormais sans sa mère. A vingt-trois ans, c'est à la portée de tous ; il y parvint sans effort.

Il n'aurait jamais imaginé, à cette époque, qu'en s'éloignant si discrètement de lui, elle libérerait d'aussi vastes territoires qu'allait occuper, de jour en jour plus envahissante, l'ombre de son père. En l'incitant à lui ressembler, Catherine lui fixait un cap, lui traçait un avenir. Elle lui permettait de tourner la page du petit garçon attaché à sa maman. Et c'est là que tout se dérégla.

« Ressemble-lui », avait-elle dit en partant. C'était tentant, bien sûr. Mais Alexandre n'avait que vingt ans quand il était mort, et Victor avait manqué l'heure de l'envol. Vingt ans de passions, à courir sur les routes de France, puis à la conquête de Paris, dans lequel il entra comme dans du beurre. Des rencontres exaltantes avec des écrivains et des artistes, des combats politiques, des barricades... Et moi, se disait Victor, qu'ai-je donc fait de mes vingt ans ? En mémoire de Catherine, et sans doute aussi pour faire honneur à Alexandre, il avait bien défilé dans Lyon quelques mois après la mort de sa mère, manifestant contre l'Empereur et conspuant Bazaine qui venait de faire battre la France à Sedan. Mais cette colère n'était pas la sienne, c'était celle de tous. Quel courage y avait-il à afficher les opinions du premier venu ? L'Empire avait basculé, la République l'avait remplacé, Victor n'y était pour rien. Pourquoi hurler avec les loups ?

Bien sûr, une rage froide l'envahit lors de l'écrasement de la Commune, mais il se contenta d'en faire part à ses camarades de travail. A la réflexion, il était clair qu'il aurait dû manifester son soutien aux victimes des Versaillais en rédigeant un tract, puisqu'il savait mieux que d'autres manier le verbe. Il ne le fit pas. Parce que personne d'autre ne le faisait.

Mais puisqu'il avait désormais des raisons de méditer sur l'injustice des hommes et leur système de gouvernement, il comprenait que là avait été sa première lâcheté.

Il y en eut d'autres, beaucoup d'autres. Plus

il pensait à Alexandre et à sa gloire – même fugitive, même oubliée –, moins il se sentait capable d'en approcher. Les années passaient et il restait rivé à son métier à tisser. Il rencontra des femmes qui ne valaient pas sa mère, il s'en éloigna sans illusions ni regrets. Il évitait simplement de s'adonner au penchant des ouvriers pour l'alcool ; c'était son seul combat, pour s'interdire de vieillir trop vite, pour rester debout, tout simplement. Mais la vie ne peut pas se résumer à un cours de maintien.

Quelques années après la disparition de Catherine, alors qu'il faisait grande consommation de filles sans en garder aucune, il se dit qu'il y avait peut-être là trace d'un atavisme. A en croire sa mère, Alexandre semblait avoir du succès auprès des femmes. Même au cimetière de Neuilly, ils étaient souvent dérangés par de belles dames. Les avait-il aimées ? Avait-il eu envie de fonder une famille avec l'une d'entre elles ? Lui ne parvenait pas à s'attacher. Comme d'autres se noyaient dans l'alcool, il s'enivrait du parfum des femmes. Avec le temps, il finit par en concevoir de l'écœurement, par ne plus ressentir que le vain plaisir du sable qui file entre les doigts. Non seulement il ne construisait rien, mais il se détruisait à petit feu.

Il se remit à lire, parce que, fort de son instruction, son petit paysan de père avait conquis Paris et pénétré des mondes auxquels il n'était pas destiné par sa naissance. Mais Victor ne savait que faire de ces lectures. A l'usine, ils n'étaient pas nombreux à avoir fréquenté l'école ; aucun ancien ne l'avait fait. Les patrons devaient se méfier de cette arme qu'ils leur avaient offerte : ils ne lui proposaient aucun avancement, aucune responsabilité. Pourtant, il n'eut pas l'audace de tenter sa chance ailleurs. Avec son bagage, il aurait pu percer s'il n'avait pas été aussi velléitaire. Son confort était médiocre, mais c'était le sien, et sans doute aimait-il trop ce chemin si souvent parcouru entre la maison et la fabrique, ces métiers qui, sans répit, filaient la soie du temps qui passe, cette cloche qui sonnait les heures des repas, ces gestes machinaux qui lui vidaient la tête de tout souci.

Et puis, il y avait là-bas un peu de l'ombre de sa mère, de son parfum. Il se souvenait de son premier jour à l'usine, à onze ans. Il n'était qu'un apprenti, un « miché », un « borriau ». Après son travail, Victor était allé chercher Catherine à l'atelier des ouvrières ; quelques galants attendaient leur coquine. Il était le plus jeune, de loin, et au milieu de ces galopins à moustache, il se sentait fier comme Artaban. Quand elle sortit, il eut un éblouissement : c'était la plus belle. Elle lui prit la main pour le raccompagner ; il dégagea un peu brusquement la sienne, par peur du ridicule devant ses camarades d'atelier.

Il y en eut tant, de ces retours d'usine ensemble, où il racontait la classe le matin, la fabrique l'après-midi. Elle ne lui disait rien, parce qu'il n'y avait sans doute rien à dire. L'orgueil de sa vie trottait à ses côtés. Victor ne lui connut jamais d'homme, et Dieu sait qu'ils étaient nombreux à lui tourner autour ! Les oreilles fatiguées par le bruit assourdi des métiers, elle l'écoutait quand même, lui posait mille questions. Et lui redressait le buste, fier de marcher aux côtés d'une aussi jolie femme, fier de partager sa vie : ils avaient le même métier, la même besace pour le déjeuner, le même patron et presque le même salaire...

Il lui était difficile de quitter ce vert paradis. Même quand les filles se bousculaient pour l'attendre à la sortie de l'atelier, c'est sa mère qu'il côtoyait sur le chemin du retour.

Victor ne se remit jamais de son enfance.

Si les livres ne lui permettaient pas de grimper les degrés de l'échelle sociale, s'ils ne lui donnaient pas la force de tout quitter, du moins lui faisaient-ils explorer des mondes qu'il ne se lassait pas de découvrir. Et, peu à peu, à côté de l'usine, il se construisit un univers qui n'appartenait qu'à lui.

Victor avait compris qu'il n'aurait jamais le destin de son père. Aussi vivait-il à travers les autres, en endossant le costume des héros de ses romans. Etait-ce un aveu de faiblesse ? La conscience de ses limites prouvait au moins sa lucidité. Pourquoi vouloir à tout prix ressembler à ce père qu'il n'avait pas connu, qui ne l'avait jamais vu et qui, probablement, n'avait même pas soupçonné son existence ? Peut-être le sang d'une seule nuit d'amour n'est-il pas assez fort pour arriver au cœur, à ces régions de l'âme où se fortifie le caractère... Que vaut la semence d'un puceau ? Ce géniteur ne lui avait laissé aucune consigne, aucun plan de route et, sans l'exhortation de sa mère à lui ressembler, il aurait sans doute fini par l'oublier tout à fait.

Victor savait que sa volonté n'était pas de bronze, que son irrésolution le conduirait sans doute à tourner en rond toute sa vie. Qu'y pouvait-il ?

Et puis, quand on approche de la trentaine,

on a du mal à se comparer à un gamin mort à vingt ans.

Voilà sans doute pourquoi, peu à peu, il renonça à l'idée d'emprunter cette cape trop grande pour lui et se complut avec délices dans la compagnie des livres. Ils lui permirent de vérifier que s'il n'était pas doué pour l'action, c'était à cause d'un excès de sentimentalisme qui le paralysait. Il en tira la conclusion que les horizons les plus beaux étaient par nature inaccessibles.

C'est pourtant en se lovant dans un univers romanesque qu'il apprit enfin à se respecter. L'estime de soi ne se jauge pas à celle des autres. Sa vie prenait un sens qu'il n'avait pas réussi à lui donner. Il y avait là une ligne de partage entre le bien et le mal, il ne pouvait qu'avancer en funambule sur cette crête. D'autres avaient balisé le chemin pour lui. Dans les livres, les âmes étaient nobles, les sentiments violents, il s'y abandonna.

12.

SI Victor se réfugiait à ce point dans la fréquentation des livres, c'était aussi que le monde qu'il y découvrait était parfois si sordide que le sien lui paraissait, en comparaison, infiniment doux. *L'Assommoir*, notamment, lui procura une émotion violente, une secousse vitale.

Certes, sa propre condition n'avait rien à voir avec la peinture que faisait Zola des ravages de l'alcoolisme en milieu ouvrier, et Victor n'avait jamais vu sa mère boire. Mais Gervaise portait en elle ce germe de la révolte qui habitait Catherine et qui s'extirpa d'elle avec tant de violence, lors de son dernier été.

Quand il apprit que le roman allait être adapté au théâtre, il voulut voir la pièce et prit une grande décision : il allait monter à Paris. Victor n'avait pas quitté la Croix-Rousse depuis son arrivée à Lyon ; il était temps qu'il bouge un peu, qu'il fasse un choix qui l'engage, celui-là ou un autre. Ce fut celui-là.

Plus de vingt ans après son départ de la capitale, il reprit le chemin inverse, dans les premiers jours de 1879. Il ne reconnut pas, de prime abord, sa ville natale. Le baron Haussmann était passé par là. Il retrouva cependant sans peine la ruelle de son enfance. Elle lui parut minuscule et sordide. Il apprit qu'un poète s'y était pendu, en janvier 1855, quelques semaines après leur départ. En redécouvrant ces lieux, avec son regard d'adulte, Victor le comprenait... Il avait pourtant grandi heureux, entre cette rue escarpée de la Vieille-Lanterne, la sinistre rue de la Tuerie et la place du Châtelet. Mais ce pâté de maisons lui semblait désormais si peu avenant qu'il comprit le geste de Nerval courant après sa raison perdue.

Sa deuxième halte fut pour le quai de Bièvre où il avait si souvent accompagné sa mère, la regardant battre le linge. A l'époque, il y avait là une rivière qui se jetait dans la Seine ; elle était à présent entièrement recouverte par le quai.

Les ballots de linge, eux, étaient toujours là, de même que les caisses que les mariniers déchargeaient et sur lesquelles Alexandre avait dû s'asseoir pour observer Catherine, le jour de son arrivée à Paris. Les lavandières aussi, bien que moins nombreuses, étaient fidèles au poste. Les souvenirs de Victor embellissaient cet endroit devenu pour lui le centre du monde, puisque sa mère y travaillait. Il avait en tête des filles joyeuses et délurées frottant de bon cœur le linge de la ville. En ce jour de janvier assez frisquet, aucune des lavandières présentes ne l'inspira. Peut-être s'y trouvait-il d'anciennes camarades de Catherine, mais comment les reconnaître ? Près d'un quart de siècle s'était écoulé, tant d'eau avait passé sous le pont voisin, tant de destins avaient été emportés par la Seine...

Il se rendit ensuite à Neuilly pour voir la boutique devant laquelle son père avait choisi de se tuer. Elle n'existait plus. C'était, paraît-il, une épicerie coincée entre un marchand de vins et un fabricant de savon.

A deux kilomètres de là, dans un cimetière, une inscription perpétuait sa mémoire. Victor la retrouva sur sa tombe envahie de mauvaises herbes. Les belles dames avaient dû cesser de la visiter, à moins qu'elles n'aient suivi le même chemin que son occupant. On y lisait : *Alexandre Tabarant, 1829-1849.* Qui l'avait fait graver ? Sa mère n'en avait pas soufflé mot. Elle ne lui avait jamais dit, non plus, comment s'appelait son père. Sur le moment, il eut envie d'accoler son nom au sien, puisque celui de Parker n'avait servi qu'à fabriquer une légende dont il n'avait plus besoin. La vraie était beaucoup plus belle et, au moins, elle lui appartenait. Puis il considéra que ce patronyme légué par sa mère était d'abord le sien, à elle, celui qui lui avait permis de se purifier du passé et de se refaire une nouvelle vie, lyonnaise, soyeuse et droite.

Ce n'est que plus tard, pendant le procès, en écoutant la plaidoirie de l'avocat du prince Kropotkine, qu'il repensa à son nouveau patronyme. On reprochait au prince d'avoir écrit : « Un édifice basé sur des siècles d'histoire ne se détruit pas avec quelques kilos d'explosifs. »

L'accusation était idiote puisque, par cette phrase, le prince donnait l'impression, sinon de condamner, du moins de juger vaine toute action terroriste. Mais dans sa réponse, Kropotkine avait demandé à son défenseur de citer deux de ses compatriotes : Bakounine, tout d'abord, et un certain Priadov, qui avait, paraît-il, pour devise : « Tenir et se tenir. Tenir bon et se tenir bien. » Victor fit aussitôt sienne cette maxime puis, en réfléchissant dans sa cellule, en hommage à Kropotkine – dont il ignorait jusqu'à l'existence au moment des attentats mais dont il se sentait, depuis, solidaire –, il décida de s'appeler désormais Victor Priadov-Parker. Sa mère avait emprunté un vêtement qui n'était pas le sien et le lui avait prêté. Il prenait à son tour un autre déguisement pour cette vie où tout n'est qu'apparence et où les gens ne sont jugés que sur la mine et le costume.

Après avoir nettoyé la tombe, Victor alla rôder autour des locaux de *La Presse*, rue Montmartre. Il aurait bien aimé y consulter les numéros dans lesquels avait écrit le jeune Tabarant, journaliste émérite avant même d'avoir dix-huit ans, mais comme il n'avait aucune idée de leur date de parution, et surtout parce que l'endroit l'intimidait, il n'osa monter à l'étage.

Il n'était pas loin de l'Ambigu-Comique où, ce 18 janvier, se jouait la première de *L'Assommoir*. Il avait réussi à se procurer un billet pas trop cher en faisant la queue. Pour la première fois qu'il se rendait au théâtre, il était servi. Une salle de spectacle, un soir de générale, est très impressionnante mais il n'était pas le seul ouvrier au poulailler. De là-haut, on voyait s'agiter un parterre vêtu de fracs. Ces minuscules fourmis gesticulaient beaucoup, se levaient, s'embrassaient, se congratulaient. « Zola », lui souffla son voisin de gauche en tendant le doigt vers un petit personnage très entouré qu'il n'avait pas du tout imaginé comme ça. Il pensait voir un colosse, avec de grosses pognes de travailleur manuel et un torse de stentor, et il découvrait un maigrichon qui racontait l'épopée des Rougon-Macquart à raison d'un livre par an, en brassant petit peuple et bourgeois, grandes âmes et viles actions...

Sa déception fut vite effacée par un brouhaha suivi de quelques applaudissements : la salle saluait l'arrivée de Victor Hugo lui-même ! A soixante-dix-sept ans, l'académicien, qui relevait – disait-on – de maladie, avait tenu à venir encourager Zola dont la pièce avait été menacée par la censure. Sans doute se souvenait-il de la façon dont, cinquante ans plus tôt, il lui avait fallu, avec sa claque, défendre son *Hernani*, lors d'une première mémorable, avant d'aller fêter son triomphe au Véfour comme Zola le ferait, à sa table favorite, après la représentation.

La salle, tout acquise, ce soir-là, à l'auteur et à sa pièce, lui réserva un bel accueil. Gil-Naza, qui interprétait le rôle de Coupeau, fut très applaudi ; Victor n'avait d'yeux que pour Gervaise, subjugué de voir, pour la première fois, les personnages d'un livre s'en échapper, prendre forme humaine, se mouvoir comme s'ils existaient indépendamment de l'auteur qui leur avait donné vie.

L'actrice, Line-France d'Amis, était jolie fille et correspondait tout à fait à l'image qu'il s'en était faite. Le portrait de Catherine. Plus encore que dans le roman, c'était sa mère qu'il voyait sur la scène, ses combats, ses révoltes.

Victor, ce soir-là, pleura toutes les larmes de son corps, et il n'en eut aucune honte. Les yeux encore embués, il voulut approcher l'actrice pour la féliciter. Un petit groupe s'était réuni à la droite des corbeilles. Il allait entrer en coulisse lorsqu'un employé qui montait la garde le toisa.

– Monsieur... ?

Victor hésita, ne sachant trop ce que l'homme lui voulait. Il répondit à tout hasard :

– Parker.

L'autre avait senti son embarras. Victor n'était visiblement pas de la confrérie des théâtreux, encore moins du beau monde. Il lui fit signe d'attendre et laissa passer tout un cortège roucoulant. Vexé, Victor n'attendit pas. D'ailleurs, qu'aurait-il dit à Mlle d'Amis ? Qu'elle ressemblait à sa mère ? Qu'il était amoureux d'elle ? Qu'elle l'avait fait pleurer ? Que s'il avait été fortuné, il lui aurait offert des roses blanches ?

Ce voyage à Paris resta comme une parenthèse trop vite refermée. En limitant son voyage à deux jours, plus un pour l'aller et un autre pour le retour, Victor avait réduit son champ d'évasion. A la soierie, il avait dû batailler pour obtenir un congé – en prétextant la mort de l'improbable Parker – et il n'osa pas prolonger son séjour dans la capitale.

Au retour, il dressa l'inventaire de ce qu'il n'avait pas fait. Il n'avait pas osé saluer Line-France en coulisse, n'avait pas consulté les articles d'Alexandre, n'avait pas cherché ses traces dans son quartier de la bohème... Dommage. Cela lui aurait peut-être fouetté le sang.

A plusieurs reprises, il eut pourtant le sentiment que le souvenir persistant d'Alexandre réveillait en lui des chromosomes endormis. Manquer de confiance en soi est l'un des supplices les plus raffinés que peut imposer le Créateur. Ce sentiment d'impuissance s'accompagne généralement d'une cruelle conscience de ses limites, et ce constat nous ronge, nous paralyse davantage encore à l'heure du choix suivant. Quand on naît avec cette affreuse lucidité, on meurt avec.

A mesure que la figure d'Alexandre grandissait en lui, Victor se recroquevillait. Il avait désespérément besoin du cocon maternel et, dix ans après la mort de sa mère, trente ans après celle de son père, il lui fallait retourner à Lyon. Cette urgence l'habitait plus douloureusement que son désir de retrouver les lieux de son enfance ou celui de musarder sur les traces de ce père inconnu, inaccessible.

En souvenir de Catherine, Victor décida d'accomplir, dès sa sortie de prison, le pèlerinage de Pionsat et de rendre visite à son « parrain », s'il était encore de ce monde. Il avait bien compris, en lisant le cahier de sa mère, qu'avec toute sa douceur habituelle, elle lui en intimait l'ordre.

13.

LE jour de la libération approchait. Victor commençait à y songer avec un peu d'anxiété. Il avait pris ses aises au quartier sud. Les gardiens ne le bousculaient pas et sa vie au milieu de ses livres avait fini par lui paraître tout à fait acceptable.

Et puis, qui l'attendrait dehors ?

Il avait économisé un peu d'argent, ce qui lui avait permis de garder le deux-pièces de la rue Poivre après la mort de Catherine, mais comment savoir si ses propriétaires n'avaient pas profité de son séjour en prison pour louer son appartement à quelqu'un d'autre ? En revanche, il ne se faisait pas d'illusions pour son travail. L'étiquette d'anarchiste allait lui rester collée au front pour la vie et, une fois sorti de prison, il risquait fort de se retrouver sans emploi.

Financièrement, le procès tombait plutôt mal.

Le 20 janvier 1882, sa banque, l'Union générale, avait fait faillite. Ils étaient des milliers à se réveiller victimes du krach. Cela n'était pas arrivé depuis la banqueroute du système de Law. Pendant quelques semaines, les petits épargnants firent le pied de grue devant l'Union générale. Les banquiers avaient fermé tous les guichets et refusaient de les recevoir. Les gros bonnets, eux, alertés par des fuites la veille de l'effondrement, avaient retiré leur magot ; seules les petites gens s'étaient retrouvées Gros-Jean comme devant.

Victor revoyait le sourire mielleux des employés qui les invitaient à confier leurs économies à la banque. Il eut besoin, un jour, de retirer un peu d'argent de son compte. Un guichetier lui expliqua que c'était une trop petite somme, et le découragea par des tracasseries administratives... C'est à l'Union générale et non à L'Assommoir que les anarchistes auraient dû déposer leur bombe !

Au printemps de cette année-là, Victor était allé à Roanne assister, juste un après-midi, au procès d'un ouvrier qui, comme lui, s'était retrouvé plumé par l'Union générale. Licencié par son entreprise pour cause de dette envers l'économat, il avait attendu, un soir, son contremaître et lui avait rectifié le portrait. On lui reprochait de l'avoir corrigé à l'intérieur de l'usine, alors qu'il lui était interdit d'y pénétrer. Huit ans de travaux forcés ! C'était à vous dégoûter de ce monde où seuls les petits trinquent.

A la réflexion, Victor se disait qu'il aurait aussi bien fait de participer aux émeutes de la Bande Noire, quelques mois plus tard, le 15 août, à Montceau. Les mineurs avaient envahi le hameau de Bois-Duverne, incendié la chapelle et sonné le tocsin. Cent cinquante d'entre eux avaient marché sur Montceau-les-Mines, puis sur Blanzy. Leur révolte avait fait peur aux beaux quartiers, bien abrités derrière leurs gendarmes.

C'était dit : dès qu'elle lui aurait ouvert la porte de sa geôle, Victor se chargerait de se rappeler au bon souvenir de cette société.

14.

VICTOR Priadov-Parker sortit de la prison Saint-Paul le 10 janvier 1884, un an tout juste après y être entré. On ne lui avait pas fait cadeau d'un seul jour, d'une seule heure.

A son arrivée rue Poivre, il eut une bonne surprise, de celles qui font ne pas désespérer tout à fait du genre humain. Un de ses coaccusés, condamné à six mois seulement parce qu'il s'était repenti de crimes qu'il n'avait pas commis, chassé de son garni par sa logeuse qui ne voulait pas d'anarchistes chez elle, avait eu l'idée de reprendre le deux-pièces de Victor, avec l'accord des propriétaires, et, depuis, en payait le loyer rubis sur l'ongle. Il accueillit son camarade avec des effusions qu'il n'avait jamais manifestées à son égard ; du temps de la soierie, ils ne se connaissaient que de loin.

Emile avait tout prévu. Conscient des difficultés de retrouver un emploi dans la bonne ville de Lyon, il avait conclu que l'union faisait la force. Il demanda donc à Victor de lui permettre de rester chez lui et lui proposa de régler la moitié du loyer.

Victor accepta sans hésiter. Ce logement, qu'il avait partagé pendant douze ans avec sa mère, puis pendant douze autres années avec son souvenir, il allait désormais l'occuper avec un étranger. Il avait tant besoin de parler après ces mois d'isolement ! Et cette compagnie lui convenait.

Emile se révéla de bon sens et de bon conseil, et tout aussi sceptique que lui sur la nature humaine. Tous deux jugeaient inique l'ordre des choses, la justice en étant le comble. Ils parlèrent de tout cela de longues heures, à la veillée.

Le plus amer des deux était sans doute Emile, qui se reprochait sa docilité pendant le procès.

– Je n'ai eu que trois minutes à la barre, expliquait-il pour se justifier.

Victor s'efforçait de l'apaiser :

– Mon avocat aussi m'avait dit de me faire tout petit. Et j'aurais suivi son conseil s'il n'y avait eu cette intervention fielleuse du président. Rassure-toi, nous en étions tous là, sauf le prince, qui, lui, ne voulait pas mettre son drapeau dans la poche, parce que c'était sa raison d'être, et le journaliste, qui connaissait le fonctionnement de la justice. Cette corporation et la sienne savent très bien ce que signifie être aux ordres.

– C'est vrai, reprit Emile, nous étions tous terrorisés. Eh bien, désormais, c'est nous qui allons leur faire peur !

C'est ainsi que, de conversations en monologues ruminés pendant trop longtemps en prison, ils échafaudèrent des stratégies qui ne feraient plus jamais d'eux des moutons.

A sa sortie de prison, comme tous ses autres compagnons libérés, Emile s'était vu opposer un refus catégorique de ses employeurs. Ils résolurent donc d'aller provoquer les soyeux en s'appuyant sur la loi qui venait tout juste d'être promulguée le 21 mars, et qui autorisait, pour la première fois, la création de syndicats.

Au troisième jour de leur siège devant les grilles de l'usine, rue Puits-Gaillot, alors qu'ils s'efforçaient d'enrôler les ouvriers en leur expliquant leurs droits, ils eurent la surprise d'être convoqués par le bras droit du patron. Ils attendaient dans le vestibule quand un secrétaire vint chuchoter à l'oreille de Victor qu'on voulait lui parler seul à seul.

Le directeur général l'accueillit presque jovialement.

– Monsieur Parker, lui dit-il, vous avez été pendant de longues années un employé dont nous n'avons eu qu'à nous féliciter. Nous avons donc décidé de tirer un trait sur votre condamnation. Nous vous réembauchons.

Victor, interloqué, balbutia quelques mots de remerciement.

– Ne me remerciez pas, monsieur Parker. Avant de vous réintégrer, j'ai besoin de votre parole et d'un engagement.

– Un engagement ?

– Je sais parfaitement à quelles activités vous vous livrez depuis trois jours. Je devine un peu quels en sont les motifs, mais je ne crois pas que votre colère soit principalement dirigée contre nous. Bien entendu, nous ne nous opposerons pas à la création d'un syndicat dans l'usine, puisque la loi l'exige. Mais nous avons besoin d'interlocuteurs responsables. Et, pour être francs, nous préférons choisir nous-mêmes ceux avec lesquels nous allons dialoguer. Vous laisser haranguer nos hommes à la porte de la fabrique, c'est courir le risque d'aggraver le prurit. En vous reprenant, nous faisons d'une pierre deux coups. Vous acceptez le marché ?

Le calcul était cynique mais il avait le mérite d'être clairement formulé. Victor se donna le temps de la réflexion pendant que son interlocuteur poursuivait :

– Je vais vous faire une confidence que je vous demande de garder pour vous ; ce sera notre premier contrat et la preuve que je vous fais confiance : la soierie traverse une période difficile. Les affaires ne sont plus ce qu'elles étaient il y a quinze ans, quand nous pouvions nous payer le luxe d'affronter une grève. Aujourd'hui, la concurrence est redoutable. Il nous faut un homme comme vous pour diriger ce syndicat. Je vous promets que la collaboration sera loyale. Tout ce que nous pourrons raisonnablement vous accorder, nous vous le proposerons. Nous avons simplement besoin que ces négociations soient précédées de discussions avec vous, pour voir jusqu'où nous pouvons aller sans perdre la face, ni vous, ni nous. Vous avez de l'instruction, nous savons que nous y sommes pour beaucoup, je pense donc que je peux compter sur vous.

Victor ne s'attendait pas à cette proposition. Il en était tout déconcerté. En lui se mêlaient le bonheur d'être réembauché, la fierté d'être enfin reconnu pour ce qu'il était, un homme de responsabilité, et la méfiance que lui inspirait cette collaboration qu'on attendait de lui. Lui demandait-on de passer dans le clan des patrons, de trahir les intérêts de sa classe ? Pas vraiment puisqu'on acceptait qu'il crée un syndicat. Ce serait sans nul doute une innovation à Lyon et une bien jolie façon de rendre hommage à sa mère qui, en 69, avait animé la première grève des ouvrières dans cette soierie. Le directeur général venait d'ailleurs d'y faire discrètement allusion. Il n'ignorait rien des activités de Catherine Parker. Victor se disait que, là où elle était, sa mère serait heureuse d'avoir fait un fils qui lui ressemblait. C'est ce qui le décida à accepter.

– Je suis d'accord, dit-il, à condition que notre collaboration soit franche et que vous ne me mettiez pas des bâtons dans les roues. Mais je vous demanderai autre chose.

– Quoi donc ? questionna le patron qui prit un air finaud.

Il savait qu'il avait gagné pour l'essentiel et pressentait sans doute une revendication financière.

– Que vous réembauchiez également Emile.

– Quel Emile ?

– Emile Janicot, celui qui attend dans l'antichambre.

A ce mot d'« antichambre », le directeur général sourit.

– Nous avons refusé de le faire il y a six mois quand il s'est représenté à nous. Non pas tant à cause du procès ou de ses idées mais parce qu'il n'était pas l'un des meilleurs. Et encore, j'use d'un euphémisme, parce que c'est l'un de vos amis.

– Si c'est ainsi, notre collaboration démarre sur de mauvaises bases. Vous aurez beau jeu de m'opposer à chaque fois des raisons professionnelles pour promouvoir ou licencier ceux que vous voudrez. Dans ces conditions, je décline votre offre.

– C'est bon, monsieur Parker, ne vous emballez pas. Ce sens de l'amitié vous honore. Nous reprenons aussi votre Janicot. Pourtant, ne vous méprenez pas sur le rôle d'un syndicat. Votre fonction ne sera pas d'agréer ou non les évolutions de carrière des uns et des autres. Il y a une direction pour cela, qui, elle aussi, sait bien jauger les hommes. En revanche, tout ce qui pourra faciliter les conditions de vie des ouvriers sera de notre ressort commun. Nous ferons nos propositions, vous ferez les vôtres, et nous trancherons le plus équitablement possible. Vous êtes bien d'accord là-dessus, monsieur Parker ?

Sans davantage réfléchir à la dernière phrase de son interlocuteur (vous proposerez, nous disposerons), Victor fit oui de la tête, avec la mine grave de ceux qui, soudain, apprennent que le moindre de leurs actes, de leurs écrits, pèse son poids de conséquences.

– Encore une chose, monsieur le Directeur.

– Laquelle ?

– Ne m'appelez plus monsieur Parker, mais Victor Priadov-Parker. C'est désormais mon nom.

– Ah bon... Comme il vous plaira. Allez donc vous faire enregistrer sous ce nom avec votre ami chez le directeur du personnel. Je donnerai des consignes. Et pour le syndicat, il vous proposera le projet de statuts que nous a fourni la préfecture du Rhône. Si quelque chose ne va pas, parlez-m'en en priorité. Et n'oubliez pas d'être discret sur la situation de l'entreprise. Il ne s'agit, je l'espère, que d'une mauvaise passe, je ne souhaite pas entendre de rumeurs circuler. Ce n'est jamais bon pour le moral des troupes et cela ferait le jeu de la concurrence qui n'attend qu'un faux pas de notre part. Je ne vous ai fait cette confidence que pour vous montrer en quelle estime je vous tiens. J'aimerais qu'ensemble, le syndicat et nous, nous redonnions à l'entreprise son lustre d'antan. Sur ce, je vous salue, monsieur Priadov-Parker, et je nous souhaite de longues années de coopération fructueuse. Transmettez mes hommages à madame votre mère.

Victor avait à moitié tourné les talons quand il reçut cette ultime piqûre au cœur. Rien de plus normal, au fond. Que peut bien savoir un patron du sort d'une ouvrière quand elle a quitté son usine ? Pour le patron, les ouvriers ne sont que des pions, des instruments pour filer la soie et un matricule pour le jour de la paie, à la fin du mois. Il devrait s'en souvenir lors des négociations à venir.

Victor s'était retourné. Le directeur général n'avait pas tout à fait terminé.

– J'oubliais, monsieur... Victor. Vous permettez que je vous appelle ainsi ? Votre nouveau nom est un peu trop compliqué...

– Je vous en prie, monsieur le Directeur.

– C'était simplement pour vous dire qu'après vingt-cinq ans de maison, vous méritez mieux que votre ancien poste. Vous serez désormais chef d'atelier, sous les ordres de votre contremaître. Ça vous va ?

– Bien sûr, monsieur le Directeur ; je vous remercie.

– C'est bien normal, monsieur Victor. Je vous souhaite une bonne journée. Au revoir.

Une belle journée ? Et comment donc !

En sortant, Victor se précipita vers Emile.

– J'ai trois bonnes nouvelles. Tu as à nouveau un travail. Moi aussi. Et nous avons le droit de créer un syndicat.

Il n'avait pas osé annoncer la quatrième et lui dire qu'il avait été promu « bargeois ».

15.

PENDANT six mois, Victor se crut un homme neuf. Les responsabilités qui étaient désormais les siennes dans l'atelier donnaient à son travail un sens nouveau. Les employés qu'il avait sous ses ordres le regardaient avec sympathie ; c'était l'un des leurs, il ne les méprisait pas. L'épreuve qu'il venait de traverser suscitait la compassion et l'idée d'un syndicat était plutôt bien accueillie.

Il y eut bien quelques jaloux qui l'accusaient de pactiser avec la direction, mais la plupart préféraient attendre prudemment avant d'aller grossir les troupes du STS, le Syndicat des travailleurs de la soierie. Pour beaucoup, cette idée d'une communauté d'intérêts représentait en elle-même une révolution dans leur conception des rapports de travail, basés jusque-là sur la hiérarchie et la discipline. On se méfiait d'un engagement qui pourrait un jour se retourner contre ceux qui y auraient cru. Nombre d'entre eux étaient d'anciens canuts qui avaient longtemps travaillé pour leur compte, comme artisans. Ils avaient épargné pour s'acheter un métier à bras qui leur coûtait deux cents francs ; ils trimaient dur, mais au moins, ils se sentaient libres. La mécanisation de la profession avait entraîné leur disparition, tous avaient dû gagner les usines où ils avaient le sentiment de se retrouver en laisse dix heures par jour, jusqu'à la cloche, pour toucher leurs trois francs quotidiens.

Pourtant, lorsqu'ils purent constater les résultats obtenus par Victor, Emile et leurs amis du syndicat, de nombreux ouvriers vinrent grossir les rangs de ces pionniers. Plus solide sur ses assises, le STS devenait un interlocuteur respecté par la direction. Les discussions étaient parfois rudes, mais le patron ne semblait pas s'en plaindre. Comme il s'y était engagé au moment de sa réintégration, Victor, avant l'ouverture de discussions, avait souvent une conversation informelle avec le directeur général. Chacun définissait un cadre dont on veillait à respecter les limites. Victor n'en informait pas toujours ses camarades, mais il n'avait pas pour autant le sentiment de les trahir.

L'amélioration des conditions de travail fut sensible, surtout pour les équipes de nuit, et Victor veilla particulièrement à celles des caneteuses, des remetteuses et des appareilleuses, sans doute par fidélité à la mémoire de sa mère et à celle, plus imprécise, de Gervaise. Cela lui valut, chez les dames et les demoiselles, une popularité qui fit des envieux.

Un incident permit à Victor d'établir durablement son emprise auprès des ouvrières. Une certaine Stéphanie se prit un jour de bec avec son contremaître. Elle avait eu besoin de s'isoler et avait demandé la permission, comme il était de coutume. Refus du contremaître : le travail ne pouvait attendre. L'homme était antipathique, son ordre était stupide et Stéphanie, obstinée. Elle ameuta ses camarades, qui cessèrent aussitôt le travail.

Alerté, Victor intervint. Il le fit à sa manière, plutôt calme, écouta l'ouvrière et demanda ensuite sa version au contremaître.

L'autre se braqua :

– Je n'ai pas à vous rendre de comptes. Vous n'êtes pas ici dans votre atelier.

Victor se tourna alors vers Stéphanie :

– Madame, vous pouvez sortir. Vous avez cinq minutes.

L'ouvrière quitta l'atelier sous les applaudissements de ses camarades.

Victor venait à peine de prendre conscience de son audace – puisqu'il n'avait aucune permission à accorder à une employée extérieure à son atelier –, que le contremaître, humilié, se rua sur lui. Victor évita le coup, les ouvrières se mirent à crier et le bargeois dut intervenir pour demander à Victor de quitter l'atelier.

– Je vais être obligé de rapporter l'incident, lui dit-il, presque à regret.

Le contremaître, furieux d'avoir été ainsi désavoué, s'était éclipsé vers les bureaux qui surplombaient les ateliers et dont les portes vitrées permettaient de tout voir.

Ce fut le chef du personnel lui-même qui redescendit avec lui. L'affaire devenait sérieuse.

– Monsieur Priadov-Parker, interrogea le directeur, que faites-vous ici ?

Victor avait à peine ouvert la bouche pour répondre qu'il fut interrompu par Stéphanie, qui venait de regagner son poste :

– Il est venu nous défendre contre les réflexions dégradantes de ce monsieur qui déteste les femmes et qui, c'est bien connu, n'a jamais lui-même de besoins intimes ! s'écria-t-elle.

– Madame, je ne vous ai pas donné la parole. J'ai posé une question à...

– Eh bien, je la prends ! s'emporta l'ouvrière. Le contremaître vient très élégamment de me demander de pisser dans ma culotte et de nettoyer ensuite ma chaise avec la langue. Vous croyez que ce sont des choses qu'on peut entendre ?

– Mais je n'ai jamais dit ça, protesta le contremaître, interloqué.

– Il l'a dit, monsieur le directeur ! cria une autre ouvrière, surexcitée. Il a dit ça, et très fort. Nous l'avons toutes entendu. Et ensuite, il a agressé le type du syndicat.

– Oui ! oui ! reprirent en chœur ses camarades, couvrant presque le bruit des machines, qu'elles appelaient le « bistanclaquepan ».

Le vacarme prenait des proportions alarmantes.

– L'incident est clos, conclut le chef du personnel. Que chacun regagne son poste de travail, M. Priadov-Parker comme les autres.

Les ouvrières applaudirent à tout rompre tandis que le directeur se retirait rapidement dans son bureau, suivi du contremaître essoufflé qui brassait l'air avec ses mains, expliquant sans doute à son supérieur que ce jugement de Salomon allait avoir de fâcheuses conséquences sur son autorité au sein de l'atelier.

Victor, un peu abasourdi, était fêté comme un héros. Il reçut une première bise de la part de Stéphanie, qu'il connaissait à peine une heure auparavant et qui devait avoir l'âge de sa mère dans ses dernières années à l'usine. Et une autre, plus affectueuse, d'une jeune fille que lui présenta l'ouvrière.

– C'est ma Charlotte, lui dit-elle avec fierté. Ma Charlotte, qui te baptise ainsi. Elle ne fait pas ça souvent. Elle est déjà difficile en matière d'hommes !

Les ouvrières riaient.

« Tacha ! Tacha ! », reprirent-elles, avant d'expliquer à Victor qu'à force d'entendre sa mère parler de « Ma Charlotte » par-ci, « Ma Charlotte » par-là, elles avaient fini par appeler sa fille « Ta Charlotte », puis « Tacha », tout court.

La jeune fille les écoutait, un peu à l'écart. Elle lui adressa un sourire coquin.

Victor regagna son propre atelier puis, dès le soir, imagina avec le syndicat une modification du règlement qui permettrait d'octroyer aux ouvriers trois pauses de ce genre dans la journée, sans compter la demi-heure pour le déjeuner. Et comme, dans le feu de l'action, il avait tout à l'heure généreusement accordé cinq minutes à

Stéphanie, ils fixèrent ce temps-là à chaque pause, ponctuée par l'inévitable cloche.

Emile en fit la proposition au directeur du personnel. Victor n'eut même pas besoin d'aller en parler préalablement à son habituel interlocuteur. Les conditions du STS furent acceptées sans discussion et, sans que quiconque en fît la demande, le contremaître fut muté dans un autre atelier. Il voua de ce jour une haine mortelle à Victor.

Tacha non plus n'oublia pas l'incident. Ni son héros...

16.

CETTE réussite valut au syndicat de nouvelles adhésions et une sympathie certaine, sans parler, pour Victor, de nouveaux succès auprès des dames. Il en profita à l'envi. Les ouvrières célibataires tournaient ouvertement autour de lui. Dès le lendemain soir, une fille lui offrit sa première nuit d'amour depuis son entrée en prison, quinze mois auparavant. Le sentiment du temps perdu l'entraîna dans une espèce de frénésie que rien ne freinait.

Il compta sur les doigts d'une main, d'abord, puis des deux, ses conquêtes dans une basse-cour dont il était le seul coq. Il jouissait sans retenue de cet ascendant retrouvé. Il repensa à ce père inconnu, lui aussi couvert de femmes, et cela lui donna encore plus de cœur à l'ouvrage. Peut-être trouverait-il là le moyen de se guérir de son irrésolution. Peu à peu, il reprenait confiance en lui, en son destin tardif. Il s'intéressait à chacun, à chacune, aux appareilleuses qui installaient les lisses où passaient les fils de la chaîne, aux ourdisseurs qui les préparaient, aux monteurs qui organisaient le métier, aux liseurs qui, à partir d'un dessin, exécutaient les cartons perforés commandant le mécanisme Jacquard, mais surtout aux remetteuses qui faisaient entrer les fils dans les mailles du remisse et à celles qui confectionnaient les canettes, les bobines sur lesquelles ils étaient enroulés. Il aimait beaucoup les caneteuses. Un peu trop.

Cela n'alla pas sans dommages. Certains de ses camarades se méfiaient de lui et ne cachaient pas que le manège de leur compagne – parfois même de leur femme – les agaçait prodigieusement. Victor commit l'erreur de ne pas en tenir compte. Pire, il joua un peu trop des rivalités des ouvrières entre elles, observant avec amusement ces jalousies qui le mettaient sur un piédestal tout nouveau pour lui.

Tout bascula un soir qu'il quittait la couche de Stéphanie. Elle n'avait pas été la première à se donner à lui après l'incident avec le contremaître, mais elle le fit avec beaucoup d'entrain et de confiance. S'alliaient en elle une rigueur d'âme et un besoin effréné de liberté, de jouissance. Il sortait de chez elle, en prenant des précautions pour ne pas être reconnu, quand il sentit une main se poser sur son épaule.

– C'était bien avec maman ?

C'était Tacha. Victor sentit son sang se glacer. Il voulut répondre que non, il ne s'était rien passé, qu'il était juste venu pour un problème de syndicat. Il n'en eut pas le temps.

– Ne vous fatiguez pas, dit la jeune fille. Ça ne me gêne pas du tout. C'est très bien pour maman, ça ne lui arrive pas si souvent.

Et elle ajouta, le regardant droit dans les yeux :

– De toute façon, j'adore l'odeur de l'amour.

Interloqué, Victor ne trouva pas d'autre réplique que de l'embrasser. Elle se laissa faire. Il fut envahi par une sensation d'invincibilité, mêlée au charme vénéneux de cette double conquête en une seule nuit.

– Pas ce soir, dit-elle. Pas si vite la fille après la mère !

Elle s'amusait déjà de lui. Mais c'était doux de se laisser flotter comme une plume au fil de l'instinct. Ce qu'elle disait de l'odeur de l'amour devait être vrai. Il était lui-même grisé par cette montée de muscs confondus.

Charlotte, de son côté, laissait ses mains courir sur sa taille et sa poitrine. Elle le couvrait de petits baisers brefs comme le picorement d'un oiseau, tout en respirant l'odeur de sa nuque avec une science de grande amoureuse.

– Quel âge as-tu ? demanda Victor.

– Dix-huit ans.

– Tu as l'air d'aimer les hommes. Et je suppose qu'ils te le rendent bien ?

– A ton avis...

Cette fille savait déjà jouer avec les faiblesses du caractère masculin tout en donnant l'impression de s'abandonner. Malgré le désir manifeste que Victor lui inspirait, il ne put rien obtenir d'elle que ces caresses dans le noir.

Au demeurant, les circonstances, pour troublantes qu'elles fussent, ne se prêtaient guère à une véritable étreinte. Tapis dans l'encoignure d'un porche, les deux amoureux pouvaient à tout moment être surpris par un passant, et risquaient surtout de se faire repérer par Stéphanie...

Charlotte, en vérité, ne semblait guère s'en soucier. Elle continuait à lui mordiller l'oreille et à le renifler comme un petit animal. On eût dit qu'elle prenait un plaisir diabolique à chercher les effluves de sa mère. Etait-ce instinctif ou le signe d'une vraie perversité ? Victor n'aurait su le dire, mais c'était délicieusement excitant. C'est elle qui mit brusquement fin à ce jeu après avoir vérifié d'un geste furtif qu'elle avait bien éveillé en lui de nouvelles ardeurs.

– Charlotte..., soupira-t-il d'un ton plaintif.

– Pas Charlotte, Tacha.

– Tacha, laisse-toi faire...

– Non, pas ce soir. Quel étalon, cet homme ! Il t'en faudra combien après moi ?

– Ne te moque pas.

– Pas ce soir, je t'ai dit. Demain, peut-être. On verra si tu cours assez vite pour m'attraper.

Elle disparut dans la cage d'escalier.

17.

CHARLOTTE avait réussi son coup. En quelques minutes, elle avait chassé l'image de Stéphanie, dont la sueur était encore mêlée à la peau de Victor, et réveillé en lui l'instinct du chasseur. La capturer ne semblait guère difficile, la garder le serait davantage. Or, Victor avait déjà envie de la conserver dans ses filets. Etait-ce son extrême jeunesse, sa rouerie non moins grande ? Ou simplement sa beauté peu commune chez une jeune ouvrière ? Le fait est qu'en un quart d'heure, Victor se sentit déjà ferré, peut-être même amoureux, et qu'il aima ça.

Le lendemain, Tacha ne vint pas au rendez-vous. Il s'y attendait un peu. Plutôt que de trahir un début d'attachement, il lui tourna ostensiblement le dos et fit mine de s'intéresser davantage à la mère. Stéphanie eut droit à des égards qui amusaient ses collègues d'atelier. Depuis la prise de bec avec le contremaître, elles savaient que cela se terminerait comme ça. Mais la mère n'avait pas les charmes de sa fille. Ses formes, quoique sculpturales, commençaient à se flétrir.

Son attrait résidait principalement dans un caractère trempé, qui se lisait dans un regard exceptionnellement fier et intense. Elle aussi, comme Catherine, aurait pu interpréter Gervaise. C'était même cette ressemblance qui, après l'avoir troublé, empêchait Victor de s'attacher à Stéphanie.

Piquée au vif, Tacha revint tourner comme une guêpe autour du pot de miel, tout en prenant bien garde à ne pas se faire remarquer par sa mère.

Victor n'eut plus qu'à l'attirer un soir dans son deux-pièces, après avoir demandé à Emile de ne pas rentrer cette nuit-là.

– Alors, c'est du sérieux, avait dit l'autre.

– Je ne sais pas encore, avait répondu Victor. Mais quand tu l'auras vue, tu comprendras...

Tacha n'avait pas l'expérience de Stéphanie, mais des attentions juvéniles, des réactions parfois brusques la rendaient particulièrement excitante.

La surprise résidait dans sa conversation. C'était incontestablement une rouée, qui portait sur le monde un regard déjà lucide, s'amusait de tout, et ne manquait pas de détermination.

– Je ne finirai pas à l'usine comme ma mère, déclara-t-elle avec aplomb, fièrement dressée sur ses genoux et découvrant largement sa poitrine sous sa chemise déboutonnée.

– Et comment veux-tu finir ? demanda son amant amusé.

– Je serai une grande dame, j'en suis sûre. Je n'ai aucune envie de passer ma vie à obéir à des crétins, des contremaîtres ou des chefs d'atelier – pardonne-moi, mon chéri, je ne dis pas ça pour toi... Un jour, je les aurai tous à mes pieds. J'en aurai même de plus reluisants.

– Ce n'est pas ainsi qu'il faut juger les hommes ! s'indigna Victor. Il y en a des bons et des mauvais dans toutes les couches de la société. Tu peux dénicher un bon petit mari à l'usine. On y trouve des types épatants. Regarde-moi ! ajouta-t-il en riant.

– Mais je ne veux pas d'un bon petit mari ! s'indigna Charlotte. Je me vois bien en courtisane, en grande cocotte, pour faire râler les épouses et leur piquer leurs maris.

– Ce n'est pas une ambition ! soupira Victor.

– Si, si. Celle de n'être jamais soumise à quiconque, ni dans ma vie privée, ni au travail. Ce qui m'a plu en toi, c'est ton intervention de l'autre jour. Tu n'es pas homme à courber la tête, même devant un patron. Il ne faut jamais se trouver en situation de subir le joug de qui que ce soit. Aide-nous à nous affranchir et je t'offrirai ma jeunesse.

Tacha savait parfaitement bien ce qu'elle voulait dire quand elle parlait de jeunesse. Elle dégrafa sa jupe, ôta sa chemise, chevaucha son amant et le caressa d'une main. Les yeux mi-clos, il frôla les seins fermes, aux pointes durcies par l'ardeur qu'elle mettait à la tâche. Victor se laissait faire voluptueusement et la contemplait en se disant qu'il aimerait bien posséder ce corps à jamais.

Au même moment, Charlotte se redressa et cria, suffisamment fort pour que tout l'étage l'entende :

– Prends-moi comme maîtresse, si tu veux. Je serai ton amoureuse fidèle.

Sa maîtresse ? Ne l'était-elle pas déjà ?

– Maîtresse de maison, si tu veux, expliqua-t-elle. Epouse, jamais.

Elle brûlait les étapes avec une insolence qui la rendait irrésistible.

– Je t'ai dans la peau, petit loup, ajouta-t-elle. Garde-moi pour toi tout seul.

Victor ne désirait rien d'autre.

18.

EMILE se montra très compréhensif. Il demanda juste quelques jours pour se trouver un logement. Provisoire, parce que, dit-il à Victor, « ton affaire ne durera pas ». Emile se méfiait de Charlotte. Il la trouvait trop belle, trop provocante, trop différente des autres. « Un jour que je ne te souhaite pas, prévint-il, elle se transformera en garce. »

Victor n'écouta pas. Le lendemain du départ d'Emile, qui avait trouvé une chambre à quelques mètres de là, Tacha emménageait chez lui. Il était aux anges. La jeune fille se révélait en effet une parfaite femme d'intérieur, étonnamment mûre pour son âge.

Ils parlaient beaucoup tous les deux, le soir, après l'amour. Pour la première fois depuis la mort de Catherine, Victor se retrouvait en situation de transmettre à autrui une part de lui-même. Elle aimait son expérience, et l'interrogeait longuement sur la prison, sur Catherine, sur le mouvement ouvrier, les idées anarchistes. Il aimait partager son savoir, sa fougue, ses rêves. Depuis que Charlotte était là, il se sentait beaucoup plus fort, beaucoup plus sûr de lui.

Dans ses confidences, il se laissait parfois aller à mythifier ce père qu'il n'avait pas connu. Il raconta à sa maîtresse qu'il avait laissé une lettre avant de partir en Californie et qu'il était mort là-bas. Des amis lui avaient dit qu'il vivait dans le luxe et qu'une fortune attendait son fils de l'autre côté de l'Atlantique. Un jour, il irait prendre possession des terrains qu'il lui avait légués.

Quinze ans après la mort de sa mère, Victor se réappropriait ainsi le père qu'elle lui avait inventé pendant son enfance et son adolescence. A mesure qu'il prenait confiance en lui, il brodait davantage pour éblouir Tacha. Il lui expliqua que Priadov était en fait le vrai nom de son père, qu'il l'avait transformé en Parker outre-Atlantique pendant la ruée vers l'or ; que, là-bas, chacun gardait de lui le souvenir d'un homme remarquable, qu'il avait été maire du village de pionniers qu'il avait fondé... Il était intarissable.

La jeune fille l'écoutait, bouche bée. Plus elle buvait ses paroles, plus il se sentait obligé d'en rajouter. Il n'en éprouvait pas la moindre honte ; cela lui faisait du bien. Quand il sentait en elle suffisamment d'admiration ou que son inspiration du moment faiblissait, il se jetait sur elle, la déshabillait et se persuadait qu'il la rendait heureuse. De fait, elle le sollicitait beaucoup et, dans ce domaine comme en d'autres, il avait l'impression de lui apprendre bien des choses.

Charlotte, à vrai dire, était une élève très douée. Elle savait déjà de la vie quelques secrets que l'on connaît rarement à son âge. Après l'amour, ses yeux brillaient encore davantage. Victor l'emmenait alors à l'estaminet voisin boire un verre d'absinthe. Il avait remarqué les regards de ses camarades et faisait tout pour les attiser. Tacha et lui formaient ce qu'on appelle un beau couple. On les enviait.

Les premiers ennuis vinrent de Stéphanie. Elle avait très mal pris cette liaison, ignorait Victor et ne parlait plus à sa fille, qui était partie sans un mot d'explication. Stéphanie n'avait appris que le surlendemain que c'était pour aller roucouler avec son ancien amant. Pendant quelques semaines, elle tut son dépit, de peur de devenir la risée de l'atelier. Ses camarades n'attendaient que cela. Dans ces occasions, la compassion sert souvent de masque à la jubilation.

Le mois suivant, Stéphanie aborda sa fille sans ambages et la menaça de porter plainte contre Victor pour détournement de mineure :

– Avec ses antécédents, la justice s'occupera de lui ! menaça-t-elle. Enlever une fille trois ans avant sa majorité, ça lui coûtera cher !

Tacha ne broncha pas et rapporta ses propos, le soir, à Victor. Emile s'entremit, une fois de plus. Depuis leur réintégration dans l'usine, il vouait à son ami la plus absolue fidélité.

– Ne va pas mêler le patron et les autorités à tout ça, dit-il à Stéphanie. Je suis bien placé pour savoir ce qu'est une justice de classe. Ils seraient trop contents de semer la zizanie dans l'usine. On reviendrait à la situation d'avant le syndicat. C'est vraiment ça que tu veux ? On est en train de redevenir des hommes et des femmes libres, et tu irais tout détruire pour une histoire de coucherie ? Tu sais bien qu'il en a eu, des femmes, Victor, avant toi, et qu'il en aura d'autres après Charlotte. C'est dans sa nature et il ne faut pas que tu te vexes pour ça.

– Je ne suis pas vexée, répondit vivement Stéphanie, qui l'était évidemment. Ce n'est pas une question d'humiliation, c'est une question de loi : je veux que Tacha revienne vivre sous notre toit.

Elle promit néanmoins de ne pas porter plainte, mais comme elle n'aimait pas s'en laisser conter par les hommes, elle rumina une autre vengeance, plus subtile.

Elle s'arrangea en effet pour coincer Victor pendant la pause du déjeuner :

– Alors le tourtereau, fit-elle, on ne casse pas la croûte avec sa tourterelle ?

C'était vrai ; Tacha ne l'avait pas rejoint à midi, comme elle le faisait le plus souvent.

Victor resta sur ses gardes et répondit en termes évasifs. Il lui proposa toutefois de venir un soir dîner chez eux.

– Oh ! ça, c'est une autre histoire, fit Stéphanie. Tu es sûr que Tacha serait libre ?

– Bien sûr que oui ! Elle aimerait tellement te revoir comme avant. Tu lui manques beaucoup.

Il s'avançait un peu. Pas une fois, Charlotte ne lui avait parlé de sa mère, si ce n'est pour la soupçonner de mauvaises intentions à son égard. Au début, il avait pris ce silence pour de la pudeur, mais il se demandait depuis quelque temps si ce n'était pas plutôt un signe d'indifférence. Cela n'allait pas sans l'inquiéter. Une jeune fille qui se soucie aussi peu de sa mère peut tout aussi facilement se déprendre de son amant.

– Ça, je suis sûre qu'elle aimerait revoir sa

mère, reprit Stéphanie. Mais je suis moins certaine d'en avoir envie, moi. Ma fille n'a pas que de bonnes fréquentations, et ça ne me plaît pas. Je ne parle pas pour toi, mon petit Victor. Toi, tu prends, tu jettes, mais tu ne ferais pas de mal à une mouche...

– Merci du compliment, mais je ne comprends pas tes insinuations.

– Je n'insinue pas, Victor, je regarde. Si toi, tu ne le sais pas, moi, je sais avec qui Tacha déjeune en ce moment. Et à ta place, je n'aimerais pas ça...

– Je n'aimerais pas quoi ?

– Qu'elle revoie ce contremaître que tu avais pourtant proprement corrigé il y a trois mois. Avec celui-là, ce n'est pas du libertinage, c'est du droit de cuissage. J'en sais quelque chose. Un jour, il a essayé de me bousculer entre deux portes et, depuis que j'ai refusé, il m'a dans le nez. Pour Tacha, c'est autre chose...

– Autre chose ?

– Elle ne t'a pas dit ? Alors, ce n'est certainement pas à moi d'aborder le sujet. Au revoir, mon petit Victor. Embrasse ma fille indigne.

Elle avait semé le doute en lui. Tout l'après-midi, Victor rumina de sombres pensées. Qu'avait voulu dire Stéphanie ? Charlotte avait-elle une liaison avec le contremaître ? Etait-ce du passé, ou trompait-elle déjà son amant ? Insidieusement, le poison faisait son œuvre.

Le soir, rue Poivre, il lui demanda de manière anodine :

– Avec qui as-tu déjeuné aujourd'hui ?

– Avec les filles. Pourquoi cette question ?

– Parce que ta mère m'a dit que tu déjeunais avec le contremaître.

– Le contremaître ? Je te jure bien que non ! Tu peux demander aux filles. Il y avait Isabelle et Odile. Va leur demander si tu ne me crois pas. J'espère que tu as quand même compris que ma mère ne voit pas notre affaire d'un très bon œil. Un jour, elle menace de porter plainte, un autre jour, elle te raconte des bobards, et ça marche !

Elle ponctua sa phrase d'un joli rire de gorge et d'un petit regard mutin, pour montrer qu'elle n'était pas fâchée.

Il y avait dans les propos de Tacha un tel accent de sincérité que Victor se sentit rassuré. Pourquoi fallut-il alors qu'il ajoutât :

– De toute façon, ça ne te viendrait pas à l'esprit de déjeuner avec le contremaître...

– Tu m'ennuies, à la fin, avec ton contremaître ! s'emporta-t-elle.

– C'était juste une question. Tu n'as jamais rien fait avec lui ?

– Mais, monsieur est jaloux ! Il n'y a vraiment pas de quoi...

– Réponds-moi simplement. Ta mère m'a laissé entendre...

– Ça suffit avec ma mère. Elle est prête à n'importe quoi, tu ne comprends pas ? Après le contremaître, ce sera un autre. Fiche-moi la paix : avec tout ça, tu gâches tout.

– Donc, tu ne dis pas non ?

– Je dis surtout que c'est de l'histoire ancienne.

Victor pâlit :

– De l'histoire ancienne ?

– J'avais à peine seize ans. C'était il y a des lustres. Il m'a sauté dessus, comme il l'a fait avec des dizaines de filles. On n'a recommencé qu'une seule fois.

Victor se tut. Il savait qu'il n'aurait pas dû s'aventurer sur ce terrain, qu'il ne faut jamais poser de question dont on n'est pas sûr de vouloir entendre la réponse. Tacha, de son côté, était furieuse qu'il ait troublé l'harmonie qui faisait jusqu'alors le sel de leur union. La différence d'âge ne la gênait pas, au contraire ; elle l'aimait pour ces airs conquérants qu'il avait parfois, pas pour cette faiblesse de gamin qui lui apparaissait soudain à l'occasion d'une broutille qui ne le regardait même pas. Et lui, à présent, éprouvait un début de méfiance à l'égard de cette fille qui avait pu se donner aussi facilement à un personnage si répugnant.

Ils ne reparlèrent plus jamais de cette histoire, mais l'incident avait ouvert en eux une petite fêlure que des événements graves, à l'usine, allaient transformer en brèche ouverte.

19.

FIN septembre, huit mois à peine après sa réintégration à la soierie, Victor fut convoqué par le patron. Cela faisait plusieurs semaines qu'ils ne s'étaient pas vus ; ces derniers temps, les discussions se déroulaient essentiellement avec le chef du personnel. Victor imagina que son histoire avec Charlotte, ou bien les rancœurs accumulées par le contremaître, Stéphanie et peut-être d'autres ouvrières moins démonstratives, allaient lui valoir un sermon du directeur.

Ce n'était pas ça du tout. L'affaire était autrement plus sérieuse.

– Monsieur Priadov-Parker, commença suavement le directeur général, nous avons depuis le début joué avec vous la carte de la franchise. Et nous n'avons eu jusqu'alors qu'à nous en féliciter. Votre loyauté vous honore et, sans me mêler de ce qui ne me concerne pas directement, je crois que vous faites avancer la cause de l'ouvrier. Or, ce qui est bon pour lui l'est également pour nous. De nos jours, il est difficile de bien faire marcher une usine avec un personnel insatisfait. Et je crois savoir qu'en ce moment il n'est pas trop mécontent, n'est-ce pas ?

– Pas trop, monsieur le Directeur, les choses se sont améliorées depuis la création du syndicat. Mais il reste que nous n'avons pas traité le délicat problème des augmentations de salaire. Les employés attendent...

– Délicat, vous le dites vous-même, monsieur Victor. J'ajouterais même : insoluble.

– Insoluble ?

– Oui ! Et croyez bien que j'en suis le premier navré.

Si c'était le cas, le directeur cachait bien sa tristesse. Il reprit :

– Voilà pourquoi je vous ai fait mander. Autant être honnête avec vous : les affaires vont mal, très mal. Cela ne va pas mieux chez nos concurrents, mais il n'y a aucun motif à nous en réjouir. La crise est grave, générale. Toute la soierie lyonnaise est touchée. Dans d'autres départements voisins, comme l'Ardèche, des usines ont déjà fermé. Et je crois bien que personne ne veut de « la Morte » – le chômage –, personne n'en veut ici. Rassurez-vous, nous n'en sommes pas encore là. Ces usines étaient trop petites, elles n'avaient pas les reins assez solides. Et elles ont eu le mérite, en disparaissant, de nous offrir un peu d'oxygène. Mais ça ne suffit pas. C'est la raison pour laquelle il nous faut maintenant licencier.

– Vous voulez dire... renvoyer ? reprit Victor en s'efforçant de masquer son trouble.

– C'est inéluctable, monsieur Victor. C'est ça ou la mort. Et, vous serez d'accord avec moi, il vaut mieux amputer la main que de laisser le corps tout entier se gangrener.

– Je pense surtout qu'il serait préférable d'éviter d'amputer quoi que ce soit.

– Sans doute, mais nous n'en sommes plus là. Notre personnel nous coûte trop cher. Quand on est en période de forts bénéfices, on peut fermer les yeux, mais quand on frôle la catastrophe comme en ce moment, il faut réagir. Pour sauver dix pour cent du personnel, on n'a pas le droit de mettre en péril l'emploi des quatre-vingt-dix pour cent restants. Ce serait criminel.

Insensiblement, le directeur général amenait Victor sur son terrain. N'ayant jamais encore été confronté à pareil problème, le chef d'atelier ne savait pas si les chiffres étaient contrôlables, ni si le constat était à ce point pessimiste. De quelles armes disposent les ouvriers quand l'instruction dispensée par leurs patrons ne leur permet pas de faire valoir des arguments aussi forts que les leurs ?

– Je devine votre embarras, monsieur Victor. Soyez persuadé qu'il ne nous est pas agréable, à nous non plus, de nous séparer d'ouvriers qui, pour la plupart, nous sont fidèles depuis de longues années.

Victor ne répondit pas. Il réfléchissait aux solutions qui permettraient d'éviter les licenciements. Profitant de ce silence, le directeur pensa que le moment était venu d'abattre ses cartes :

– Voilà ce que je vous propose. Je vais vous communiquer l'avant-projet du plan que m'a soumis hier le directeur du personnel. Je suis prêt à sauver le maximum de ceux dont vous me donnerez les noms. Et, bien entendu, nous éviterons, dans la mesure de nos moyens, de toucher à vos amis syndiqués. En échange de quoi, j'attends de vous et du STS la plus franche collaboration dans la tourmente que nous allons traverser.

Si Victor avait été ébranlé par les préambules du directeur, il fut révulsé à l'idée de se voir transformé en supplétif du bourreau, d'être celui qui donnerait le nom des victimes à exécuter. Et puis, comment choisir tel plutôt que tel autre ? Comment, ensuite, croiser le regard de ceux qu'il aurait laissé conduire à l'échafaud ?

– J'ai besoin de réfléchir, monsieur le Directeur, mais je crois que ce sera non.

Le directeur parut surpris. Il pensait avoir gagné Victor à son plan.

– Vous ne voulez pas collaborer à l'élaboration de nos listes ? Vous ne voulez pas sauver la tête de vos camarades ?

– C'est plus simple que ça : je refuse l'idée de licenciements. Trouvez autre chose. Réduisez les frais, arrêtez de faire des prix aux bourgeoises de Lyon qui ont largement les moyens de s'acheter de la soie dans les boutiques, et non pas directement à vos magasins de la rue du Griffon... Envisagez toutes les solutions, c'est votre rôle de patron. Le mien, c'est de défendre tous les ouvriers, qu'ils appartiennent ou non au syndicat.

– Vous plaisantez, monsieur Victor ? Ce que vous me proposez, ce sont des économies de bouts de chandelles. Et, croyez-moi, nous y avons pensé bien avant vous. Nous les réaliserons parallèlement aux licenciements.

D'un seul coup, le ton du directeur s'était fait

plus cassant ; il avait retrouvé ses réflexes. Il s'en aperçut et se radoucit en apparence.

– En tout cas, réfléchissez bien. Si je vous ai parlé comme je l'ai fait, c'est que je crois en vous. Notre propriétaire pense comme moi ; nous en parlions encore ce matin. Il vous apprécie. Il regretterait beaucoup d'avoir à se séparer d'un homme de valeur...

Victor savait désormais à quoi s'en tenir. Il salua le directeur d'une voix blanche.

20.

À la grande surprise de Victor, Emile essaya de le faire revenir sur sa décision.

– C'est l'intérêt même du syndicat qui est en jeu, expliqua-t-il. Si nous nous montrons trop intransigeants, c'est sur nous qu'ils se vengeront. Sois assuré qu'ils licencieront en priorité les gars du STS. Si nous râlons trop fort, si nous leur fichons la pagaille quand ils feront connaître leur plan, ils nettoieront l'usine du moindre syndiqué. Pour l'instant, aucune loi ne le leur interdit.

– Tu me parles de l'intérêt du syndicat, je te parle, moi, de l'intérêt du syndicalisme, protesta Victor. Si chaque patron se concilie les faveurs d'un syndicat maison chargé de faire passer la pilule aux ouvriers en l'enrobant de quelques sucreries comme les pauses-pipi, c'est l'essence même de la représentation ouvrière qu'on tue dans l'œuf. Un syndicat ne peut pas être le bras armé du patronat. Ils peuvent dire ce qu'ils veulent, nos intérêts ne sont pas les leurs. Il fallait voir sa tête quand il prétendait que ça lui fendait le cœur de licencier ! Il se fiche éperdument de notre sort. Ce qui compte pour lui, c'est sa place, son argent, ses avantages. Il ne les troquerait pour rien au monde et il a cru que nous serions les chiens de garde de ses privilèges. En nous donnant l'impression de nous faire partager leurs secrets industriels, il pense nous ramollir, mais en ce qui me concerne, il se fait des illusions !

– Réfléchis bien, Victor. Tout refuser en bloc, ça veut dire la fin du STS. Ce qu'on a réussi à faire bouger en à peine six mois va passer aux oubliettes. Il s'agit de ne pas tomber dans leur piège. Il faut les amener à négocier. Vérifier d'abord si les licenciements sont aussi inéluctables qu'ils le prétendent.

– Il m'a dit qu'il n'y avait pas de discussion possible. Je suis sûr qu'ils ne reviendront pas en arrière et qu'ils vont même accélérer les choses. Le plan du directeur du personnel est prêt depuis hier, je te le rappelle.

– Raison de plus pour réagir très vite, nous aussi. Puisqu'il t'a parlé de dix pour cent de licenciements, on va s'asseoir à la table et le forcer à en accepter cinq pour cent à l'arrivée. On le laisse annoncer dix, on réagit en poussant un grand coup de gueule, on donne l'impression de vouloir les obliger à négocier. On fait diviser par deux le nombre de licenciements et, en fin de compte, tout le monde est gagnant.

– Tu parles comme un boutiquier, mon petit vieux, et c'est exactement ça qu'ils attendent de nous. Je ne suis même pas sûr qu'il ne s'agisse que de dix pour cent. Quand il parle de les sacrifier pour sauver les quatre-vingt-dix restants, c'est peut-être juste une image. Avec eux, il faut s'attendre à tout, peut-être même à la Morte. Ils cherchent à nous mettre en condition. Avec toi, on dirait qu'ils ont réussi...

– Pas de leçons, Victor ! Je n'ai pas demandé à être chef d'atelier, moi. Je ne suis pas du genre qu'on embobine.

– Je n'ai rien demandé, tu le sais fort bien ! s'emporta Victor. Et si le premier de leurs objectifs était de nous diviser, voilà qui est fait. Mais je te préviens : en convoquant le bureau, demain, je mettrai nos deux propositions aux voix. Et je ne suis pas sûr que tu gagnes...

Dans sa colère, Victor commit l'erreur de rappeler de mauvais souvenirs à Émile :

– Je comprends mieux pourquoi tu n'as pris

que six mois de prison. Tu es trop docile. « Tenir et se tenir », je te rappelle la maxime de Priadov.

– Arrête, Victor ! explosa Emile. Je t'ai dit que je regrettais mon comportement pendant le procès, et tu m'as répondu que tu avais été à deux doigts de faire toi aussi profil bas. Nous avons la même opinion de la justice, tu le sais bien. Elle s'est pareillement moquée de nous. Depuis, on a relevé la tête, on est redevenus des hommes. Par orgueil, tu es en train de tout abîmer, à commencer par nos relations. J'avais besoin de cette amitié, je ne crois plus à rien d'autre. Mais puisqu'on en est là, d'accord : laissons-nous départager par un vote.

Les deux camarades se quittèrent avec beaucoup de tristesse au cœur. C'était la première fois qu'ils se laissaient aller à des attaques aussi intimes. La rupture était consommée. Leurs routes se séparaient.

21.

Le lendemain soir, à la réunion du bureau, les mines étaient sombres. Informés par Victor de la teneur de ses conversations avec la direction générale, les cinq autres membres accusèrent le coup. Il n'y eut pas de longues discussions sur le rôle des syndicats, mais, chez tous, la conscience que l'événement les dépassait, qu'il allait écraser des hommes, bouleverser le destin de plusieurs dizaines de familles. L'usine était toute leur vie. Si la source qui les nourrissait se tarissait, certains d'entre eux se retrouveraient à la rue et connaîtraient à nouveau la misère. C'est cette certitude qui permit à la ligne de Victor – la grève – de l'emporter sur celle d'Emile : la négociation. Cinq voix contre deux.

L'entrevue avec le directeur fut glaciale.

– La grève est la plus mauvaise des solutions, monsieur Priadov-Parker. C'est un choix d'anarchiste. Elle ne peut conduire qu'au désastre pour tous. A cette différence près qu'une usine sera toujours plus solide qu'un homme.

– Si les hommes sont unis, monsieur le Directeur, ils peuvent faire trembler les murs...

– Vous ne me ferez pas trembler, moi ! Et vous ne m'empêcherez pas de vous dire une dernière fois que vous avez là une conception nocive des rapports de force. Décréter la grève pour le principe est absurde. Regardez ce qui s'est passé à Anzin : les mineurs ont fait deux mois de grève, pour rien. Affamés, ils ont repris le travail sans avoir fait aboutir la moindre revendication. Vous pourriez négocier, comme d'autres ne manqueront pas de le faire. Qu'attendez-vous de tout ça ?

Que voulait-il dire par « d'autres » ? Victor ne put s'empêcher de penser à Emile, qui était allé, de son côté, rendre compte de leur décision au directeur du personnel.

– J'attends que vous renonciez aux licenciements, répondit-il.

– A tous ?

– A tous.

– Mais où donc croyez-vous vivre, monsieur Priadov ? Le monde bouge pendant que vous vous réunissez pour mettre en pratique vos théories fumeuses. La vie aussi, bouge, le sang afflue, puis cesse un jour de couler dans nos veines. Si je ne réalise pas cette saignée, c'est l'entreprise tout entière qui deviendra un cadavre. Reprenez-vous. Je vous ai dit avant-hier que des usines avaient fermé leurs portes parce qu'elles n'avaient pas été suffisamment prévoyantes. Vous avez envie que notre fabrique subisse le même sort ?

– Bien sûr que non, monsieur le Directeur, mais il n'y a encore jamais eu de licenciements dans la soierie lyonnaise. Je vous demande d'y surseoir. Pour le reste, les ouvriers sont compréhensifs.

– Il n'y a jamais eu de grève non plus dans la soierie lyonnaise. Si, une fois, il y a quinze ans, en juillet 69. Je n'occupais pas encore ce poste, mais je crois savoir que ça ne s'est pas très bien terminé pour les meneurs. Je me suis également laissé dire que vous saviez tout cela beaucoup mieux que moi. En tout cas, plus directement...

En rappelant aussi cruellement à Victor ce qu'avait été le sort de sa mère, le directeur perdait toute chance d'amadouer son interlocuteur. Il était clair qu'il y avait renoncé.

– Au revoir, monsieur, conclut-il. J'ai peur que nous ne soyons pas appelés à nous revoir.

22.

LA nouvelle s'était répandue comme une traînée de poudre.

Pour la plupart des ouvriers, la surprise fut brutale. Rares étaient ceux qui avaient entendu parler des difficultés du textile, et tous, soudain, furent persuadés de figurer parmi les victimes désignées. La direction avait eu l'habileté de ne faire circuler aucune liste ; elle espérait ainsi faire balancer davantage encore les indécis et grossir les rangs de ceux qui ne suivraient pas le mot d'ordre du STS.

Le directeur général vint en personne affronter les huées des ouvriers en colère. Il leur tint le même discours qu'à Victor, en noircissant davantage encore le tableau et en rappelant avec force menaces le précédent de 69. Un ouvrier lui jeta sa casquette au visage. Il fut ceinturé par deux contremaîtres et licencié sur-le-champ. Personne ou presque ne broncha.

Sentant le danger, Victor monta sur une table dès que le directeur fut parti, et improvisa le premier discours de sa vie. Jusqu'alors, il avait préféré persuader plutôt que haranguer, mais jamais non plus il n'avait eu pareil défi à relever.

– Mes amis, commença-t-il, voilà plus d'un demi-siècle que notre soierie existe. Je dis : *notre* soierie, car ce qui s'écoule de nos doigts est un peu à nous. Cette soie qui, jusqu'alors, se vendait si bien, pour la plus grande satisfaction de nos patrons, est mêlée de notre sueur à tous. Elle nous appartient autant qu'à eux. L'usine aussi. Nous n'avons pas à nous laisser traiter comme une vulgaire marchandise. Nous devons absolument refuser le moindre licenciement. Le directeur vient de nous dire qu'il fallait amputer une main pour éviter la gangrène. Eh bien, regardez vos mains, regardez celles de vos voisins. Lesquelles doivent être coupées ? La gangrène la plus pernicieuse, c'est celle du licenciement. Ça commence par un ouvrier, celui qui vient d'être renvoyé à l'instant sans que nous protestions, un des nôtres qui, d'un coup de chapeau, avait osé montrer ce que tout le monde pensait avec sa tête, ses tripes, son cœur... Ça commence par un, ça continue par dix, et puis c'est cent, deux cents. Ne nous laissons pas intimider ! Une seule réponse : la grève. C'est à eux de céder, pas à nous !

Un concert d'acclamations monta vers Victor, et plus haut que lui, jusqu'au premier étage, dans les bureaux vitrés de la direction, où l'on vit quelques silhouettes s'agiter.

Un instant, les employés massés dans l'atelier eurent la satisfaction de perturber l'existence de ceux qui, jusqu'alors, régissaient la leur. Puis le chef du personnel s'adressa à eux, de la passerelle.

– Il y aura soixante-treize licenciements, annonça-t-il en forçant la voix pour se faire entendre au milieu des vociférations. Mais s'il n'y a pas de grève, la direction est prête à revoir son plan...

Les sifflements reprirent.

– Chantage ! crièrent les plus déterminés.

– Ce n'est pas du chantage, répliqua l'homme, c'est une analyse comptable de la situation. Toute grève a un coût économique, pour nous comme pour vous. Si vous voulez arrêter de travailler, vous ne serez pas payés, et la soierie, de son côté, perdra de l'argent. Personne n'y a donc intérêt.

– On n'a rien à perdre ! crièrent les membres du bureau du STS.

– Bien sûr que si, messieurs, vous comme tout le monde. Ne faites pas entrer la politique dans le travail et l'anarchie dans la soierie. De toute façon, pour qu'une grève soit déclarée légale, il faut que chacun ait pu voter. Faites ce que vous voudrez, mais faites-le après un scrutin en règle, incluant les représentants de la maîtrise comme les autres.

– Non, non, pas les contremaîtres et les bargeois ! s'insurgèrent des ouvriers.

– Les contremaîtres et les bargeois comme les autres, c'est la loi.

Il y eut un brouhaha que le personnel d'encadrement utilisa pour commencer à travailler au corps les futurs votants. Victor crut voir le contremaître qu'il détestait s'approcher de Tacha et lui parler. Il observa attentivement la scène.

La jeune fille ne semblait pas se dérober, et même écoutait avec attention. Il eut l'impression qu'elle souriait, mais peut-être était-ce une hallucination de sa jalousie. L'homme s'éloigna de Tacha. A ce moment-là, vu de trois quarts, il ne ressemblait plus du tout au contremaître. Mais c'était trop tard, un doute nouveau minait le cœur de Victor.

Pour l'heure, le chef du STO avait d'autres soucis. Le scrutin se préparait dans une confusion qui permettait tous les rebondissements. Il envoya au feu l'une des premières adhérentes du syndicat, qui rappela la lutte d'il y avait quinze ans.

– Ce jour-là, s'exclama-t-elle, c'est notre dignité que nous avons défendue. Et si la loi avait alors été ce qu'elle est aujourd'hui, il y aurait eu un vote, tout le monde nous aurait soutenues et les meneuses n'auraient pas été renvoyées. Votez la grève, c'est notre seule façon d'exister !

– La grève, la grève ! scandèrent en écho un grand nombre d'ouvriers.

L'issue du vote commençait à se dessiner.

C'est alors que Victor vit une silhouette familière se détacher de la foule, grimper à grandes enjambées les escaliers de la direction, rester quelques instants à l'intérieur des bureaux vitrés et redescendre dans un état de grande excitation.

– Camarades, dit Emile en montant à son tour sur la table, je viens de parler avec les directeurs. Ils acceptent de faire marche arrière : il n'y aura que trente-neuf licenciements. Si vous êtes derrière moi, je suis sûr qu'on peut encore faire baisser ce chiffre.

Les ouvriers étaient décontenancés. On les sentait partagés entre un lâche soulagement et une colère qui n'était pas retombée, avec, par-dessus tout, une terrible amertume. Cette masse de travailleurs, si souvent manipulée, se disait que, face aux forces de l'argent et aux faiblesses de sa propre condition, toute lutte ne pouvait être que désespérée.

– Trente-neuf, c'est encore trop ! cria un monteur.

Mais cet « encore » trahissait un début de résignation.

– On veut la liste ! demanda une caneteuse, appuyée par des grognements d'approbation.

– Je leur ai demandé comme toi de la publier. Ils ont refusé.

– Salauds ! répondit un cri rageur où perçait l'impuissance du gibier poussé vers le piège.

– Alors, quelle consigne ? interrogea un indécis, brinquebalé comme la plupart entre des sentiments confus.

Victor sauta sur la table, à côté d'Emile. Pour la première fois depuis leur dispute, il se retrouvait proche à le toucher de son meilleur ami, celui avec lequel il avait partagé son logis, ses secrets, un combat, et qui, aujourd'hui, le trahissait.

– La consigne n'a pas changé, déclara-t-il. Le bureau du STS a décidé à sa majorité de voter la grève. C'est le seul langage que les patrons comprennent. Voyez leur marche arrière. Ils ont peur. Ils peuvent aller plus loin. Il ne faut pas un seul licenciement. Consigne du syndicat : la grève !

Une nouvelle fois, Victor fut applaudi, mais sans cette clameur enthousiaste qui avait ponctué son premier discours. Plusieurs regards se tournèrent vers Emile qui avait baissé les yeux pendant l'intervention de son secrétaire général. Il les releva lentement et fit un signe de tête qui semblait acquiescer, mais si brièvement qu'on y décelait la trace d'un embarras évident.

– Alors, votons, demandèrent plusieurs voix.

On fit appeler le plus âgé des ouvriers pour contrôler les opérations. Telle était la règle, avait dit le directeur du personnel qui brandissait un numéro du *Journal officiel*. Personne n'aurait pu le contredire, tout cela était trop neuf. Les ouvriers de la soierie étaient déjà comme ivres de ces premières bouffées de liberté qu'on leur avait fait respirer. « La liberté ou la mort », placardaient les anarchistes sur leurs affiches sauvages. La liberté et la mort, se disaient les anciens qui goûtaient aux bienfaits du syndicalisme tout en découvrant les pièges du capitalisme.

Emile et Victor aidèrent le vieil homme à grimper sur la table et l'installèrent entre eux.

– Qu'est-ce que je fais ? chuchota-t-il à l'oreille de Victor.

– Tu comptes. Et tu dis d'abord : « Pour la grève, levez la main... »

– Pour la grève, lança le doyen, d'une voix que l'émotion rendait chevrotante, levez la main !

Le silence se fit. Puis des chuchotements, des oh ! des ah ! à mesure que les bras se tendaient. Personne n'osait regarder son voisin.

Victor scrutait fiévreusement la salle. Rien ne lui échappait. Mais si l'on exceptait les premiers rangs, massivement ralliés à la cause du syndicat, il était difficile de dire, au milieu de cette foule, si toutes ces mains levées représentaient ou non une majorité.

Pendant ce temps, le président de séance comptait. Il donna son résultat à l'oreille de Victor, puis d'Emile. Tous deux s'étaient livrés à la même opération. Ils approuvèrent chacun d'un signe de tête.

– Annonce, lui souffla Victor.

– Pour la grève, déclara le doyen dans un silence religieux : deux cent trente huit voix !

On eut l'impression que l'atelier tout entier

applaudissait Il n'y eut pas une seule protestation. Victor se dit que la partie était gagnée.

– Et maintenant ? lui demanda le vieil homme qui semblait écrasé par sa responsabilité. Il n'avait jamais connu semblable moment dans sa longue vie d'ouvrier et n'aurait certainement pas l'occasion d'en revivre.

– Dis : « Contre la grève, levez la main... »

Du haut de la passerelle, le directeur du personnel se livrait déjà à de rapides calculs et fixait intensément du regard ceux qui, par défi ou par interrogation, se tournaient vers lui.

– Contre la grève, reprit l'ancien canut, levez la main !

Les mains se dressèrent encore plus lentement que lors du vote précédent. A l'exception d'une grappe compacte que Victor avait mal évaluée, quelques minutes auparavant. Elle était située légèrement à l'écart de la masse des ouvriers ; c'était le personnel d'encadrement, bargeois et contremaîtres. Des sifflets se firent entendre, ainsi que des murmures de protestation. On vit même des employés scruter la passerelle pour voir si, par hasard, le chef du personnel n'avait pas lui-même levé la main.

Les protestations retombaient au fur et à mesure que d'autres bras se dressaient, cette fois-ci dans le parterre d'ouvriers. Les mains se levaient peu à peu, comme au terme d'un long mûrissement, d'une décision prise à contrecœur.

Victor, stupéfait du nombre de ces votes négatifs, en vint même à se demander si certains ne s'étaient pas prononcés deux fois, si d'autres ne levaient pas les deux mains en même temps. Mais non. Il fixa Tacha, qu'il avait enfin repérée. Ouf ! ses bras restaient ballants...

Son soulagement fut de courte durée. Le doyen lui chuchotait un chiffre. Les yeux de Victor cherchèrent instinctivement ceux d'Emile, qui semblait malheureux pour lui. Oui, fit-il de la tête...

– Annonce, murmura Victor à l'oreille du vieil homme.

Il était livide. L'assemblée était en train de comprendre.

– Contre la grève, redit le doyen machinalement, levez la main !

Une partie de l'assistance fut prise d'un rire nerveux, d'autant que quelques mains s'étaient levées, elles aussi machinalement, avant de retomber très vite, un peu honteuses. Tout là-haut, le chef du personnel ne dissimulait pas sa commisération et, chez les bargeois qui semblaient flairer le résultat du scrutin, on entendit des plaisanteries cruelles.

– Contre la grève, s'excusa le vieil homme gêné : deux cent cinquante-neuf voix !

Il n'y eut aucun applaudissement, pas d'avantage de huées. Une chape de plomb s'était abattue sur l'atelier.

Certains commencèrent à chuchoter. Le directeur s'esquiva rapidement vers les bureaux. Il y eut soudain un grand mouvement derrière les portes vitrées. Moins d'une heure auparavant, ces mêmes allées et venues réchauffaient le cœur des ouvriers, heureux de semer la panique dans la ruche patronale, mais en cet instant, ils savaient que le balancier était reparti du mauvais côté, celui des perdants, le leur depuis toujours. Ce monde mystérieux de là-haut, qu'ils ne pénétraient qu'à l'occasion de circonstances exceptionnelles, en général de mauvais augure, était en train de retourner à sa joyeuse excitation, celle des puissants qui contrôlent le monde.

La foule se retirait lentement, comme prostrée, chacun fuyant le regard de l'autre. Personne ne savait qui serait encore là le lendemain.

Pendant qu'il aidait le vieil homme à descendre de la table, Victor se dit qu'il avait oublié de le faire voter, que lui-même ne l'avait pas fait, et qu'on pouvait, peut-être, recommencer le scrutin... Mais il savait aussi qu'il ne rattraperait jamais les vingt et une voix de retard, d'autant que s'il avait voté, Emile l'aurait fait aussi.

Emile... Il se retrouvait sur la table seul avec lui. A l'exception des membres du bureau du STS, les ouvriers regagnaient leur poste de travail et lui tournaient le dos. Il eut un bref instant le désir de pousser son ancien ami, de le voir tomber à la renverse et se fracasser le crâne sur le sol de cet atelier qu'ils foulaient tous les deux depuis l'âge de onze ou douze ans. Il se contint et lança :

– Traître !

Emile était blanc.

– Tu ne sais même pas pour qui j'aurais voté ! bredouilla-t-il.

– Traître et lâche !

Mais ce fut Emile qui eut le dernier mot.

– Tacha non plus n'a pas voté la grève, siffla-t-il.

23.

Le chemin du retour fut pénible. Quelques membres du syndicat avaient accompagné Victor jusqu'à la rue Poivre. Tous fustigeaient l'attitude d'Emile.

– C'est lui qui a raison, soupira Victor, puisqu'il a le soutien de la majorité de nos camarades et l'appui de la direction. Il voulait sauver sa peau, et peut-être même celle du syndicat. Mais vous, mes amis, vous allez payer très cher votre engagement. Leur liste de licenciements va tenir compte du vote, et ceux qui auront voté contre la grève vont tous y échapper. Je les comprends, j'ai longtemps été comme eux : moi d'abord, les autres ensuite, s'il reste de la place... La plupart sont mariés et soutiens de famille. Moi, je n'ai personne. Peut-être ai-je aussi été égoïste à ma manière...

Ses camarades s'efforcèrent de lui remonter le

moral, mais le cœur n'y était pas. Il leur faudrait assumer les conséquences de leur choix ; le bref état d'extase qu'ils avaient connu cet après-midi serait vite balayé par ce qui allait venir. Ils se séparèrent en se consolant avec la maigre victoire obtenue... par Emile : les licenciements ne seraient effectifs que le mois suivant.

En poussant la porte, Victor espérait trouver du réconfort dans les bras de Charlotte. Elle n'était pas là. Il remua aussitôt de sombres pensées ; il l'imaginait avec le contremaître, fêtant sa victoire. A mesure que l'heure avançait, il tenta de se raisonner. Il n'oubliait pas que leur couple, déséquilibré en âge, se nourrissait essentiellement de l'admiration qu'elle lui portait. Il ne devait donc montrer aucune faiblesse, et il n'avait nulle consolation à attendre d'elle. Surtout si elle l'avait effectivement trahi au moment du vote.

Quand elle rentra enfin, Tacha parut embarrassée de le trouver à la maison.

– Je traînais, dit-elle avant même qu'il l'ait questionnée. Je pensais que tu aurais plein de détails à régler.

– Avec les contremaîtres ?

– Avec la direction, plutôt. Ou avec le bureau du syndicat.

Elle était manifestement mal à l'aise ; Victor la laissa s'enferrer.

– Qu'est-ce que tu penses de tout ça, Tacha ?

– De tout ça ?

– Du vote...

– Je pense que c'est dommage pour toi.

– Et pas pour toi ?

– Si, si, bien sûr, mais je parle d'abord de toi parce que tu menais le combat. Ton discours était très bien, d'ailleurs.

– Il t'a convaincue ?

– Ben oui, je viens de te le dire.

– Je te demandais s'il t'avait poussée à voter d'une manière ou d'une autre...

– C'est sûr.

– Et tu as voté comment ?

Il y avait un moment que Victor tournait autour du pot. Charlotte fit semblant de s'emporter pour n'avoir pas à répondre :

– Ça ne te regarde pas, c'est le secret du vote...

– Ne dis pas de bêtises ! Il n'y a pas eu de secret, tout le monde a voté à main levée.

Elle détourna les yeux. Victor lui prit doucement le visage entre les deux paumes et la regarda fixement.

– Dis-moi, Tacha, pourquoi n'as-tu voté ni pour la grève, ni contre ?

– Comment le sais-tu ? Tu ne m'as pas regardée. Pourtant, j'espérais...

– Tu veux dire que si je t'avais regardée à ce moment-là, tu aurais voté pour ?

– C'est ça, oui...

– Voilà ce qui s'appelle avoir des convictions ! S'il m'avait fallu fixer les yeux dans les yeux chacun des cinq cents ouvriers, on y serait encore, à l'heure qu'il est...

– Ce n'est pas pareil, je suis ta petite femme.

– Elle m'a été d'un grand secours, ma petite femme !

– Ne m'accable pas. Je n'ai pas voté contre toi.

– Tu en avais envie ?

– Ce n'est pas ça. D'un certain côté, je pense que tu avais raison : on a été trop longtemps humiliés, à l'usine, et on ne peut pas faire confiance aux patrons. Mais de l'autre...

– De l'autre, tu penses que j'ai tort ?

– Non, non, ce n'est pas moi qui pense ça.

– C'est le contremaître ?

– Oh ! arrête avec le contremaître, mon petit chou. Cela fait des semaines que je ne l'ai pas revu.

– Il n'est pas venu te parler cet après-midi ?

– Non, je te jure que non. Ne viens pas mêler tes soupçons à ça. Tu mélanges tout.

– Alors, qui pense que j'ai tort ? Qui t'a convaincue ?

– Maman.

– Ta mère ? Qu'est-ce que c'est que cette histoire ? Ta mère n'a pas voté la grève ?

– Elle dit que tu es un ambitieux qui ne rêve que de prendre la place des autres et de devenir patron toi aussi.

– Vraiment ? Je te signale que pour l'instant, c'est plutôt le patron qui va m'enlever ma place et la donner à un autre...

– Elle dit aussi que tu es une tête brûlée, que tu nous mèneras tous à notre perte, mais que tu t'en fiches parce que tu es brillant et que tu sais que tu pourras retomber sur tes pattes.

– Elle t'a dit tout ça et tu l'as crue ? Toi qui m'expliquais l'autre jour qu'il fallait se méfier d'elle, qu'elle n'agissait que par dépit...

– Je sais.

– Et alors ?

– Et alors, c'est ma mère. J'ai dix-huit ans, ce n'est pas facile pour moi. Elle m'a demandé de voter contre la grève. Je ne lui ai pas obéi. C'est déjà beaucoup.

– Mais tu ne m'as pas suivi non plus.

– Ça prouve que je suis une fille indépendante !

– J'aurais préféré que tu manifestes ton indépendance en repoussant les assauts du contremaître...

– Arrête, s'il te plaît.

– Je n'arrête pas. Je vais même t'apprendre ce que tu aurais dû deviner toi-même. Peut-être même le savais-tu en refusant de voter...

– Quoi donc ? J'ai fait comme je le sentais, sans calcul.

– Alors, fais un peu marcher ta tête, elle est aussi pleine que bien faite. En refusant de lever la main pour voter la grève, tu t'es comportée comme Ponce Pilate.

– Ponce Pilate ? interrogea-t-elle.

– Pis encore, comme les notables romains qui baissaient le pouce pour réclamer la mort d'un gladiateur. Cet après-midi, consciemment ou pas, c'est un peu ma mort que tu as décidée.

– Tu ne crois pas que tu exagères ? S'il s'agit d'un problème avec Emile pour le contrôle du syndicat, tu t'en remettras, et tu gagneras, j'en suis sûre.

– Ce n'est pas la question. Ce matin, quand je suis allé voir le directeur général pour plaider notre cause à tous, il m'a clairement fait savoir que nous n'étions pas appelés à nous revoir et qu'en prônant la grève, je me condamnais moi-même. Regarde-moi bien, profite de moi ce soir, demain je serai chômeur.

– Ce n'est pas possible, mon chéri, ils ne peuvent pas se passer de toi ! Tu es chef d'atelier et secrétaire général du STS...

– Raison de plus. Tous les meneurs seront vidés. Grâce à des gens comme toi.

– Tu ne peux pas dire ça, Victor ! supplia-t-elle. Je ne savais pas, je n'ai pas voulu ça...

– Tu ne l'as peut-être pas voulu, mais tu l'as eu, Tacha. C'est ça, un rapport de force. Il faut vaincre ou s'incliner, il n'y a pas de milieu.

Charlotte pleurait, tout doucement, comme un petit chat. Victor se crut obligé de la consoler. Ils firent l'amour sans conviction. Il était éperdument malheureux. En quelques jours, il avait tout perdu. Son meilleur ami, sa maîtresse, et bientôt son travail.

24.

Le lendemain matin, à la relève de six heures, la liste des licenciements fut affichée, comme prévu. Il y avait bien trente-neuf noms, à commencer par celui du seul chef d'atelier touché : Victor Priadov-Parker.

Les quatre autres membres du bureau qui avaient prôné la grève faisaient également partie de la charrette. Emile et son comparse étaient seuls épargnés, ce qui signait leur trahison. Au total, trente-six adhérents du syndicat figuraient sur la liste. Les trois autres licenciés étaient deux remetteuses au visage gris, épuisé de travail, des ouvrières vindicatives qui avaient le courage de leurs opinions, et le vieil homme qui avait présidé, sans l'avoir demandé, aux opérations de vote.

Victor était révolté. Le vieillard n'avait même pas pris part au vote ! Nul ne pouvait savoir s'il était pour ou contre la grève. Et, à son âge, qu'allait-il devenir ?

Traversant comme une flèche un atelier où nul n'osait plus le regarder, il gravit quatre à quatre l'escalier de la direction et demanda à voir le chef du personnel, qui refusa. Victor força la porte. Le directeur était en train de donner des consignes à deux contremaîtres qui s'esquivèrent aussitôt.

– Sortez, monsieur Priadov ! s'écria-t-il. Ce ne sont pas des manières, ce sont des mœurs d'anarchiste !

– Cessez de voir des anarchistes partout ! Vous le savez parfaitement, que je ne le suis pas, mais il ne faudrait pas grand-chose pour m'y pousser. Avec vos méthodes, vous êtes leur meilleur sergent recruteur.

– Je vous prierais de changer de ton, monsieur le chef d'atelier. Si vous venez plaider votre cause, sachez qu'elle est désespérée. Vous vous êtes mis vous-même hors de nos cadres. A la fin de ce mois, vous ne ferez plus partie de notre maison.

– Ce n'est pas ma cause que je suis venu plaider. Je suis parfaitement responsable de mes actes. Je suis venu vous parler d'un pauvre homme qui est, lui, totalement innocent et qui n'est même pas au courant, à l'heure qu'il est, du sort que vous lui avez réservé.

– De qui parlez-vous ?

– Du père Michaud.

– C'est un incapable, vous le savez comme moi. Il est devenu complètement gâteux. Tout le monde s'en est rendu compte hier. Il bafouillait et n'arrivait même pas à comprendre ce que vous vouliez de lui.

– Je ne voulais rien de lui. D'ailleurs, il n'a pas voté pour la grève.

– Il n'a pas voté contre non plus. Mais ce n'est pas la question. La raison de son départ, c'est qu'il ne sert plus à rien. Il prend la place d'éléments plus jeunes et plus intéressants.

– Il a perdu sa femme, il n'a pas d'enfants qui puissent le nourrir et ne vit que grâce à l'usine...

– Ce qui se passe hors de l'entreprise n'est pas notre problème, monsieur Priadov-Parker. Ni le vôtre.

– Je vous parle précisément de ce qui se passe à l'intérieur ! s'emporta Victor. Vous n'avez pas le droit de dire que Michaud prend la place de quelqu'un de plus jeune, puisque vous n'embauchez personne. Vous licenciez.

– La réorganisation des tâches est désormais de notre seul ressort, monsieur le secrétaire général, puisque vous allez nous quitter. Comprenez que vous n'êtes plus, pour nous, un interlocuteur. Pour le reste, nous verrons bien s'il y a des bonnes volontés au sein du STS.

– Vous n'en manquerez pas, rassurez-vous ! Je peux même vous suggérer quelques noms, bien que vous ayez décapité le syndicat.

– Merci de votre sollicitude. Nous n'avons pas cherché à nous en prendre à votre syndicat, mais à redresser cette entreprise. Cet entretien est terminé.

– Une dernière fois, je vous demande de réintégrer Michaud.

– Une dernière fois, je vous dis non.

Victor réfléchit un instant. L'idée du vieil homme jeté à la rue, peut-être par sa faute, lui était insupportable. Il pesa le poids de sa colère ; elle était lourde. Puis celui de ce qu'il avait à perdre : infime. Ce fut d'une voix ferme et calme qu'il brûla son dernier vaisseau.

– Je vais vous faire une proposition, dit-il. Si vous réintégrez Michaud, je vous fais cadeau de mon mois de sursis à l'usine. De toute façon, j'aurais trop de mal à travailler avec des gens comme vous. Considérez qu'à la minute même où vous rayez le nom de Michaud de la liste, je débarrasse le plancher.

Le chef du personnel ne put réprimer un mauvais sourire.

– Voilà qui mérite réflexion, fit-il. Donnez-moi un quart d'heure.

Il s'éclipsa et revint au bout de cinq minutes.

– Votre proposition est, pour une fois, honnête, monsieur Priadov-Parker. Elle a le mérite de nous éviter vos jérémiades pendant des semaines. Nous vous payons votre dernier mois, vous partez et nous réintégrons Michaud.

– Non, vous réintégrez Michaud et je pars. Accompagnez-moi, rayez son nom sur-le-champ, je ne voudrais pas qu'il découvre la liste ou qu'on la lui lise. Il ne travaille qu'à deux heures cet après-midi.

– Comme vous voudrez, mais n'ameutez pas les foules.

Les deux hommes descendirent l'escalier de fer sous les regards de tout l'atelier. Ils traversèrent l'allée centrale, comme s'ils passaient en revue les employés – des femmes, pour la plupart, installées devant leur métier à tisser. Victor contemplait pour la dernière fois ces outils qui avaient rythmé vingt-sept ans de sa vie. Il éprouva le désir d'en caresser un, comme un souvenir déjà. Le fil, crêpe, grège, Schappe, lui glissait entre les doigts, à l'image de son destin.

Les caneteuses l'observaient avec tendresse. Celles qui avaient détourné tout à l'heure le regard cherchaient à présent le sien. Deux d'entre elles portèrent la main à la bouche et lui adressèrent un baiser. Un adhérent du syndicat se mit théâtralement au garde-à-vous. La plupart avaient ravalé leur gêne, même ceux qui, la veille, s'étaient opposés à la grève.

Quelques-uns s'attendaient à ce que le chef du personnel le raccompagne à son poste, persuadés qu'il venait d'obtenir gain de cause. Mais quand ils les virent franchir la porte, traverser la cour et se diriger vers la grille d'entrée, tous s'interrogèrent. Etait-il congédié manu militari ? Des audacieux commencèrent à les suivre de loin, malgré les rappels à l'ordre du contremaître.

Lorsqu'on vit que les deux hommes s'arrêtaient devant la liste noire, placardée à l'entrée de l'usine, la plupart des ouvriers quittèrent leur poste de travail et observèrent la scène à distance.

– Ça y est, il a gagné, chuchotèrent des tisseuses.

– Non, non, attends, ils vont peut-être modifier la liste, répondaient des inquiètes, tout juste soulagées, depuis une heure à peine, d'avoir échappé au pire.

D'autres ouvrières avaient les yeux rougis.

Elles avaient découvert leur nom parmi ceux des licenciés.

Quand les employés se rendirent compte que le directeur sortait un crayon et rayait un nom, tous se réjouirent bruyamment.

– Ouais ! Bravo, Victor !

Chacun était convaincu que le secrétaire général venait d'échapper au chômage.

Un de ceux qui avaient réussi à s'approcher des deux hommes cria :

– Il a rayé le nom de Michaud !

L'atelier était interloqué. Déjà, le directeur du personnel faisait demi-tour. Victor avait refusé de lui serrer la main. L'homme fit signe de regagner son poste. Derrière la meute, les contremaîtres attendaient de jouer leur rôle de chiens de garde en mordillant les jarrets du troupeau récalcitrant. Mais une ouvrière s'en détacha, traversa la cour en courant et embrassa Victor sur la bouche. C'était Stéphanie ! Elle se retira aussitôt. Le rouge était monté aux joues de son ancien amant.

Et tout à coup, une clameur se leva, aussitôt relayée par les autres ateliers, rapidement atteints par la rumeur. Le bouche-à-oreille avait été aussi efficace que la veille, lors de l'annonce du plan.

– Hourra ! criait la petite foule massée devant

la porte de l'atelier, à cinquante mètres de Victor demeuré seul face au panneau d'infamie.

Des casquettes volèrent en l'air. Des jeunes filles trépignèrent. Victor se retourna et leur adressa un salut gauche.

L'ovation se fit plus forte encore. Le bras de Victor balançait doucement dans l'air frais du petit matin. Il était en train de dire adieu à plusieurs vies, celle de sa mère, la sienne, à ses amours, ses combats.

Les voix des contremaîtres tonnaient. Les bargeois se taisaient, ne répercutant pas les ordres. C'était leur baroud d'honneur, leur ultime manière de manifester leur révolte, étouffée par un système dont ils étaient les bras armés. Les vivats couvraient les vociférations de l'encadrement.

Victor alors se tourna vers la grille. Son bras continuait à s'agiter pour dire au revoir, mais il lui fallait demeurer digne et cacher aux autres ses yeux humides.

Seul le gardien le vit pleurer pendant qu'il passait devant sa guérite.

– Au revoir, monsieur Victor, lui dit l'unijambiste. Vous êtes un chic type.

25.

HUIT heures sonnaient, en ce 3 octobre 1884. Le jour se levait tout juste. La grille de l'usine à peine franchie, Victor se retrouva épouvantablement seul. Les derniers ouvriers se hâtaient de gagner les usines qui ne fonctionnaient pas en service de nuit, les premiers commerçants levaient leurs rideaux de fer. En quelques minutes, les rues se vidèrent. Une nouvelle journée commençait, et chacun y trouvait sa place. Chacun, sauf Victor qui cheminait lentement, sans but. Il entrevit à cet instant le nouveau rôle qui allait être le sien : celui de spectateur. De lui-même, des autres. Il n'en voulait pas.

A mesure que la matinée avançait, il croisait davantage d'oisifs comme lui, des chômeurs peut-être, des vieillards, des enfants désœuvrés, des femmes. Et sa détermination se renforçait : il ne pouvait rester à Lyon. Sa réputation aurait vite fait le tour de la ville et aucun patron n'accepterait de l'embaucher. Trop d'étiquettes lui collaient à la peau : anarchiste, condamné, ex-détenu, syndicaliste, meneur de grève, chômeur... Qui voudrait de ce mélange détonant ?

Il se refusait par ailleurs à envisager un avenir fait de réunions d'anciens combattants où l'on se raconte les luttes du passé autour d'un verre d'absinthe ; les camarades qui vous quittent parce qu'ils travaillent tôt le lendemain, ceux qui ne viennent vous voir que pour quémander un conseil, ceux que la pitié ou la charité chrétiennes obligent à une visite hebdomadaire... Tout ça lui faisait par avance horreur.

Cela ne lui disait pas pour autant que faire, où aller. Il savait simplement qu'il devait partir, quitter cette métropole qui l'avait accueilli avec sa mère, qui l'avait nourri, instruit, logé, qui lui avait donné un métier, mais qui l'avait aussi envoyé en prison et, ce matin, mis au chômage... Trop de souvenirs mêlés, trop de batailles perdues. Comment réagir s'il se retrouvait, par hasard, face à face avec Emile ou les contremaîtres ? Comment faire croire aux filles qu'il était toujours celui qu'elles avaient aimé ? Hier encore, il paraissait invincible, il avait le rang de chef sans en avoir l'esprit, le syndicat était puissant, les patrons le ménageaient, tout le monde s'empressait autour de lui. C'était fini désormais. S'il voulait conserver sa superbe aux yeux des autres et aux siens propres, il ne devait pas apparaître comme vaincu, et donc, dans l'état actuel des choses, ne pas apparaître du tout... Mais savoir qu'il devait partir ne lui disait pas où aller, ni que faire...

Il en était là de ses réflexions lorsqu'il crut apercevoir la silhouette de Charlotte s'engouffrer sous le porche d'un immeuble bourgeois de la place Bellecour. C'était son allure, à coup sûr, mais était-ce bien sa cape bleue ? Il resta un long moment devant le numéro 36, espérant voir sa méprise se dissiper, mais personne n'en sortit. Il voulut alors explorer les appartements et tirer les sonnettes pour en avoir le cœur net, mais la concierge l'arrêta dans la cage d'escalier :

– Monsieur, vous cherchez ?...

– Mademoiselle Hardy.

– Il n'y a personne de ce nom dans l'immeuble.

– Excusez-moi, j'ai dû confondre.

Il redescendit les marches d'un pas lourd, hésitant. En quelques minutes, il avait un nouvel aperçu de son existence à venir : rôder, flâner, ruminer, en proie au doute. Décidément, il fallait partir. Mais il voulait d'abord demander son avis à Charlotte. Etait-elle prête à le suivre ? Victor n'en aurait pas mis sa main au feu. Il n'était pas non plus tout à fait sûr d'en avoir lui-même envie, mais dans la détresse qui l'habitait ce matin, il lui apparaissait qu'une compagne était indispensable pour adoucir sa solitude.

Il rentra rue Poivre. Charlotte devait dormir encore. Comme le Père Michaud, elle était de l'équipe de l'après-midi. Il ouvrit la porte avec précaution pour ne pas la réveiller, mais s'aperçut, en la refermant, que les rideaux étaient grands ouverts.

Il n'y avait personne.

Il jeta un œil à sa montre-gousset : huit heures vingt-cinq. Peut-être s'était-elle absentée pour aller faire des courses ? A cette heure, c'était peu vraisemblable ; elle préférait la fin de la matinée, disait-elle. Ses fonctions au syndicat l'absorbant presque toute la journée, Victor n'avait jamais pu s'en assurer.

La cape bleue n'était plus là, mais comme c'était la plus chaude, cela n'avait rien d'étonnant. Il fouilla dans les affaires de Tacha, à la recherche d'un indice, et fut surpris de constater que son linge avait disparu, ainsi que ses boucles d'oreilles. Il ouvrit son petit coffret à secrets, redoutant d'y découvrir ce qu'Alexandre, son père, avait trouvé chez Catherine après leur unique nuit d'amour il y avait quarante ans de cela... Il ne trouva rien, mais le souvenir de ce que lui avait raconté sa mère lui interdit de poursuivre ses recherches. Ses soupçons étaient devenus trop malsains et trop obsédants.

« Un jour, ce sera une garce », avait dit Emile. Cette phrase tambourinait en lui depuis quelques semaines déjà, depuis les révélations de Stéphanie et les réponses évasives de Tacha.

Ce qui était sûr, c'est qu'il avait cette fille dans la peau et qu'elle le faisait souffrir. Jamais il ne pourrait lui faire une totale confiance : elle avait assez dit jusqu'où elle voulait monter et jusqu'où elle était prête à descendre... « Les hommes à mes pieds, les chefs d'atelier, les contremaîtres... » Elle en avait sûrement déjà fait le tour. « Courtisane » ou « grande cocotte », avait-elle ajouté – Victor ne savait plus. Que faisait-elle en ce moment, place Bellecour ?

Il n'eut pas le courage – ou la folie – de retourner à l'immeuble cossu où il était certain, à présent, de l'avoir vue pénétrer. Son esprit avait besoin de paix. Les événements de la veille, puis ceux de la matinée l'avaient mis à rude épreuve. Il avait déjà trop de rage au cœur à cause de la trahison d'un ami, de ses camarades, celle des maîtres soyeux aussi, pour y ajouter celle d'une femme.

Il rassembla quelques affaires, tira de sa poche les billets que lui avait remis le chef du personnel pour son salaire d'octobre et les enveloppa dans une culotte de Tacha – manière de lui dire ce qu'il pensait d'elle. Puis il se ravisa. Il aurait besoin de cet argent, davantage en tout cas que cette fille, qui trouverait toujours le moyen de s'en procurer. Il fourra le tout, argent et culotte, dans son maigre baluchon et s'apprêta à tirer la porte derrière lui.

Et pour bien s'interdire tout retour, il écrivit en gros, sur le mur, avec un morceau de charbon :

JE PARS. ADIEU. VICTOR.

26.

TOUT comme son père, un demi-siècle plus tôt, Victor se retrouvait jeté sur les routes par une même force de caractère, avec un baluchon à peine plus gros. Le hasard, qui n'existe pas, voulait que la destination du fils fût le point de départ du père.

Il avait en effet décidé, tout en faisant un crochet pour éviter la place Bellecour, de se rendre à Saint-Gervais-sur-Sioule, chez ce François Jeuge dont sa mère lui avait dit qu'il était en quelque sorte son parrain.

Le village était désert quand il y arriva, un soir, à la nuit tombée. Rares étaient les foyers éclairés, deux ou trois tout au plus. On lui indiqua la forge du maréchal-ferrant, la dernière maison sur la droite, à la sortie du village. Il n'y avait personne, mais la braise rougeoyait encore.

– Monsieur François ! appela-t-il.

Pas de réponse. Il cria plus fort. Une voix bourrue se fit entendre :

– Attachez votre cheval. Je m'en occuperai demain matin. Vous pourrez le récupérer à sept heures.

– Je n'ai pas de cheval, monsieur, je suis votre filleul.

Il y eut un long silence, puis du mouvement se fit à l'étage. L'homme s'habillait et descendait l'escalier sans hâte.

Quand il apparut dans la pénombre rougie de la pièce, Victor fut d'abord frappé par sa carrure, ses bras noueux, les traits burinés d'un beau visage de paysan. D'après les calculs de Victor, il devait avoir cinquante-cinq ou soixante ans, mais paraissait dans la force de l'âge. Il n'avait rien du vieillard qu'était déjà le père Michaud.

François Jeuge s'approcha lentement de l'intrus.

– Je n'ai pas de filleul, monsieur.

– Je suis le fils d'Alexandre et de Catherine.

La lourde statue se laissa d'un coup tomber sur son siège de travail, là où il ferrait les chevaux. Le maréchal-ferrant ne disait rien et détaillait son filleul.

Il pleurait.

– C'est merveilleux ! dit-il enfin, en se redressant et en le serrant dans ses bras.

Il le tint un long moment contre lui ; Victor n'osait pas faire un geste.

– C'est merveilleux, répétait l'homme. Merveilleux.

C'était un joli mot, que Victor n'avait guère entendu en ville. Cet accueil lui nouait la gorge et ses os se réchauffaient à la forge.

L'homme, à présent, le regardait droit dans les yeux.

– Dis-moi, mon grand, comment t'appelles-tu, déjà ?

– Victor.

– As-tu au moins dîné ?

– Non, j'ai marché et je n'ai plus l'habitude...

– Alors, suis-moi.

Ils se retrouvèrent dans la cuisine, près d'un âtre d'où s'élevaient des odeurs que Victor n'avait jamais senties, à commencer par celle d'un vieux lard que François faisait frire à côté d'une omelette.

Une bouteille de vin les aida à libérer le flot de questions et de réponses qui se pressaient sur leurs lèvres.

C'était surtout Victor qui parlait. Le paysan restait économe de ses mots. La grande confusion dans laquelle se trouvait son visiteur nocturne l'avait frappé. Le seul débit de sa voix, lent, posé, cherchant parfois le mot juste avec la minutie que l'on met à polir un bijou, redonnait confiance à Victor et, malgré l'heure tardive, François savait qu'il fallait encore et encore le confesser, l'aider à expulser sa douleur.

Ce fut la fatigue qui eut raison du plus jeune au milieu de la nuit. Il y avait plus de vingt heures qu'il était debout. La journée avait été rude : l'adieu à l'usine, le doute affreux sur Tacha, la diligence, la longue marche dans les Combrailles et, pour finir, ce cadeau du ciel, un homme à qui se frotter, son parrain, dont il attendait qu'il évoque le souvenir de sa mère et de ce père mystérieux.

François s'était débrouillé pour ne pas parler d'eux, et moins encore de lui-même. Une seule fois, vers la fin, il avait dit qu'il vivait seul, que sa femme était morte douze ans plus tôt – « Une gentille femme, une bonne épouse, Dieu ait son âme » – et que Victor pouvait rester chez lui aussi longtemps qu'il le voudrait :

– Je vais te faire un lit dans le grenier. Mais avant que tu te couches, je voudrais te montrer quelque chose.

Il fouilla dans son coffre et, d'entre les papiers, sortit un dessin d'enfant.

– C'est mon portrait, dit-il. Pas très ressemblant, mais c'est ton père qui l'a fait. Il avait sept ans à l'époque, moi, presque neuf. J'en ai cinquante-sept. Tu vois : un souvenir d'il y a un demi-siècle. Eh bien, je n'ai rien oublié de lui. C'était un garçon exceptionnel. Demain, je te raconterai.

27.

VICTOR dormit comme une masse, en ronflant presque aussi fort que la forge qui avait recommencé à souffler dès l'aube. Son sommeil fut bien entrecoupé de hennissements et de coups de marteau, mais il n'en émergea que très tard dans la matinée. Il y avait longtemps qu'il n'avait pas aussi bien dormi.

– Ce doit être le silence de la campagne, s'excusa-t-il.

François se moqua de lui :

– C'est bien la première fois que j'entends parler de silence dans la maison d'un maréchal-ferrant ! J'ai déjà réparé une cuve, deux bouilloires et ferré quatre chevaux. Tu parles d'un silence !

– Si, si, ce bruit-là n'a rien à voir avec celui des machines à tisser, sourd, répétitif, oppressant – ce « bistanclaquepan » que j'ai entendu pendant près de trente ans. Je ne comprends pas qu'on n'ait pas envie de se pendre à l'un de ces métiers. Ils nous bouchent l'horizon et nous assourdissent les oreilles. Quant à mon logement, tu n'as pas idée ! La ville tourne sans cesse, se retourne, gesticule, avale tous ces êtres qui dorment dans ses flancs, et les recrache à la fin dans des cimetières qui sont presque aussi grands que les cités ouvrières ! Rue Poivre, on ne dort jamais que d'un œil. Le voisin rentre chez lui au moment où tu te lèves. L'immeuble bouge vingt-quatre heures sur vingt-quatre.

– Rue Poivre, dit simplement François, quel drôle de nom...

– C'est celui d'un botaniste né et mort à Lyon au siècle dernier. Entre-temps, il a eu cent vies. Il a été missionnaire, enlevé par des pirates, jeté en prison – comme moi –, trahi – comme moi –, un boulet de canon lui a coupé un bras lors d'une bataille navale. Il voulait peindre, il ne pouvait plus, qu'à cela ne tienne : il a sillonné les mers du Sud pour chercher des épices qu'il a replantées à Maurice. Là-bas, il a failli se faire voler sa femme par Bernardin de Saint-Pierre mais la drôlesse a résisté, dit-on, et l'autre n'a gardé de l'aventure qu'un roman à l'eau de rose, *Paul et*

Virginie. Bref, le bougre a vécu. Il me plaît beaucoup.

– En tout cas, on dirait que tu as retrouvé la forme, mon petit Victor, ce doit être l'air de la campagne, comme tu dis.

Victor, c'est vrai, mangeait comme quatre, et commençait à questionner François sur son père.

– Tout doux, tout doux, répondait l'autre, j'ai besoin de temps. Je te raconterai tout ça ce soir, à la veillée. En attendant, mastique plus lentement et ne parle pas en mangeant. C'est mauvais pour la digestion.

– Dis-moi au moins quelque chose qui me concerne moi, et pas lui. Suis-je oui ou non ton filleul ?

– En fait, pas vraiment, puisque tu n'as pas été baptisé et que tu avais déjà trois ou quatre ans quand je t'ai connu. Figure-toi que c'était au cimetière ! Ta mère avait de drôles de promenades... Elle t'emmenait là pour que tu puisses parler à ton père, et toi, tu jouais autour de la tombe. L'endroit n'avait pas l'air de t'impressionner, tu étais gai comme un pinson. D'ailleurs, pourquoi aurais-tu été triste, puisque ce père, tu ne l'avais jamais connu ? Pense donc, il avait dix-sept ans quand tu es né et il ne l'a jamais su ! Mais ne m'entraîne pas à parler de lui ; je te l'ai dit, ce sera pour ce soir. Il faut d'abord que je fouille dans ma boîte à souvenirs. Je te montrerai des choses qui t'amuseront.

– Je ne t'ai pas posé de questions sur mon père, mais sur toi. Pourquoi dis-tu que tu n'es pas vraiment mon parrain ?

– Parce que ta mère n'a pas voulu. Elle ne croyait pas en Dieu. Je le lui avais pourtant proposé quand on s'est revus, après le cimetière – je ne l'avais jamais rencontrée auparavant. Et comme elle était bien seule avec ce bambin, dans Paris, comme je trouvais aussi que tu ressemblais étonnamment à ton père – c'est encore vrai, d'ailleurs, c'est même encore plus frappant à présent, j'ai l'impression de le retrouver en face de moi...

– Termine ta phrase.

– Au début je me méfiais, je me demandais si cette jolie fille installée sur une demi-fesse au bord d'une tombe ne se fichait pas de moi quand elle me disait que tu étais le fils de mon meilleur ami. Il me confiait tous ses secrets, il ne m'avait parlé ni d'elle ni de toi... Mais quand j'ai vu ta trogne, quand je t'ai regardé jouer, comme lui, avec la même patience, je me suis dit qu'il n'y avait aucun doute. Je lui ai donc proposé d'être ton parrain, en mémoire de lui, puisque je ne l'avais jamais revu après mon départ en Californie. J'aurais été le dernier des salauds si je ne l'avais pas fait. Comme Catherine ne voulait pas d'un baptême à l'église, je lui ai dit que je te considérais moralement comme mon filleul, et qu'à tout moment tu pourrais me demander ce que tu voudrais. Peu après, j'ai quitté Paris définitivement et je me suis installé ici. Ton père, je ne l'ai jamais oublié, tout me le rappelle ici. Je t'emmènerai sur nos lieux d'enfance... Mais toi, je te l'avoue, tu m'étais un peu sorti de l'esprit. Je n'aurais jamais imaginé que tu viendrais me dénicher ici trente ans après !

– Tu ne l'as pas revue, ma mère ?

– Non, elle ne m'a pas donné signe de vie. Et puis, elle à Paris, moi dans le Puy-de-Dôme, ce n'était pas facile. Je ne savais même pas qu'elle était partie travailler à Lyon.

– Tu l'aimais bien ?

– Beaucoup.

Depuis un moment, Victor essayait de savoir ce qui s'était passé entre eux. Catherine, dans sa lettre, faisait allusion à un petit béguin. Petit comment ?

– Tu es bien indiscret, c'est ma vie.

– Et celle de ma mère aussi. Vous avez été amants ?

– Ah ! non, pas ce genre de questions !

– Alors, vous avez été amoureux ?

– Moi, oui. Elle, beaucoup moins. D'ailleurs, on ne s'est pas vus très longtemps, je préparais mon retour au pays. Je te l'ai dit, j'ai quitté Paris juste après. Je n'aimais pas beaucoup cette ville. Avec ta mère, on a surtout parlé de la Californie. J'avais un copain, là-bas, Parker, natif de l'Oregon. Il m'envoyait des lettres en anglais et je les traduisais pour Catherine. Ça la faisait rêver. J'ai l'impression qu'elle serait bien partie refaire sa vie là-bas. A mon avis, si tu n'avais pas été dans ses pattes, elle l'aurait fait.

C'est vrai, il avait dû, sans le savoir, l'empêcher d'aller jusqu'au bout de ses rêves...

– Tu l'aurais épousée, maman ?

– Ben oui, si tu veux savoir, mais il aurait fallu qu'elle soit d'accord et, au moins, un tout petit peu amoureuse. Mais bon, ça ne s'est pas fait et j'ai rencontré plus tard une femme qui me convenait parfaitement. C'est la vie. Mais j'ai souvent repensé à Catherine. Ce qu'elle était belle ! Cela dit, elle avait un sacré caractère, elle savait ce qu'elle voulait. Je ne suis pas sûr qu'on se serait entendus bien longtemps.

– Mais c'était quelqu'un de bien ?

– Cette question ! Il suffisait de la voir avec

toi, t'entourer de tout son amour. Au fond, elle ne pouvait aimer personne d'autre... Ça me faisait chaud au cœur de vous regarder tous les deux, même si j'étais un peu jaloux. Allez, va, tu as eu la meilleure part. C'est une sacrée chance que de l'avoir eue comme mère !

François se tut. Ils terminèrent leur repas en silence. Ce soir, c'est Alexandre qui s'inviterait à leur table.

28.

La nuit était tombée. Victor avait aimé sa longue promenade dans les pâturages de Saint-Gervais, puis au bord de la Sioule. Il voyait mieux, déjà, ce qu'avaient pu être les paysages de l'enfance d'Alexandre. Son héros pouvait s'avancer.

Il écouta le long monologue de son parrain, sans l'interrompre. François s'était calé dans son fauteuil près de la cheminée, le regard presque absent, enfoui dans ses souvenirs.

– Tout a commencé pour moi par une mauvaise action. J'avais fait de la colline qui surplombe la rivière mon territoire de jeux. Un soir de juillet, j'y découvris une cabane construite par un autre. Or, tout le monde dans le village savait que c'était mon domaine. J'y mis le feu. Il y avait à l'intérieur quelques objets ridicules et un petit fascicule illustré que j'ai toujours avec moi, et que je te montrerai. Il s'intitule *La Vie Illustre de Napoléon Ier, Empereur des Français*. J'étais en train de le feuilleter quand un petit gars plus jeune que moi vint pleurnicher en disant que j'avais brûlé sa cabane et volé son livre.

« Je ne le connaissais pas. Il habitait Pionsat, un village à deux lieues d'ici. Il me parut incroyablement instruit pour son âge. Il lisait mieux que moi. C'est lui qui me raconta la vie de l'Empereur et qui m'inocula le virus. Je devins à mon tour fou de Napoléon. Je réussis à dénicher chez mon père ses *Proclamations et Ordres du Jour*. Nous les déclamions comme deux jeunes imbéciles. Tout l'été, nous nous livrâmes à des batailles imaginaires, bien à l'abri de notre fort ; j'avais reconstruit sa cabane avec des planches volées à la scierie paternelle, de l'autre côté du village. Nous nommions des généraux et des maréchaux. Je me souviens que nous avons même promu un certain maréchal... Ferrant ! L'égal de Ney, c'est te dire...

Nous avons joué ainsi jusqu'à l'automne, et puis les jours où il n'y avait pas classe. Au printemps, nous nous sommes adjoint des renforts, trois gars de chez moi, et deux de chez lui. Nous avons recommencé à mimer les batailles de l'Empereur l'été suivant, sur une beaucoup plus grande échelle. C'était mon meilleur ami, j'étais fier de lui, et pourtant j'étais le plus âgé. J'aimais apprendre de lui, il aimait que je le protège. Tous les deux, nous aurions pu faire une sacrée paire pour la vie. Mais un jeudi d'octobre, il n'est pas venu au rendez-vous. Le dimanche suivant non plus. Je suis allé voir chez lui, à Pionsat. Il était orphelin et habitait chez sa grand-mère, une vieille assez revêche qu'il n'aimait pas du tout, mais ce jour-là elle était folle d'inquiétude. Il y avait de quoi. Regarde.

François fouilla dans son coffre et tendit à Victor un petit mot jauni écrit d'une main enfantine :

Je pars. Je pense que c'est pour toujours, comme maman. A.

La grand-mère pensait qu'il avait décidé de se supprimer. Mais voilà ce qu'il voulait dire. Je le sais grâce à une lettre que j'ai retrouvée dans ses affaires quand on me les a confiées, bien après sa mort, à mon retour d'Amérique. A mon avis, c'est parce qu'il est tombé dessus chez la vieille, qu'il a décidé de tailler la route. Lis.

Victor ouvrit une enveloppe cachetée en provenance du Brésil, avec un tampon de 1834 :

Je, soussigné, Eduardo de Amabal, greffier de la Justice de paix et officier de l'état civil de la paroisse de Logoa, certifie qu'aujourd'hui (16 février 1834), à midi, est décédée de la fièvre jaune : Marie-Alexandrine Tabarant, originaire de France, âgée de vingt-six ans. Le déclarant ne connaît pas la filiation de la défunte. Elle a laissé un enfant dont il ignore le prénom et l'âge et qui vit actuellement en France. Elle demeurait rue São Clemente, nº 99, où elle est décédée.

Les mains de Victor tremblaient légèrement en tenant ce papier que son père avait dû lire et relire. Ce qui était raconté là, c'était la mort de sa propre grand-mère, dont il apprenait parla même occasion le prénom : Alexandrine.

Il découvrait surtout le nom de famille qu'il aurait dû porter : Tabarant. Après Parker, Priadov, c'est Tabarant qui entrait en scène... Il l'essaya une ou deux fois. Victor Tabarant. Ça sonnait bien, ça lui convenait.

Plongé dans ses souvenirs d'enfance, François s'était tu depuis longtemps. Victor faisait de même ; il rêvait. Tant de destins forgés dans des manques, de mère, de père... L'histoire pouvait-elle à ce point se répéter ? Pour fabriquer quelle espèce d'hommes ?

Son parrain se leva et posa affectueusement sa main sur son épaule :

– Ça suffit pour aujourd'hui. Le passé, ça fait chauffer les sangs. Tu sais maintenant quel petit bonhomme était ton père. Je te dirai demain quel adolescent il fut quand je le retrouvai, dix ans plus tard, à Paris, sur les barricades. Tu ne seras pas déçu par nous deux !

Comme son filleul ne bougeait pas, il insista :

– Va te coucher. Et dors bien, mon petit Victor.

Dormir, c'était facile à dire...

29.

Le lendemain matin, après une nuit plus courte que la précédente, Victor partit à l'assaut de l'escarpement qui dominait la Sioule, non loin du village. Il n'y trouva évidemment pas trace de la moindre cabane, mais devina son emplacement. De là, il contempla la rivière. C'était un bien petit cours d'eau, qui avait pourtant vu passer tant de générations, des rois, des empires, des républiques. Il comprit qu'Alexandre et François se soient arrachés à leurs racines et laissé porter par le courant.

Le ciel brumeux d'automne, les nappes de brouillard qui flottaient encore dans la vallée ne contribuaient pas à dissiper le vague à l'âme de Victor. Qu'avait-il fait de sa vie ? A trente-huit ans, il était sans travail, sans enfant, sans femme, sans ambitions. A la moitié de son âge, son père avait déjà tout fait, tout eu. D'où lui venaient ce sourd sentiment d'impuissance face aux caprices du destin, son incapacité à maîtriser les événements, cette impression que tout le dépassait, que la vie passait au large de lui ?

Ses révoltes avaient été brèves, et tardives ; sa déposition au procès, ses amours, tout, jusqu'à son ultime coup d'éclat à l'usine, n'avait été que feu de paille. Quelle faiblesse de caractère l'empêchait au dernier moment de souffler à nouveau sur la braise et d'alimenter sa volonté ? C'est vrai qu'il avait choisi de quitter Lyon sur un coup de tête, mais il ne savait plus, deux jours après, si c'était par énergie ou par lâcheté. Il ne pouvait reprocher à ses parents une absence d'ambition. Mais sans doute qu'un petit peuplier ne peut pas grandir sous l'ombre portée d'un plus majestueux.

Ce soir, il demanderait à François de lui parler des grandes actions d'Alexandre. Peut-être y trouverait-il une résolution nouvelle...

30.

– Je ne revis Alexandre que dix ans après sa fugue, le 24 février 1848, commença François devant l'âtre. Je ne suis pas près d'oublier la date. C'est ce jour-là que Louis-Philippe a abdiqué et s'est enfui à Bligny. Paris était à feu et à sang. Il y avait des barricades partout et je n'étais pas le dernier à y participer. Avec un groupe d'amis du faubourg Saint-Antoine, nous venions tout juste de piller une armurerie rue de Richelieu : deux cents fusils qui allaient nous être bien utiles. J'étais en train de les distribuer, quand je vis un jeune homme qui se faufilait entre nous sans demander d'arme. Un agitateur, un espion ? Plus je le regardais, plus cette allure me paraissait familière. Mais je me dis que c'était le fruit de mon imagination, car la lettre que j'avais envoyée à ton père quelques années auparavant m'était revenue avec la mention « Décédé ». A tout hasard, je le hélai :

« – Alexandre !

« Il se retourna. C'était bien lui. Son sourire incrédule quand il me vit ne laissait aucune place au doute ; il n'avait pas changé.

« Nous ne pûmes pas nous parler très longtemps. On m'avait assigné la garde de la barricade avec mes amis bonapartistes car, figure-toi, j'avais toujours les mêmes idées, celles que ton père m'avait fait entrer dans la tête à huit ou neuf ans !

– Et lui ?

– Lui, c'était plus compliqué. Il était déjà journaliste à *La Presse* et travaillait pour son patron, Emile de Girardin, un type très brillant, très influent, mais plutôt girouette en politique. Alexandre avait promis de nous le faire rencontrer pour imprimer sur ses rotatives la feuille que nous voulions lancer, *Le Napoléon républicain*, mais l'autre a dû se défiler et c'est ton père qui nous a permis de le sortir. Il était plus argenté que moi à l'époque, à tel point que je n'avais pas osé lui donner rendez-vous chez moi, rue Croulebarbe, un petit garni que je partageais avec des amis maçons.

– Il était riche ?

– Disons qu'il évoluait dans la haute. Il s'habillait comme un dandy et semblait à tu et à toi avec un tas de jolies femmes. Mais nos origines communes étaient plus fortes que tout. J'étais depuis quatre ans à Paris, lui depuis deux ans et demi. Il avait beaucoup trimé entre-temps, à Montluçon, dans une tannerie, puis à Clermont, dans une usine de caoutchouc, Barbier et Daubrée, reprise aujourd'hui par un des fils Michelin que ton père avait côtoyé là-bas. C'est te dire que la condition ouvrière, il connaissait, et qu'il ne l'avait pas oubliée. Deux fois par mois, il signait un éditorial terrible dans notre journal, sous un pseudonyme, pour rappeler leurs promesses à nos nouveaux dirigeants. Comme moi, il avait détesté la monarchie de Juillet et n'était pas fâché de voir le roi-poire tomber comme le fruit blet qu'il était devenu. Mais on se méfiait tous les deux de Louis Napoléon, qui ne valait pas son oncle.

– Il le connaissait ?

– Oui, il l'avait rencontré chez lui, place Vendôme, je crois, et on m'a raconté qu'il avait même été invité à dîner à l'Elysée après son élection à la présidence de la République. Mais à ce moment-là, j'étais déjà parti pour la Californie, un peu dégoûté par la tournure des événements.

J'étais moins souple que ton père et je considérais que l'héritage de l'Empereur était trahi par son neveu. La suite m'a donné raison.

– Il continuait à aimer Napoléon Bonaparte ?

– Et comment ! Quand nous nous sommes revus, il m'a dit qu'il m'avait envoyé une lettre deux ans auparavant. Je ne l'avais pas reçue. Il me l'a citée de mémoire : c'était les adieux de l'Empereur à sa garde à Fontainebleau. « Adieu, mes enfants ! Je voudrais vous presser tous sur mon cœur ; que j'embrasse au moins votre drapeau. » C'est drôle qu'il m'ait adressé cette lettre d'adieu et que nous nous soyons quand même revus... J'aurais préféré qu'il m'en envoie une avant de se supprimer. Et qu'il ne se supprime pas...

– Pourquoi s'est-il suicidé ?

– Je n'ai jamais su vraiment. Je te l'ai dit : j'avais quitté la France depuis plus d'un an. A mon retour, on m'a raconté qu'il avait été très malheureux avec les femmes. Il avait beaucoup de succès, il papillonnait, mais un jour il est tombé sur plus coureuse que lui. Et, à ce qu'on m'a dit, il ne s'en est jamais remis.

– C'était qui ?

– Une actrice, Alice Ozy, qui était très connue à l'époque. Elle remplissait les théâtres et faisait déborder le cœur des hommes. Je sais que Victor Hugo en avait grandement goûté, avant Alexandre, et peut-être même pendant.

– Pendant ?

– C'est en tout cas ce que disait un journaliste de *La Presse* avec lequel ton père était lié, Saint-Charles Lautour-Mézeray. Je l'ai rencontré à mon retour à Paris, quand j'ai voulu savoir ce qu'était devenu Alexandre. C'est Théophile Gautier, l'écrivain, qui a appris son infortune à ton père ! Mais tu sais, Victor Hugo, lui aussi, était un sacré coureur. Et Alice, pas vraiment une sainte-nitouche. On lui a prêté des aventures avec le duc d'Aumale, le duc d'Albe, le peintre Chassériau et des tas d'écrivains, d'Alphonse Daudet à Théodore de Banville...

– Bref, c'était une courtisane ?

– Oui, et Alexandre n'a pas été le seul dindon de la farce. Lorsqu'elle a rencontré Hugo, elle vivait avec son fils, Charles !

– Et tu crois que mon père a pu vraiment l'aimer ?

– Je ne sais pas. Il ne m'a jamais tout à fait ouvert son cœur sur ces choses-là ; il avait sa pudeur. Pour tout te dire, je n'approuvais pas cette liaison, et je ne lui ai pas caché. Mais je suppose que, comme toutes les garces, elle savait tenir les hommes. Elle était, paraît-il, très belle, et si tu veux la voir dans son plus simple appareil, Chassériau l'a peinte en nymphe endormie. Le tableau est au Louvre, je crois...

La première réaction de Victor fut d'envier son père : une belle actrice, un tableau de nu au Louvre... Puis il pensa à cette jalousie qui avait dû le ronger. Voir sa maîtresse exposée aux yeux de tous... On avait dû se moquer de lui dans son dos. Il songea à Charlotte, dont il n'arrivait pas à chasser l'image.

– Et papa, il était aussi coureur ?

C'est la première fois qu'il l'appelait ainsi, *papa*. Le mot était venu parce que, depuis deux jours, il commençait à vivre réellement dans l'intimité de son père, mais il sonnait encore un peu faux.

– Coureur, je ne sais pas, mais il avait un charme fou. Il n'y a pas eu qu'Alice. On m'a parlé d'une autre comédienne, Augustine Brohan, et d'une marquise qui l'a entraîné dans tous les salons chics de Paris. Elle avait vingt ans de plus que lui... Et surtout, d'une autre grande dame, pas très jeune non plus, qui l'a beaucoup aidé dans ses débuts de journaliste, Delphine de Girardin, la femme de son patron à *La Presse* ! Tu vois, ton père non plus n'était pas un saint.

– Et celle-là, il l'a aimée ?

– Oui, je crois. Elle aussi. Mais ça n'a pas duré longtemps. La femme du patron, ce n'était pas facile... Et je pense qu'il y avait en lui un trouble étrange. Delphine de Girardin, c'était un peu Alexandrine, sa mère. Il m'a parlé d'elle un soir en des termes presque filiaux. Je l'ai aperçue une fois dans les locaux de *La Presse*. Elle aussi était très belle, moins piquante mais infiniment plus racée qu'Alice Ozy. J'aurais bien été capable d'en tomber amoureux, moi aussi. Il se dégageait d'elle une douceur, une intelligence, une élégance... Avec dix ou quinze ans de moins, c'eût été une épouse parfaite pour ton père. Malheureusement, Emile de Girardin était passé avant lui !

– Tu crois que c'est à cause de toutes ces femmes que mon père s'est suicidé ?

– On ne peut pas dire ça. Un suicide, c'est tout un ensemble de petites fêlures qui échappent aux autres. Peut-être y avait-il en lui un écœurement à force de courir de conquête en conquête. J'ai ressenti ça moi aussi quand j'ai éprouvé le besoin de partir pour la Californie. J'ai eu alors une longue discussion avec ton père.

Il m'a même accompagné au Havre quand j'ai embarqué sur la *Morgane*, le 11 juillet 48. Je lui disais que cette vie me paraissait vaine et que nos idéaux de jeunesse avaient été trahis. J'étais très déçu d'avoir fait deux révolutions, en février et en juin, pour me retrouver avec des gouvernants qui ne pensaient qu'à servir leurs petits intérêts. Louis Napoléon ressemblait tellement peu à son oncle...

– Alexandre pensait comme toi ?

– Il était plus indulgent. Et puis, il était entraîné par sa frénésie de pouvoir et de gloire. Il écrivait des articles, il fréquentait les ministres et les artistes, les femmes le courtisaient, la vie lui souriait. C'est un peu plus tard que le dégoût a dû le gagner. Et puis, je crois qu'il y a eu une révélation qui a pu l'achever.

– Une révélation ?

– Pas ce soir, Victor. J'ai besoin de rassembler mes souvenirs et de retrouver des documents. C'est délicat et ça te concerne quand même un peu.

– Ma mère ?

– Non, non, je te l'ai dit, il ne m'a jamais parlé de Catherine. J'en ignorais l'existence et je te jure qu'il ignorait la tienne. Mais c'est aussi une histoire de paternité.

– Dis-moi...

– Non, s'il te plaît, demain. Va au lit. On se couche trop tard ici, depuis que tu es arrivé. Je ne suis plus habitué aux mœurs des citadins !

31.

FRANÇOIS avait prêté à son filleul un cheval qu'il venait de ferrer. Pour un citadin, comme disait son parrain, il se comportait bien sur l'animal. Il le monta à sa main en évitant de galoper pour ne pas se laisser embarquer.

Toute la journée, il chevaucha autour de Saint-Gervais et se rendit au village natal d'Alexandre, Pionsat, à deux lieues de là. Les maisons y étaient sombres, en pierre noire de Volvic. Les pas de son cheval le conduisirent au cimetière. Il était impatient d'y découvrir des noms familiers. Sa grand-mère, Alexandrine, était enterrée à Rio, il le savait, mais peut-être y avait-il d'autres Tabarant.

Il en trouva un : Ferdinand, mort en 1815 à Waterloo ! Sur la tombe était aussi gravé le nom de sa femme, Hélène, décédée trente ans plus tard. Ce devait être celle qu'Alexandre appelait

« la vieille ». Il se trouvait donc sur la tombe de ses arrière-grands-parents. Victor ne regrettait plus du tout son départ de Lyon : cela lui avait permis de marcher sur les traces de sa famille et, après toute une vie d'ouvrier, d'endosser les habits de paysan avec une facilité qui l'étonnait.

Il essaya de retrouver la maison de « la vieille ». Personne ne put l'aider. On avait bien connu des Tabarant, mais c'était il y a si longtemps. « Le nom est éteint », lui dit-on. Il sourit. On alla toutefois quérir deux anciens qui avaient connu la grand-mère.

– La maison a disparu, lui dirent-ils. Pensez-vous, la mère Tabarant a dû mourir il y a plus de quarante ans... Personne n'a repris sa chaumière, qui menaçait déjà ruine. Le maire de l'époque, Marien Nore, nous a bien dit que son petit-fils en avait hérité, mais le garçon n'est revenu que beaucoup plus tard à Pionsat, après les événements de 48, et il n'est resté qu'un jour à peine. Le village n'a pas dû lui plaire. Il a juste empoché l'héritage, et il est reparti pour Paris.

Victor voulut rencontrer ce Marien Nore. Lui aussi était mort depuis longtemps.

Le soir, à Saint-Gervais, il demanda à François s'il était vrai qu'Alexandre fût revenu une fois chez lui.

– C'est exact, dit François, mais je n'étais pas là. C'était juste après mon départ du Havre. Il devait avoir le cœur barbouillé. Je suppose qu'il a voulu retrouver les odeurs de notre enfance dans les bois. Il avait reçu une lettre du maire, qui avait découvert sa trace grâce à un journal auquel Victor collaborait, *Le Chercheur*, la feuille électorale d'Emile de Girardin, député de l'arrondissement. Le maire de Pionsat l'informait que sa grand-mère était morte en 40 et qu'elle lui avait légué une petite somme. Il est venu récupérer l'héritage, et là, il a découvert la lettre qui l'accompagnait. C'est elle qui contient la révélation dont je te parlais hier.

32.

« TU as été mon seul rayon de soleil pour réchauffer mes dernières années », lui écrivait sa grand-mère qui lui demandait d'excuser son incapacité de jadis à exprimer ses sentiments à son égard. Elle pressentait qu'elle avait été cause de son départ et craignait à demi-mot qu'Alexandre n'ait mis fin à ses jours en se jetant dans la Sioule.

Sans savoir si sa maison évoquait pour lui de bons ou de mauvais souvenirs, elle le priait de la garder, en mémoire d'Alexandrine qui y avait passé son enfance et son adolescence « en chantant devant l'âtre ». Elle lui léguait aussi le pré de Bellirat que son mari aimait tant au soir couchant. « Je crois bien que nous y avons conçu notre chère Alexandrine, lui confiait-elle, dans un aveu touchant pour une femme de son âge. Le jour venu, tu le transmettras à ton tour à tes enfants et tes petits-enfants, comme un legs de ta race... »

Elle joignait à son testament vingt louis d'or pour l'aider à devenir un grand monsieur de la ville car elle avait le pressentiment qu'Alexandre ne reviendrait pas dans le village où ses ancêtres avaient grandi. Et, à la fin de sa lettre, elle se libérait d'un secret qui lui avait longtemps pesé sur le cœur.

Elle lui révélait le nom de son père : « Cet homme qui disait aimer Alexandrine ne l'a jamais revue dès qu'il a appris que tu commençais à pousser dans son ventre. Son nom ne t'est peut-être pas inconnu : il vient d'être élu, le mois dernier, député de Clermont. Il s'appelle Charles de Morny mais ma chère fille l'appelait Auguste. Il était en garnison au chef-lieu quand il l'a rencontrée, pour son malheur. Il disait qu'il l'adorait, elle en était folle. Mais quand tu t'es annoncé, et avant même qu'elle ne m'en parle, écrivait-elle à Alexandre, il a disparu comme un courant d'air. Si je livre aujourd'hui son nom et son titre – comte, paraît-il –, c'est qu'il nous a nargués pendant plusieurs semaines, en se présentant aux élections, là où il avait commis son forfait. On me dit même que sa voiture est passée par Pionsat, sans s'arrêter. Et il a osé faire campagne sur les valeurs de la famille ! Le scélérat ! »

La grand-mère concluait en demandant à son petit-fils de les venger. Du haut de ses treize ans, pensait-elle, Alexandre serait bien assez courageux pour aller lui dire son fait : « Libre à toi de t'expliquer avec lui ou de le traiter par le mépris, mais j'aimerais que tu laves l'honneur de ma fille chérie... »

33.

VICTOR était bouleversé. Il devinait le choc qu'avait été pour Alexandre la découverte de sa filiation. Ce Morny, demi-frère de Napoléon III, avait été l'un des grands personnages de l'Empire. Il se murmurait qu'il était lui-même bâtard, comme l'Empereur, d'ascendance royale par la main gauche : la reine Hortense, disait-on... Victor se retrouvait arrière-petit-cousin de l'Empereur, ou quelque chose comme ça. Mais tout cela était si lointain. Ce qui comptait, c'est que son père, lui, avait dû en souffrir et qu'il avait peut-être bien, en effet, cherché à venger sa mère, Marie-Alexandrine. Peut-être même cette révélation avait-elle précipité sa mort.

Une nouvelle fois, il se senti empli de dégoût des injustices de son monde, celui des mal nés. Nés à côté de l'argent, du rang, de la chance.

François lui expliqua pourtant qu'il n'y avait

plus de vengeance à tirer de personne : Morny était mort depuis vingt ans, après avoir été président de l'Assemblée nationale, président du Conseil général du Puy-de-Dôme et ambassadeur en Russie.

Victor resta longtemps songeur. Ce fut François, de nouveau, qui rompit le silence :

– Tout cela c'est du passé, mon petit Victor. Et rien ne me permet d'affirmer que la lettre que tu viens de lire ait quelque chose à voir avec la mort de ton père. Il y avait en lui trop de passions contraires. Je ne me consolerai jamais de n'être pas resté à ses côtés quand cette mélancolie le prit. Peut-être aurais-je pu l'aider à la chasser ; je lui aurais proposé de revenir ici avec moi. Mais, au fond, il n'était pas fait pour cette vie calme. Il avait trop détesté son enfance d'orphelin, il avait besoin de vivre ses rêves d'évasion et de grandeur. C'est un peu ce que j'ai réalisé, à ma manière, en m'exilant en Californie. On avait tous les deux trop de terre des Combrailles collée aux pieds. Mais moi, au moins, j'avais la chance d'avoir des parents. Lui n'avait rien à perdre. Quand on court après ce que l'on n'a pas, on se brûle toujours. C'est cela, la roulette de la vie.

34.

FRANÇOIS convainquit Victor de rester un moment chez lui.

– Ça me fait du bien de parler, expliqua-t-il. Depuis la mort de ma femme, je n'en avais plus eu l'occasion. Et toute cette masse de secrets autour de ton père finissait par me peser. J'avais besoin de m'en délivrer, et je n'aurais jamais imaginé qu'un jour je pourrais les confier à son fils, l'enfant de la jolie Catherine...

Il ajouta que, chez eux, la tradition était de ne partir du pays qu'au printemps.

– Il y a un dicton : « Noël avec les vieux, et Pâques où tu veux. » En fait de vieux, tu n'as que moi. Reste un peu, tu m'aideras à la forge et tu repartiras à Pâques...

François lui raconta ce qu'avait été l'épopée de ses camarades maçons qui quittaient la Creuse et le Puy-de-Dôme au printemps, précédés par un devancier chargé de leur réserver des auberges toutes les quinze lieues.

– Ces auberges, tu parles, c'étaient des greniers avec des paillasses pleines de puces. Nous étions des galériens, on ne nous parlait pas, on nous traitait de bouffeurs de châtaignes – ce qui était vrai – ou de mange-crapauds, ce qui ne l'était pas ! Arrivés dans la capitale, nous nous entassions à douze par chambre et nous taillions la pierre sans presque jamais sortir le soir. Nous avons beaucoup aidé le baron Haussmann à construire son nouveau Paris, mais ces grands boulevards n'étaient pas pour nous. Ils étaient réservés aux Alice Ozy et autres demimondaines, aux artistes et aux aristos qui venaient s'encanailler. A la fin, je n'ai plus supporté de travailler pour les autres. C'est pourquoi je me sens bien ici. Personne ne m'exploite, ma vie m'appartient, et plus jamais je ne l'offrirai à d'autres pour un salaire de misère.

Victor se laissa convaincre. Il resterait à Saint-Gervais le temps de se refaire un corps et une âme d'homme libre.

Chaque matin, à six heures et demie, il était à la forge pour aider son parrain. Il apprit à ferrer les chevaux et à travailler les métaux, ce qui lui donna des muscles qu'il n'avait pas à Lyon et lui hâla le teint. En échange, François lui permettait de monter en fin d'après-midi les chevaux qu'il venait d'équiper et que leurs propriétaires ne récupéreraient que plus tard.

Le soir, il avalait son dîner en compagnie de François et ne se lassait pas de l'entendre parler de la Californie, son rêve brisé, et de la montée des Creusois sur Paris.

Son parrain lui raconta leurs révoltes, comme celle d'Ajain, dont les habitants s'étaient rebellés contre un impôt inique. Il y avait eu des morts, surtout des femmes, repoussées par les gardes nationaux.

Ces luttes avortées, ils les exportèrent à Paris. Voilà pourquoi François et ses amis maçons furent si heureux sur les barricades de février et juin 1848, et pourquoi ils se sentirent bientôt dépossédés de leurs victoires. François était clairement de gauche. Son idole était Martin Nadaud, maçon comme lui, puis député creusois, premier représentant du peuple issu de la classe ouvrière.

Victor, lui, évoquait Zola, que son parrain ne connaissait pas. Il lui parla de Gervaise, de sa fille Nana, de Bazouge, le croque-mort de *L'Assommoir*, d'Auguste Lantier, son héros, mais aussi d'Espérance, fleuriste comme l'avait été la femme de Zola, et du forgeron Gouget, un collègue de François, qui occupait une place importante dans *L'Assommoir*.

Il était intarissable quand il parlait des Rougon-Macquart, et tous deux, à la flamme du foyer, nourrissaient des actions de leurs héros leurs révoltes insatisfaites. C'est ainsi que, plus fort que jamais, Victor passa un long hiver sur la terre natale de son père.

35.

A Pâques 1885, comme ils en étaient convenus, Victor prit congé de son parrain. La séparation fut difficile, mais elle était nécessaire. Victor avait certes trouvé là un foyer qui n'existait nulle part ailleurs, mais pas plus que son père il ne se voyait végéter à la campagne, à mener une vie rythmée par l'angélus et les vêpres, le lever et le coucher du soleil.

Depuis plusieurs mois, il avait tout à fait renoncé à retourner à Lyon. Il imaginait trop bien ce qu'il y retrouverait : Tacha installée avec un nouvel amant dans un immeuble cossu de la place Bellecour ou des quais de Saône, Emile en chef flambant du STS, les ouvrières résignées, les patrons triomphants...

Il n'y avait qu'un seul endroit où aller : Paris, où il avait passé les dix premières années de sa vie, et où tout se dissolvait dans la multitude.

Il se sentait plus déterminé que lors de son arrivée à Saint-Gervais, sept mois auparavant, mais il ne savait toujours pas à quoi éprouver le cœur nouveau qu'il s'était forgé. Pendant tous ces mois, il s'était nourri, gavé d'admiration pour son père, mais il sentait bien qu'il ne serait jamais capable de vivre, comme lui, de grandes choses, d'aimer, comme lui, de grandes dames. Il conservait, chevillé au corps, le désir de contribuer à l'émancipation de la classe ouvrière, mais saurait-il à nouveau animer une révolte comme à la soierie ?

Au fil de ses discussions avec François, il s'était rendu compte que la voix du peuple ne se faisait entendre que lorsqu'elle tonnait. Le syndicalisme, du moins sous la forme pratiquée à Lyon, avait, à ses yeux, montré ses limites ; et il en était venu à penser que la violence constituait une réponse plus efficace à cette injustice qui, depuis la mort de sa mère, et plus encore depuis le procès de janvier 83, lui était devenue insupportable.

De cela, il ne parlait que prudemment avec son parrain, de peur de le choquer par ses idées anarchistes, à un moment où des gouvernements de gauche essayaient d'améliorer la condition des travailleurs. Lors de son premier passage à l'hôtel Matignon, dans les années 80-81, le président du Conseil, Jules Ferry, avait fait voter le caractère obligatoire de l'enseignement primaire et sa gratuité – Victor avait alors beaucoup pensé à sa mère et à leur emménagement à Lyon pour qu'il puisse, lui, profiter de l'instruction dispensée par les patrons soyeux – ainsi que la liberté de la presse et de réunion. Il y avait eu, depuis, la laïcité de l'enseignement et, l'année précédente, la liberté syndicale, dont Victor avait été l'un des premiers bénéficiaires. Mais un mois plus tôt, le gouvernement de Jules Ferry avait été obligé de démissionner à l'annonce de la défaite du corps expéditionnaire français à Lang Son.

Pendant son séjour à Saint-Gervais, Victor avait lu les écrits d'une héroïne de la Commune, Louise Michel, qui était revenue à Paris après un exil de dix ans en Nouvelle-Calédonie. Restée fidèle à tous les malheureux qui avaient été écrasés par Thiers et les troupes versaillaises, celle qu'on appelait la Vierge rouge ne cachait pas sa haine contre la bourgeoisie affairiste, au pouvoir depuis sept ans, mais aussi son hostilité envers les partis marxistes qui voulaient créer un Etat socialiste. François restait imperméable à ce discours. Pour lui, on ne pouvait faire le bonheur du peuple que dans l'ordre. Sinon, c'était la porte ouverte à des aventuriers comme ce général Boulanger et ses complices dont les thèses commençaient à se répandre dans l'opinion. Mais le maréchal-ferrant n'avait connu, il est vrai, ni la prison ni le chômage.

Les adieux avec François furent sobres – l'un et l'autre étaient pudiques – mais Victor sentait confusément qu'il ne reverrait jamais son parrain, ni le pré de Bellirat où ses arrière-grands-parents avaient conçu Alexandrine.

36.

VICTOR prit son temps pour gagner Paris. Il avait tenu à faire le voyage à pied et, pour cela, suivi les conseils de François. Tous les soirs, il s'enduisait les pieds de saindoux : à cause des sabots, ils étaient en sang ou couverts d'ampoules. Victor refit donc ce chemin de croix, en pensant constamment à son père qui avait dû emprunter les mêmes chemins. Il s'arrêta à Montluçon quelques jours, le temps de rôder autour des tanneries où avait travaillé Alexandre. L'odeur était presque insupportable le long des berges du Cher ; Victor imagina le petit bonhomme de dix ans s'échinant à la tâche ; à l'époque, le travail des enfants n'était pas encore interdit. Sur le fleuve, des péniches avaient remplacé les gabarres de jadis mais elles charriaient toujours troncs de sapin et dalles de lave de Volvic.

Il suivit le Cher sur un chemin de halage. Il

aimait cette solitude, car il n'avait à se comparer à personne. Victor comprenait maintenant qu'il avait trop soumis son existence au regard des autres. Pendant vingt ans, il avait essayé d'être à la hauteur de ce que lui demandait sa mère, du moins le croyait-il ; et les vingt autres années, de ce qu'aurait pu être son père. Sans doute eût-il été préférable qu'il ne sût rien de sa naissance, mais il n'allait pas le reprocher à Catherine. En lui racontant l'histoire de ce père brillant, fauché par le destin, elle avait placé devant lui un idéal beaucoup trop élevé pour sa maigre volonté ! Et ce qu'il avait ressenti à l'égard de ses parents, il le vivait pareillement avec tous : les femmes, parce que leur admiration renforçait sa confiance, et lui donnait davantage encore de séduction, les hommes, parce que ses rares actions d'éclat n'étaient destinées qu'à lui donner de l'assurance. Il enviait les imbéciles, car ils ne savent pas qu'ils le sont, et les jouisseurs, qui vivent au jour le jour. Jamais il n'aurait leur insouciance. Il lui faudrait chaque jour se prouver qu'il était quelque chose ; alors, un jour, peut-être, il serait quelqu'un.

Ces réflexions l'accompagnaient le long du fleuve, qu'il quitta à Vierzon. Il poursuivit son chemin par Salbris, Lamotte-Beuvron, La Ferté-

Saint-Aubin, Olivet, puis Orléans, où il eut sa première aventure depuis Tacha. A Saint-Gervais, il s'était replié sur lui-même et sur la forge de François. Depuis, il n'y avait pas pensé, tout simplement. La fleuriste d'Orléans sut se montrer suffisamment généreuse, simple et libre pour réveiller son désir. Elle l'hébergea trois jours et, après tant de nuits passées dans des granges, Orléans lui parut le plus doux des séjours.

Sa nouvelle conquête s'appelait Espérance et cela lui parut suffisant pour le décider de s'arracher aux délices de Capoue. Il avait déjà rencontré une Espérance dans un roman de Zola. Celle-ci portait en ses yeux bleus l'évocation de son prénom. Elle donna du courage à Victor.

A nous deux, Paris...

37.

IL arriva à Paris le vendredi 22 mai. Dans la soirée, une rumeur courut la ville : Victor Hugo était mort...

Trois ans auparavant, le gouvernement avait rendu un hommage solennel au poète pour ses quatre-vingts ans. A coup sûr, ses funérailles seraient grandioses.

Victor pensa une nouvelle fois à sa mère, qui lui avait donné ce prénom. Sans le savoir en hommage au maître. Et à son père qui avait eu le privilège de le rencontrer, de vivre dans son intimité... jusqu'à partager avec lui sa maîtresse.

Il sentit un autre pincement au cœur quand il découvrit que les rues de son enfance avaient disparu. Plus de Vieille-Lanterne, plus de Tuerie : la place du Châtelet avait tout mangé. Il s'était écoulé six ans depuis son dernier voyage à Paris pour aller voir *L'Assommoir*, et la ville avait bien changé. Elle n'en finissait pas de se débarrasser de ses peaux mortes, comme un serpent en mue perpétuelle.

Il avait prévu de se loger non loin de ses souvenirs ; il dut y renoncer. Au lendemain d'une courte nuit sous le pont Marie, après avoir traîné ses guêtres une bonne partie de la journée, il se choisit un petit garni rue du Débarcadère, non loin de la place de l'Etoile, car il avait appris que c'est de l'Arc de Triomphe que devait partir le cortège des funérailles que la France réserverait la semaine suivante à son illustre héros.

Le logement présentait aussi l'avantage d'être proche de Neuilly. Il alla donc à nouveau se recueillir aux Sablons sur les lieux du suicide d'Alexandre, puis sur sa tombe, au cimetière. A sa grande surprise, il la trouva, cette fois, parfaitement entretenue. Qui donc pouvait s'occuper ainsi d'un jeune homme sans famille, mort trente-six ans plus tôt ?

Victor s'efforça de chasser la mélancolie qui le gagnait. Il se mit en quête de lectures qui lui permettraient d'approfondir les théories anarchistes. Il fouilla les étals des bouquinistes, sur les quais de la Seine et au quartier Latin, et y découvrit un opuscule mal broché qui lui fit jaillir son passé à la figure : Kropotkine, *Adresse au peuple français*. Le fascicule était daté : « Lyon, 10 janvier 1883 ». C'était le texte de la plaidoirie du prince au procès des 66 !

Depuis sa sortie de prison, Victor avait réussi à enfouir tant bien que mal le souvenir de cette blessure. Il se réveilla, intact, quand il lut ces lignes qui lui parurent magnifiques :

« Les anarchistes, messieurs, sont des citoyens qui, dans un siècle où l'on prêche partout la liberté des opinions, ont cru de leur devoir de se recommander de la liberté illimitée. Nous voulons la liberté, c'est-à-dire que nous réclamons pour tout être humain le droit et le moyen de faire tout ce qui lui plaît, et de ne faire que ce qui lui plaît ; de satisfaire intégralement tous ses besoins, sans autre limite que les impossibilités naturelles et les besoins de ses voisins, également respectables. Nous voulons la liberté et nous croyons son existence incompatible avec l'existence d'un ordre quelconque, qu'il soit d'Etat ou d'ailleurs. »

Victor acheta l'opuscule et le glissa dans son gilet, de crainte d'être arrêté par la police. Depuis son séjour en Auvergne, il se méfiait des rues des grandes villes.

Le dimanche des obsèques, il se leva très tôt, avant l'aube, car il savait qu'on attendait au moins un million de personnes sur le passage du cortège. Neuf jours s'étaient écoulés depuis la mort du poète ; ses admirateurs avaient eu le temps d'affluer à Paris. Au dernier moment, l'itinéraire des obsèques avait été raccourci, évitant les grands boulevards, à la fureur du peuple de gauche, stupéfait qu'on fît passer le militant républicain dans les quartiers de la réaction. Il partirait des Champs-Elysées, passerait par la Concorde et le Palais-Bourbon, emprunterait le boulevard Saint-Germain et le boulevard Saint-Michel jusqu'à la bifurcation de la rue Soufflot, pour aboutir au Panthéon.

A cinq heures, la place de l'Etoile débordait déjà de monde. Le spectacle était impressionnant : un immense vélum de crêpe noir sur la gauche de l'Arc de Triomphe, des drapeaux en berne sur tous les réverbères de la place ornés d'écussons portant chacun le nom d'une œuvre de Hugo, une nuée d'oriflammes frappées des initiales V.H., et, sous l'Arc, le cercueil de l'écrivain, exposé là depuis la veille. Malgré la présence de marchands de victuailles et des colporteurs qui vendaient des petites médailles en fer blanc, des portraits du grand homme et même des épingles de cravate à son effigie, le peuple était recueilli et attendait patiemment.

Victor enjamba des corps d'admirateurs qui avaient dormi sur place et tenta de s'approcher, mais la foule était si dense qu'il ne put voir le cercueil.

Le soleil se levait sur les Champs-Elysées ; il permettait d'entrevoir des grappes humaines agrippées dans les arbres, sur des escabeaux et des échelles, ou grouillant en silence sur le trottoir. Vers dix heures, enfin, il y eut un brouhaha sur la place de l'Etoile : c'était l'arrivée du corbillard des pauvres, qui devait conduire l'écrivain à sa dernière demeure. Un orchestre joua alors l'*Hymne à Victor Hugo*, que Camille Saint-Saëns avait composé pour les quatre-vingts ans du grand homme. Puis vingt et une salves furent tirées au loin, du côté des Invalides. Après trois discours inutiles, le cortège se mit enfin en branle vers onze heures et demie. Victor le suivit en silence. Toutes les demi-heures, le canon retentissait aux Invalides pour rendre au vieux sénateur les honneurs militaires.

Le cortège funèbre grossissait sans cesse. La foule qui s'était découverte ou signée à son passage lui emboîtait le pas à son tour. Victor foulait avec émotion le pavé des Champs-Elysées. Plusieurs fois, son prénom fut crié. Jamais il ne s'était senti aussi fier de le porter.

Il avait le sentiment que Paris lui appartenait, comme il avait appartenu à son père. Lorsque le cortège s'immobilisa devant l'Assemblée nationale, il eut une pensée furtive, ambiguë, pour ce Morny qui en avait été le président et qui était aussi son grand-père...

Plus tard dans l'après-midi, deux sculptures géantes attirèrent l'attention de Victor : *L'Immortalité*, d'Hector Lemaire, devant le palais de l'Industrie, et l'immense statue de Hugo lui-même, assis, à l'angle du boulevard Saint-Michel et de la rue Soufflot. Là, une seconde fois, la foule s'arrêta. En haut de la rue, le Panthéon s'apprêtait à accueillir le grand homme. Victor était à cet instant gonflé d'orgueil et d'ambition. Il se jura que lui aussi serait quelqu'un.

Pendant que d'interminables discours, inaudibles de si loin, saluaient la mémoire d'un homme qui avait mieux que d'autres parlé des moucherons attirés par la lumière, Victor, immobilisé par la marée humaine, prit son mal en patience en sortant de son gilet la brochure de Kropotkine comme il l'avait déjà fait le matin devant l'Arc de Triomphe.

L'Irrésolu

A peine en avait-il commencé la lecture qu'une main se posa sur son épaule.

– Monsieur, lui demanda-t-on, pouvez-vous me montrer ce que vous êtes en train de lire ?

38.

VICTOR eut la peur de sa vie. Le souvenir de son arrestation, en pleine salle d'audience, au palais de justice de Lyon, lui revint comme un coup au cœur. Mais en se retournant, il fut rassuré. La main était douce. C'était celle d'une jeune femme. Elle devait avoir vingt-cinq ans, trente tout au plus. Beauté diaphane, chevelure abondante d'un blond qui tirait sur le roux, peau de lait, sourire charmeur.

– Ça ne vous gêne pas de me prêter votre livre ?

Bien sûr que si, ça le gênait ! Victor n'avait guère envie d'afficher de penchant pour une littérature dont il ignorait tout il y avait encore trois ans et qui l'avait conduit dans une geôle lyonnaise. C'était à peu près comme si on lui avait demandé de prêter un bâton de dynamite. Il tendit néanmoins l'opuscule.

– Kropotkine..., dit la jeune femme. Voilà un homme qui a le courage de ses idées !

– Parlez moins fort, lui souffla Victor à l'oreille, l'endroit n'est peut-être pas sûr.

– Que voulez-vous dire ? tonitrua son interlocutrice, à la grande confusion de Victor. Il n'y a ici que des gens de bonne volonté. On y enterre un homme de liberté, on n'y enterre pas la liberté !

Quelques regards amusés se tournèrent vers eux, rassurant presque instantanément Victor.

– Je pense que vous n'êtes pas d'ici, enchaîna-t-elle.

– A quoi l'avez-vous deviné ?

– Pas à votre accent, vous n'en avez pas, mais à votre gaucherie. Non, ce n'est pas le terme qui convient : vous êtes très élégant, disons plutôt que vous semblez mal à l'aise, bref, pas parisien...

– Je vous parlerai bien volontiers. Permettez-moi toutefois de vous entraîner un peu à l'écart, dans un lieu moins bondé.

– Allons chez moi, dit-elle, péremptoire. J'habite tout à côté, 15, rue Soufflot.

Victor se dit en cet instant qu'on ne lui avait pas menti : les jeunes femmes de Paris avaient décidément des mœurs bien libres. Il était déterminé à en faire bon usage...

Pour se rendre chez elle, à deux cents mètres de là, ils durent beaucoup ruser. Il leur fallait remonter la rue, pleine d'une foule compacte qui tentait d'entr'apercevoir le Panthéon. Sa guide, fine mouche, avait pris les choses en main. Elle le précédait ; on laissait plus facilement passer une jeune femme qui avait l'air si fragile.

Elle s'arrêta tout net à un moment et se tourna vers lui.

– Vous avez vu ?

– Quoi donc ?

– Sur votre gauche. Alice Ozy.

Victor en eut le souffle coupé.

– Alice Ozy ?

– Vous connaissez, bien sûr. La vieille dame, à mon côté, celle qui semble si digne. Vous saviez qu'elle avait été la maîtresse de Hugo dans sa jeunesse ? Elle doit bien avoir soixante-cinq ans aujourd'hui.

Victor opina machinalement de la tête. Alice Ozy ! La maîtresse de Victor Hugo, mais, surtout, celle d'Alexandre... A un moment de sa vie, cette femme s'était partagée entre son très jeune père et le grand écrivain. Elle avait fait souffrir l'un et l'autre, le cadet sans doute bien davantage que l'aîné...

Elle était là, près de lui ; il aurait pu la toucher.

Mais Victor n'imaginait pas un instant l'aborder. Il l'observait. Un visage qui avait dû être très beau, un profil qui le restait, quelque chose d'un ange qui peut faire la bête, à qui l'on donnerait le bon Dieu sans confession, mais qui, à l'instant où il ouvre la bouche pour recevoir l'hostie, laisse entrevoir les flammes de l'enfer. Il respirait son odeur, un effluve de violettes qui avait dû entêter son père, il y avait quarante ans de cela. Il le humait intensément, comme pour absorber tout entier le souvenir de cette femme qu'Alexandre avait aimée. Il lui semblait que ces bouffées dont il emplissait ses poumons lui serviraient plus tard de mémoire, et qu'en s'imprégnant du parfum d'Alice, il devenait son père. Un père vengé par le simple fait qu'il était, lui, vivant, et qu'Alice était vieille.

– Alors, petit provincial, on lambine, on est amoureux ? lui lançait la piquante jeune femme dont il avait un instant oublié l'existence.

Victor s'arracha au passé et suivit son accompagnatrice, rêvant déjà d'une bonne fortune.

39.

Le cœur battant, il grimpa l'escalier dans les jupes de la jeune femme qui venait de lui dire son nom. Elle s'appelait Séverine.

Son parfum était délicieux, il lui tournait déjà la tête. Un fond de bois de santal sur une peau d'albâtre. De dos, elle paraissait encore plus jeune. Sa nuque dégagée la rendait particulièrement attirante. Quelques boucles blondes y couraient, et des cheveux épars qu'il eût aimé discipliner. Mais au moment où elle mettait la clé dans la serrure, ses illusions s'envolèrent.

– Georges, appela-t-elle, j'ai quelqu'un à te présenter !

Personne ne répondit.

– Il doit être coincé par la foule. Buvons un thé en l'attendant.

Il y avait donc un Georges... Victor resta sur ses gardes et, dès lors, écouta plus qu'il ne parla.

Séverine était journaliste, et même, depuis quelques mois, directrice d'un quotidien, *Le Cri du peuple*. Elle sortait d'un grand malheur. L'homme qui l'avait aidée à faire ses premiers pas dans la presse en la prenant pour secrétaire venait de mourir trois mois auparavant. Il s'appelait Jules Vallès. Victor le connaissait de réputation. Lui aussi avait eu droit à d'imposantes obsèques, moins calmes que celles de Victor Hugo. Cent mille personnes avaient défilé derrière le même corbillard des pauvres, du boulevard Saint-Michel au Père-Lachaise. Il y avait là Clemenceau, Rochefort, bien des communards, et tous les rédacteurs du *Cri du peuple*. Dans l'après-midi de ce 16 février, des incidents avaient éclaté avec des étudiants nationalistes.

– J'étais en tête du cortège, expliqua Séverine. Je conduisais le deuil avec mon mari.

– Votre mari ? Monsieur Georges ? hasarda Victor.

– Non, non, Georges est un ami, répliqua Séverine d'un ton suffisamment vif pour que l'on devine qu'il y avait quand même anguille sous roche. Mon mari est le propriétaire du *Cri*. Il le finançait déjà du vivant de Vallès. C'est le docteur Guebhardt. Je l'ai rencontré chez sa mère, où je faisais de la lecture. Que Dieu bénisse ce jour : je sortais d'un mariage cauchemardesque !

La jeune femme intriguait beaucoup Victor. A trente ans, elle avouait déjà deux maris, un ami, et peut-être un autre, si l'on comptait l'écrivain qui venait de s'éteindre.

– Je n'ai jamais été la maîtresse de Vallès, précisa-t-elle comme si elle devinait ses pensées. Je le respectais beaucoup trop pour cela. Je sais bien que tout le monde le disait dans Paris, à commencer par ces pipelettes de Goncourt. Mais Jules était un grand monsieur, pas un amant. Je l'ai rencontré il y a cinq ans, à Bruxelles, où il était en exil. Il m'a donné ma chance, m'a permis de pénétrer dans son univers. J'ai recopié tous ses articles et tous ses livres, surtout vers la fin, quand il était alité en permanence et qu'il ne pouvait plus aller jusqu'à la rue du Croissant pour apporter ses papiers et lire ceux des autres. Ensuite, ce fut rue de Richelieu, quand mon mari put trouver des locaux plus confortables pour le journal. Jusqu'au bout, il aura tout enduré. Un mois avant sa mort, la police a perquisitionné chez lui parce qu'un de nos camarades avait écrit un article provocateur sur un commissaire haut placé. J'étais là. Ils ont fouillé partout, y compris sous son matelas, alors qu'il était à l'agonie. Quand il est mort, le 14 février, nous étions seuls boulevard Saint-Michel, à quelques pas d'ici. Il m'a simplement dit : « J'ai bien souffert. » J'ai fait graver sur sa tombe cette phrase de lui : « Ce qu'ils appellent mon talent n'est fait que de ma conviction. » Cet homme-là, c'était l'honnêteté même.

Séverine s'interrompit un instant. Sa voix chancelait. Un grand trouble envahit Victor. Puis elle reprit :

– Tenez, si je vous ai abordé, monsieur, c'est que vous lisiez Kropotkine. Or, Vallès l'avait défendu avec fougue deux ans plus tôt, comme il l'avait déjà fait pour Louise Michel. Dieu sait pourtant s'il était lucide sur les anarchistes...

A ce mot d'« anarchistes », Victor pâlit. Il réalisait tout à coup que le prince russe était toujours sous les verrous, qu'il n'avait pas encore fini de purger sa peine. Pourtant la prison Saint-Paul était déjà bien loin dans ses souvenirs. Tant d'eau avait passé sous les ponts : Stéphanie, Charlotte, François, Saint-Gervais...

– Je vous choque, monsieur ? demanda Séverine, qui cessait enfin de parler pour elle-même.

– Non, non, pas du tout, mademoiselle. C'est un peu d'histoire ancienne qui me revient en mémoire...

Il lui raconta tout, sans réfléchir : le procès, la prison, Kropotkine, la grève... A mesure qu'il parlait, il prenait à ses propres yeux un intérêt nouveau. A ceux de la jeune femme aussi. Il en profita pour essayer d'en apprendre davantage sur elle.

Elle ne s'appelait pas du tout Séverine, mais Caroline. Son père, Onésime Rémy, avait été un honnête fonctionnaire à la Préfecture – « mais pas flic, surtout ! ». Elle s'était mariée très jeune avec un certain Montrobert, qui l'avait pratiquement violée pendant sa nuit de noces, puis battue sans discontinuer les mois suivants. Elle s'était enfuie de chez lui, mais n'avait pu divorcer que l'année dernière grâce à la loi Naquet de juillet 84, qui le permettait enfin. Elle venait tout juste de se remarier avec Adrien Guebhardt, un professeur de médecine suisse, géologue à ses heures, qui partageait sa vie depuis de longues années mais ne la gênait guère : juste après la noce, il s'était retiré dans une propriété de Provence, tout en continuant à financer *Le Cri du peuple*.

Victor crut comprendre que pour Séverine la vie ne s'arrêtait pas là et qu'il fallait bien que le corps exulte. Par exemple avec le beau Georges.

C'est cet instant que choisit Georges de Labruyère pour rentrer chez lui. Un peu tôt pour Victor.

40.

– BEL-Ami ! s'exclama-t-elle.

– Oh ! je t'en prie, ma chérie...

Séverine présenta Victor à Georges.

– Georges de Labruyère – Victor Priadov-Parker, un ami de Kropotkine.

– Pas un ami, madame, une relation.

– Une relation de prison, c'est même plus qu'un ami.

Il semblait à Victor que la rue Soufflot tout entière venait d'entendre qu'elle abritait un repris de justice. Sa méfiance lui revint.

– C'était un court séjour, répondit-il, comme gêné.

– Il n'y a pas de honte à être emprisonné pour ses idées, monsieur, reprit Séverine, et les vôtres sont parfaitement honorables. Il m'est arrivé de les soutenir par le passé. Je recommencerais bien volontiers, dussé-je passer par le cachot, comme Jules, comme vous.

Georges de Labruyère opinait en silence. Victor l'observait à la dérobée.

Œil vif, bouclettes à l'anglaise sur un front intelligent, moustaches impeccables, flanelle grise, gilet bordeaux, un œillet à la boutonnière, l'homme était indéniablement élégant. On sentait en lui une exquise urbanité. Il n'exprimait rien qui pût gêner Victor ou Séverine. On le devinait sous la coupe de sa compagne.

– Georges n'aime pas beaucoup que je l'appelle Bel-Ami, dit celle-ci pour changer de conversation. Figurez-vous que Maupassant est en train de donner son nouveau roman en feuilleton dans le *Gil Blas* et que tous nos camarades sont persuadés que c'est Georges qui a inspiré le Duroy de *Bel-Ami*.

– Mais c'est ridicule, ma Séverine ! coupa Georges. Je connais à peine Maupassant. J'ai dû le croiser deux fois dans ma vie...

– Il n'empêche. On dit aussi que j'aurais inspiré le personnage de Madeleine Forestier. C'est plutôt flatteur.

– Plus que pour moi Georges Duroy, en tout cas. Quelle girouette, ce journaliste !

– Attends un peu ! Le dernier chapitre est

annoncé pour demain ; je suis sûre que Maupassant nous réservera encore des surprises. Peut-être des bonnes. Peut-être notre Bel-Ami connaîtra-t-il la rédemption. Car enfin, girouette, pour un journaliste, c'est un pléonasme, mon chéri.

– Séverine ! se récria-t-il.

– Avant d'être au *Cri*, tu étais bien à *L'Echo de Paris*, et ça ne t'a pas posé trop de problèmes de conscience de quitter une feuille bourgeoise pour venir me rejoindre rue de Richelieu...

– Séverine..., implora Labruyère.

– Pardon, mon petit loup. Tu ne mérites pas ça.

Séverine entreprit de raconter à Victor sa rencontre avec son amant.

Le lendemain même de la mort de Vallès, Georges de Labruyère avait sonné chez elle. Il était chargé par *L'Echo de Paris* de dresser un portrait de celle qui avait partagé les dernières années de l'auteur du *Bachelier*. Caroline Montrobert, dite Séverine, intriguait beaucoup le petit monde du journalisme. L'échotier Aurélien Scholl – un ami de Georges – avait déjà brossé naguère le portrait de cette jeune femme frêle qui attendait tous les soirs Vallès à une table de Tortoni. Elle relisait sa prose avant de l'apporter à Cusset, l'imprimeur, et de partager un verre avec les camelots chargés de vendre *Le Cri du peuple* dans la rue.

Comme Scholl, Georges était un boulevardier reconverti dans la critique théâtrale et les interviews de personnalités. De *La Réforme* à *L'Echo*, en passant par *Le Voltaire* et *L'Evénement*, il avait traîné ses guêtres dans les journaux les plus divers. Certains d'entre eux, disait-on, étaient financés par les fonds secrets du ministre de l'Intérieur Waldeck-Rousseau. Séverine avait donc toutes les raisons de se méfier. Pourtant, brisée par le chagrin, émue peut-être par les moustaches du beau Georges, elle se confia à lui.

Elle lui raconta l'enthousiasme qui avait saisi le 16 de la rue du Croissant quand était sorti des presses le premier numéro de la nouvelle version du *Cri*. C'était le 28 octobre 1883. Quatre petites pages, sans la moindre illustration. Mais, pour elle, la grande date fut celle du 22 novembre, quand elle publia le premier article de sa vie, sous le pseudonyme de Séverin : un assassinat en règle du poète François Coppée. Séverin, qui devint, au rythme de deux fois par semaine, Séverine, par bravade, pour mieux assumer sa condition de femme dans ce journal d'hommes.

Elle lui décrivit Vallès en des termes qui le

touchèrent : « C'était mon père, c'était mon enfant... », et lui expliqua comment elle avait quitté Neuilly pour se rapprocher de lui, avant de le faire déménager à son tour au 18, rue Soufflot puis au 77, boulevard Saint-Michel, chez la mère du docteur Guebhardt. Le plus souvent, ils se retrouvaient chez lui, l'après-midi, ou au café, sur le boulevard. Voilà pourquoi on avait jasé, mais elle n'en avait cure. Elle suivit partout le vieux réprouvé, le proscrit de la Commune, à Londres en juillet 83 (son mari les accompagnait), au Mont-Dore, l'été suivant, où elle avait rencontré Zola.

Zola !... Victor écarquillait les yeux. La belle Séverine avait pris les eaux avec le grand écrivain !

Son hôtesse ne s'arrêtait plus. Sous le regard énamouré de Bel-Ami, elle payait sa dette à Vallès, l'homme qui l'avait arrachée à son existence de jeune bourgeoise séparée de son mari, obligée de faire du théâtre, de la broderie, de la lecture, du piano, pour subvenir à ses besoins. Soudain, elle se tourna vers Georges.

– Monsieur de Labruyère, zélé serviteur du très bourgeois *Echo de Paris*, écrivit, avec tout ce que je viens de vous raconter, un très bel article, très juste. Il me tira les dernières larmes qui me restaient après la mort de Jules. Je n'ai pas oublié les lignes de ce vil flatteur qui ne pensait peut-être déjà qu'à me coucher dans son lit. Attendez... : « Ni la fièvre ardente, ni la fatigue n'ont effleuré la beauté de celle qui fut l'amie des dernières années et la collaboratrice des œuvres ultimes de Jules Vallès. Depuis que nous sommes accoutumés à la voir, accompagnant son ami et son maître dans les bureaux de la rédaction, au théâtre et dans les cafés littéraires, rien en elle n'a changé... »

– « C'est toujours la même ligne un peu serpentine, enchaîna Georges en dessinant la silhouette de sa compagne, la même démarche un peu onduleuse rappelant celle de Sarah Bernhardt, et le même visage au front large entouré de bandeaux bas et crêpelés qui la font ressembler beaucoup à Mme Jane Hading... »

– Sale vicieux, lui lança Séverine, tu étais amoureux de la petite Hading et tu pensais te concilier ses faveurs en la comparant à moi !

– C'est toi que je compare à elle, dit Georges en riant. Pas le contraire. Elle est encore beaucoup mieux que toi !

Elle fit semblant de s'offusquer et se jeta sur lui comme une chatte en colère. Ils mimèrent une bagarre et finirent dans les bras l'un de l'autre. Cet emportement avait fait perler quelques gouttelettes de sueur à la racine des cheveux de Séverine et la pièce embaumait le bois de santal. Victor était troublé. C'était donc cela, les « bons amis » qu'elle avait décrits au début de leur conversation, avant l'arrivée de Georges ?

– Excusez-la, dit ce dernier, elle est très démonstrative.

– Vous êtes tout pardonnés. C'est un joli spectacle, auquel je ne suis plus habitué depuis longtemps.

– C'est vrai, le pauvre, minauda Séverine, il sort de prison !

– Non, madame, c'était il y a un an et demi. Tout cela est oublié.

– On ne dirait pas, mon ami. Que faites-vous donc aujourd'hui ? Cette société qui vous a condamné vous a-t-elle redonné un emploi ?

– Non, madame, je ne suis à Paris que depuis une dizaine de jours.

Séverine prit son amant par le bras et l'entraîna à la fenêtre, d'où l'on pouvait voir la foule toujours aussi compacte autour de la place du Panthéon. Elle lui murmura quelques mots à l'oreille. Georges approuva d'un mouvement de tête.

– Venez nous rejoindre un instant, cher Victor, dit Séverine.

Elle ouvrit la fenêtre.

La rumeur montait jusqu'à eux, bourdonnante, et à présent plus dissipée que recueillie.

– Voyez, mon ami, voyez cette multitude rassemblée autour d'un grand homme, d'une grande idée. Elle n'attend qu'une étincelle pour brûler à nouveau de passion. Elle a besoin d'être instruite, d'être secouée de révolte. Juste avant de vous rencontrer au pied de la statue, j'avais croisé Zola, dont j'ai cru comprendre qu'il ne vous laissait pas indifférent. Je me trompe ?

– Oh ! non, madame.

– Appelez-moi Séverine, comme tout le monde. Eh bien, si vous êtes sage, vous le rencontrerez. J'envisage de lui demander un feuilleton pour le journal.

Victor ne disait mot. Depuis une heure, il se sentait invincible, protégé par la compagnie des grands hommes... et d'une grande dame.

– Voilà notre idée, à Georges et à moi, reprit la grande dame. C'est mon mari, le docteur Guebhardt, qui finance, je vous l'ai dit, *Le Cri du peuple*. Il y a déjà investi soixante mille francs. J'imagine qu'il ne rechignera pas à distraire quelques sous de plus pour vous offrir un emploi au journal. Nous avons besoin d'un homme à tout faire. Vous serez cet homme-là.

A tout faire ? Et comment donc !

41.

La reconnaissance de Victor envers cette jeune femme qui lui proposait un travail moins d'une heure après leur rencontre fut éperdue. Georges de Labruyère fut moins bien traité. Victor n'avait en effet qu'une envie : conquérir Séverine.

La jolie blonde avait chargé sa nouvelle recrue de la distribution du *Cri du peuple*. La fonction était moins reluisante que son intitulé. Il s'agissait simplement de coordonner les activités brouillonnes des dizaines de camelots qui, dès la parution du *Cri*, se chargeaient de colporter la bonne parole dans les rues.

Victor sut tout de suite se faire apprécier de ces hommes simples qui dormaient à même les couloirs de l'imprimerie pour être sûrs d'être à pied d'œuvre sitôt le premier exemplaire sorti des presses. Victor était un ouvrier, et ils le reconnurent comme tel. Lui, de son côté, découvrait avec émerveillement ce petit peuple parisien, plus gouailleur, plus joueur que celui de Lyon, et qui avait l'art de déchiffrer au premier coup d'œil la une d'un journal et de trouver tout le parti qu'on pourrait en tirer à la criée. Ces garçons dont beaucoup savaient à peine lire improvisaient, inventaient, brodaient... Le plus petit incident était transformé en catastrophe et, comme les rédacteurs du *Cri du peuple* n'étaient déjà pas avares d'outrances, la lecture publique du quotidien devenait un spectacle que goûtaient fort les badauds. Il arrivait parfois à Séverine ou à d'autres membres de son équipe de se mêler à la foule pour assister au numéro des camelots. Victor, qui les suivait chaque matin, rentrait au journal plié de rire, faisant partager son hilarité aux journalistes qui l'avaient, eux aussi, pris en affection.

Le dernier exemplaire du journal distribué, les camelots revenaient directement rue de Richelieu et Victor ne rechignait jamais à boire un verre avec eux dans les bistrots du quartier avant de les laisser s'écrouler de fatigue dans les couloirs du journal.

Ces heures-là lui rappelaient les meilleurs temps de ses compagnonnages, à la soierie, quand sa mère était encore vivante. Il retrouvait autour des comptoirs la même chaleur humaine qu'avec ses camarades de naguère. Profondément, il se sentait de cette essence-là, populaire, frondeuse, solidaire quand il le fallait, rétive à l'égard de tout pouvoir. Et c'est ce sentiment qui le poussa un soir à noter ce qu'il entendait dans l'arrière-salle du café.

Au matin, il mit en ordre ces réflexions et les coucha sur une demi-douzaine de feuilles. Un peu pompeusement, il intitula le tout « Ce que crie le peuple » et, après avoir beaucoup hésité, se décida à glisser son papier sous la porte de Séverine.

Sa vie allait en être bouleversée.

42.

DÉCEMBRE était venu, et Victor occupait toujours la mansarde qu'il avait dénichée lors de son arrivée à Paris, fin mai, à l'angle de la place Saint-Ferdinand. Il venait de s'écrouler de fatigue et dormait profondément lorsqu'il fut réveillé par des coups tambourinés sur sa porte.

Il sauta dans son pantalon et alla ouvrir. C'était Séverine. La jeune femme semblait beaucoup moins gênée que lui. Elle l'incita à regagner ses draps et s'assit sur le bord de son lit.

– Votre article est formidable, commença-t-elle. Bien sûr, il y a des retouches à faire de-ci, de-là, mais je ne vous connaissais pas ce talent. J'en veux un par semaine, de la même eau, en attendant mieux.

– Mais ce n'est pas un article..., balbutia Victor. Juste quelques notes pour que vous sachiez ce que pense le peuple, quand c'est vraiment lui qui parle.

– Pas de fausse modestie, mon ami. « Ce que crie le peuple » pour *Le Cri du peuple*, c'est pain bénit, une idée formidable. Ça nous change des ratiocinations de Massart, qui n'a sans doute jamais vu un homme du peuple de sa vie, et de ce sectaire de Jules Guesde, qui pousse l'esprit de système jusqu'à la caricature. Il se fout du lecteur comme de sa première paire de bésicles. Il veut être l'homme grâce auquel le socialisme se sera imposé en France, un point c'est tout. Depuis que Vallès a eu la faiblesse de l'engager, il y a deux ans, et de lui laisser sa tribune, il nous fait un journal gris comme de la fumée, étroit comme la fenêtre de votre mansarde. Ouvrons tout cela, mon cher Victor, dit-elle en joignant le geste à la parole. Vous serez ce souffle nouveau !

En fait de souffle, Victor sentait surtout celui de la bise hivernale qui s'engouffrait dans la pièce. Il se pelotonna un peu plus sous ses couvertures. Séverine ne s'apercevait de rien et poursuivait :

– Tous ces intellectuels qui parlent au nom du peuple ne savent même pas que la masse ne les lit pas. *Le Cri du peuple* doit être tellement assourdissant qu'ils se bouchent les oreilles pour ne pas l'entendre ! Votre papier est exactement celui que je voulais lire depuis des mois. Continuez à écouter les gens, à les ausculter, et à nous raconter toutes les semaines ce qu'ils pensent, ce qu'ils disent de nous. Et s'ils n'aiment pas ceux qui sont censés parler en leur nom, écrivez-le aussi. Je passerai tout...

Définitivement réveillé par ce discours, Victor l'écoutait avec délices. Il aurait simplement préféré l'entendre dans une posture plus avantageuse. Il n'avait pas réussi à glisser tout son torse sous ses draps. Séverine, assise au pied de son lit, l'en empêchait. Ses épaules nues dépassaient, il ne savait quelle attitude adopter, partagé entre le désir de se réchauffer, la gêne de se montrer déshabillé devant une dame et la volonté d'afficher une mâle assurance, même un peu dépoitraillé, pour discuter d'égal à égal avec sa patronne.

Elle interrompit soudain sa harangue :

– Mais vous tremblez, mon ami. C'est de ma faute, je n'ai pas refermé la fenêtre...

Victor ne répondit pas. Subjuguée par ce torse nu qui s'offrait à elle, Séverine ne semblait pas davantage désireuse d'aller à l'œil-de-bœuf.

– Voulez-vous que je vous réchauffe ? osa-t-elle, d'une voix presque inaudible.

Il n'eut à dire ni oui ni non. Ses yeux montraient assez qu'il en avait envie autant qu'elle. Ce fut Séverine qui se jeta sur lui.

43.

PAS un instant Victor ne se demanda s'il avait choisi le meilleur moyen de signer son entrée dans la rédaction. Bien au contraire, il redoubla d'ardeur pour séduire tout à la fois sa patronne et sa maîtresse d'un jour.

La situation était pourtant délicate. Trois mois avant de se donner à Victor, Caroline Rémy, dite Séverine, avait épousé Adrien Guebhardt, avec lequel elle vivait en concubinage notoire depuis une dizaine d'années. La loi, qui venait tout juste d'être modifiée, lui interdisait jusqu'alors de s'unir à lui tant que les liens de son mariage malheureux avec Henri Montrobert n'étaient pas définitivement rompus.

La nouvelle de ses épousailles avec le bon docteur avait fait ricaner tout Paris. Depuis longtemps les jeunes mariés avaient oublié l'idée même d'une nuit de noces, et longtemps que

Georges de Labruyère, dit Bel-Ami, remplaçait l'heureux élu dans les bras de Séverine. Et voilà qu'un troisième larron tentait à son tour de se faire une place au soleil...

Avec une dignité qui forçait le respect, le docteur Guebhardt avait accepté de s'effacer sans que personne ne le lui demande. Il s'était retiré dans le Midi pour y achever ses travaux scientifiques. Au fond, en l'épousant, Séverine lui avait fait un joli cadeau de rupture. Elle lui avait offert sa jeunesse, son tempérament, son lit, il l'avait remerciée en retour de sa générosité. D'âme et de portefeuille pour assurer la survie du *Cri du peuple*.

Débarrassé du mari, Labruyère ne savait pas encore qu'il avait un rival. Pour l'heure, il bénéficiait de l'appui inconditionnel de sa maîtresse, et il en avait bien besoin auprès de ses pairs. Depuis son engagement au *Cri*, quelques semaines après son portrait de Séverine dans *L'Echo de Paris*, on lui reprochait d'avoir imposé au journal militant créé par Vallès les recettes commerciales de son ancien employeur.

Personne en revanche n'osait s'en prendre à l'égérie du grand Jules Vallès, plus considérable encore depuis sa mort, et dont l'éditeur Charpentier s'apprêtait à publier le chef-d'œuvre,

L'Insurgé. C'est pourtant Séverine qui avait eu l'idée de créer cette étrange rubrique, « Les Débauches de Paris », dans laquelle un mystérieux « Monsieur X » s'attaquait aux maisons de passe fréquentées par la grande bourgeoisie. Et, contrairement à ce qui se disait chez Tortoni, Monsieur X n'était pas Georges de Labruyère. Pas plus que celui-ci ne poussa Séverine à engager le flamboyant Rapp pour illustrer, avec force détails, la une du journal de crimes crapuleux et de scandales politiques. Quant à Jules Jouy, le chansonnier du Chat Noir qui composait chaque jour une chanson que Paris fredonnait presque instantanément, il avait été embauché au *Cri* la veille de l'arrivée de Georges.

Mais c'était ainsi : Labruyère attirait sur sa tête les foudres de tous ses confrères. Au *Cri du peuple*, Jules Guesde et sa bande l'avaient pris en aversion, l'accusant de pervertir avec ses méthodes l'esprit d'un journal qu'eux-mêmes n'avaient pourtant rejoint que bien tardivement – non sans bousculer au passage le pauvre Jules Vallès agonisant boulevard Saint-Michel. Ils gratifiaient Labruyère d'un narquois « Monsieur Duroy », du nom du héros de Maupassant prénommé Georges, comme lui.

Ces ragots internes au journal n'étaient rien à

côté de la campagne de calomnie lancée par un journal rival du *Cri*. Prosper Olivier Lissagaray, directeur de *La Bataille*, auteur d'une *Histoire de la Commune* (et naguère fiancé à la fille cadette de Karl Marx, Eleanor), ne supportait déjà pas, du vivant de Vallès, que le journal de son ancien ami supplante le sien. Après sa mort, il attendit quelques mois pour reprendre ses attaques avec une férocité décuplée : *Le Cri du peuple* n'était que « fantaisie de milliardaire, feuille vaine et méprisable, bonne à torcher les vents ». Le pauvre docteur Guebhardt, soupçonné de « mercantilisme éhonté », se taillait de surplus « de chaudes pantoufles dans le lourd drapeau révolutionnaire ».

Adrien Guebhardt ne s'en émut guère et d'autres que Georges de Labruyère auraient souri de ces attaques assez lourdes. Mais Bel-Ami s'identifiait chaque semaine davantage au personnage du feuilleton. Sa moustache frissonna, son sang ne fit qu'un tour et son goût du panache le décida. Il se proclama le champion de Séverine en provoquant Lissagaray en duel. Victor et un autre de ses confrères lui serviraient de témoins. Témoins de moralité ? Il n'y a pas de morale en amour.

44.

Le duel devait avoir lieu à Neuilly, non loin de l'ancien domicile de Séverine, rue Saint-Paul. Georges lui demanda de ne pas y assister. C'était une affaire d'hommes, insista-t-il, un photographe de *La Bataille* ne manquerait pas de la ridiculiser, si d'aventure elle assistait au duel.

Labruyère arriva avec son témoin, Trebseig, un sympathique Alsacien qu'il avait connu à *L'Echo de Paris* et qui, depuis, faisait les beaux jours du *Figaro*. Victor, qui pourtant n'habitait pas loin, ne les rejoignit que quelques minutes avant l'affrontement. La nouvelle nuit qu'il venait de passer avec Séverine avait été si fougueuse qu'il en sortait sans forces. Labruyère était à cent lieues d'imaginer pareil affront. Séverine l'avait sagement envoyé se coucher chez lui pour mieux se préparer au duel !

Victor n'était pas autrement gêné. Sa rupture

avec Tacha datait de plus de un an, mais la blessure restait fraîche. Pour lui, toutes les femmes se valaient, chacune pouvait à tout moment succomber, pourvu qu'on s'en donnât la peine. « *Così fan tutte* », sifflotait-il parfois devant ses camarades. Curieusement, ce désenchantement ne le rendait pas antipathique aux yeux des dames. Bien au contraire, nombre d'entre elles se livraient à lui avec le secret espoir de le ramener dans le droit chemin, celui de l'amour éperdu. Pour l'heure, aucune n'y était parvenue.

Quant à son rival, il avait accepté son amitié presque par charité, tant le personnage, jalousé pour ses liens avec Séverine, était isolé au sein du journal. Lui ayant fait l'aumône de sa camaraderie, il estimait qu'il ne lui devait rien d'autre.

Lorsque sept heures sonnèrent au clocher de l'église de Levallois, les deux adversaires armèrent leurs fleurets... Georges de Labruyère paraissait assez sûr de lui ; il n'en était pas à son premier duel, et on lui accordait plus de talent à l'escrime que sur le papier. Sur les grands boulevards, ses confrères peinaient à suivre le feuilleton de ses duels.

Ce matin-là, rue Saint-Paul, les événements semblèrent tourner comme à l'accoutumée. Georges toucha très vite Lissagaray à l'avant-bras et rangea aussitôt son arme au fourreau. Les deux témoins du directeur de *La Bataille* se précipitèrent vers leur ami pour éponger le sang, mais Lissagaray se démenait comme un beau diable en criant :

– Continuons ! Le premier sang ne suffit pas. C'est un simulacre de duel.

Victor s'interposa :

– Restons-en là. La règle est de s'arrêter au premier sang. M. de Labruyère n'avait pas l'intention de vous embrocher comme un poulet ; ses antécédents prouvent assez qu'il le pouvait.

Son intervention provoqua la fureur de Lissagaray :

– Votre conception du duel n'est pas la mienne, monsieur. Vous n'avez même pas décliné vos nom et qualité.

– Victor Priadov-Parker. Journaliste, comme vous.

C'était la première fois qu'il se présentait ainsi. Il n'avait, à ce jour, publié qu'un seul article ; le deuxième paraîtrait le lendemain. Victor s'y indignait, au nom de la liberté et de son ami Populot, de l'interdiction du breton à l'école, décrétée trois semaines plus tôt. Séverine venait tout juste de le réécrire la nuit précédente, rue du Débarcadère...

– Et vous, monsieur ? demandait Lissagaray à Georges comme s'il ignorait le nom de son adversaire, tout en lui faisant signer le procès-verbal de duel.

– Georges de Labruyère, vous le savez parfaitement. Journaliste au *Cri du peuple*, ancien spahi en Algérie.

– Labruyère... laissez-moi rire ! éclata Lissagaray. Labruyère de Labruyère ! Et journaliste ! Il aura fallu que je vive jusqu'à cet âge pour entendre cela !

Georges haussa les épaules et tourna les talons. Victor le suivit avec Franz Trebseig.

45.

Le lendemain, un titre rageur barrait la une de *La Bataille* : « Un duel grotesque ». Un obscur rédacteur y sous-entendait que Labruyère s'était lâchement esquivé avant la fin de l'affrontement. Il reproduisait le procès-verbal qui en faisait foi et que, dans la confusion, Georges et ses témoins avaient signé.

Ivre de rage, Labruyère demanda à Victor d'aller porter aussitôt à *La Bataille* une nouvelle invite à se battre.

Lissagaray n'attendait que cela. Il répondit à Victor qu'il était hors de question d'accepter un nouveau duel.

– L'honneur me l'interdit, dit-il d'un ton cinglant. Dites à votre ami que des faits d'une grande indignité m'ont été rapportés le concernant. Je n'aurais jamais dû accepter de me battre avec un individu qui persiste à s'appeler Labruyère.

Victor ne comprit pas ce qu'il voulait dire. Georges davantage.

Il s'apprêtait à signer un articulet dénonçant la dérobade de Lissagaray, lorsque la dernière livraison de *La Bataille*, jetée sur son bureau par un camelot hors d'haleine, le fit sortir de ses gonds.

Une fois de plus, la une du quotidien était consacrée à sa nouvelle tête de Turc. L'article, intitulé « Méfaits de Georges Poitebard, rédacteur en chef du *Cri*, qui n'est plus *Le Cri du peuple*, mais *Le Cri de Poitebard* », était parfaitement ignoble. Il qualifiait Georges de « méprisable personnage » et l'accusait ouvertement d'usurpation d'identité. « Pas plus Labruyère que vous et moi, pas plus noble que son amie Séverine : il s'appelle tout simplement Poitebard. Et ce n'est pas tout ! » Georges se voyait reprocher par Lissagaray des dettes et escroqueries en tout genre. On était même allé solliciter son ancien patron, le rédacteur en chef de *L'Echo de Paris*, Aurélien Scholl, qui avait eu cette phrase assassine : « C'est un individu qui vit d'expédients et de duperies, un être salissant dans un journal. »

La publication de cet article blessa affreusement Labruyère. Il se rendit aussitôt chez Tortoni pour demander des excuses à l'échotier, ne l'y trouva pas, remonta tout le boulevard et finit par dénicher le gandin attablé avec une coquine au restaurant Bignon. Scholl nia en bloc.

– Je ne peux pas avoir dit cela. D'abord, parce que je ne le pense pas, bien évidemment. Mais aussi parce que je n'ai pas vu Lissagaray depuis deux bonnes semaines.

A moitié rasséréné, Georges chargea Victor de lui dénicher son acte de naissance à l'Hôtel de Ville. On verrait bien alors s'il ne s'appelait pas Labruyère...

Comme souvent lorsque l'on est attaqué, il ne savait où donner de la tête. Il avait l'impression de couler et de s'agiter si maladroitement qu'il précipitait sa noyade. D'autant que Séverine, qui lui était habituellement d'un grand secours, était elle-même désarçonnée par les multiples allusions à sa personne. « Poitebard errait mélancoliquement sur le pavé de la capitale, concluait Lissagaray, lorsque la délicate main qui tient délicatement *Le Cri* lui mit en bouche le clairon de la révolution. »

Toutes les phrases de l'article étaient à double sens. Sous couvert de galanterie, elles visaient à faire passer Séverine pour une tenancière de maison close, et Georges pour un gigolo entretenu. Elle crut même déceler une allusion – vraisemblablement fruit de sa seule imagination – à sa relation avec Victor, que personne, pourtant, ne pouvait connaître. Que penserait de tout cela le bon docteur Guebhardt ?

Séverine se sentait d'autant plus impuissante à épauler son amant qu'elle devait affronter une fronde interne au journal. Dépités par son mariage avec le financier du *Cri* qui leur interdisait tout espoir de contrôler un jour la ligne politique du quotidien, Jules Guesde et sa bande prirent leurs distances avec Séverine et Georges. Démissionnant de ses fonctions, le comité de rédaction fit savoir qu'il refusait désormais toute responsabilité collective et n'assumait que ses propres articles, à titre individuel.

Fatigués par tant de coups, les deux amants se querellaient lorsque Victor les surprit, à son retour triomphal de l'Hôtel de Ville.

– Ça y est, je l'ai. On va gagner, Georges !

Le lendemain, 13 décembre, Georges pouvait donc reproduire fièrement le fac-similé de son état civil : Georges Poitebard de Labruyère, accompagné d'un démenti d'Aurélien Scholl et de divers témoignages le lavant de ses prétendues dettes.

Lissagaray, naturellement, ne se tint pas pour satisfait. Il accusa Georges de faux et usage de faux. Les actes de naissance et autres documents d'état civil, affirmait-il, avaient tous brûlé dans l'incendie de l'Hôtel de Ville en 1871, sous la Commune...

Cette fois-ci, ce fut Victor qui prit la mouche.

– Le salopard ! J'étais moi-même à la mairie, hier ! Il va voir de quel bois je me chauffe. Je ne sais pas me battre en duel mais je transformerai sa *Bataille* en charnier. Je vais de ce pas lui casser la gueule.

Séverine et Georges eurent de la peine à le retenir. Mais tous les trois furent joliment récompensés de leur ardeur. Quelques jours plus tard, les créanciers de *La Bataille*, furieux des outrances de son directeur, lui coupèrent les vivres. Le journal sombra et ne reparut jamais. Séverine et ses deux amants pouvaient affronter plus sereinement la nouvelle guerre qui les attendait, cette fois au sein même du *Cri*.

46.

Les articles de Victor plaisaient aux lecteurs, et « Ce que crie le peuple » était devenu une chronique hebdomadaire. La relecture de Séverine était toujours aussi assidue, bien que de moins en moins indispensable, et servait de prétexte à des retrouvailles dans la mansarde de la place Saint-Ferdinand. Georges n'était au courant de rien. Séverine compartimentait sa vie avec une aisance stupéfiante : l'âme pour Jules Vallès, la tendresse reconnaissante pour Adrien Guebhardt, les sentiments – mais sans effusions – pour Georges, les folies de son corps pour Victor.

Ce partage des rôles convenait à ce dernier. Il avait trop de méfiance à l'égard des femmes pour s'attacher, et ce n'est pas l'exemple de Séverine qui aurait pu modifier son opinion. Pourtant, il sentait bien que ses yeux pervenche pouvaient l'inonder de douceur, et parfois même d'une irrépressible passion. Il lui fallait donc rester sur ses gardes pour ne pas succomber au vertige.

Une nuit si belle qu'il se sentait défaillir, il lui demanda :

– Pourquoi aimes-tu tant séduire, Séverine ?

Comme toutes les séductrices, elle commença par lui répondre qu'elle n'en était pas une, que son charme – si charme il y avait – opérait sans calcul, qu'on ne commande pas à sa nature et qu'en outre, elle s'était toujours trouvée laide. Plus on lui prouvait le contraire, plus elle doutait. D'où, peut-être, la séduction... Et elle ajouta :

– Séduire, c'est ne pas mourir. C'est vivre dans le regard de l'autre. La preuve que la bête bouge toujours, que le monde tourne autour de soi, juste une seconde, avant que n'arrive le bourreau.

Ses yeux étaient encore plus clairs qu'à l'habitude. N'importe quel autre homme que Victor s'y serait, à cet instant, noyé. Il y avait, dans tout son air, une ombre tragique, un appel au secours. Il la croyait infiniment sincère, infiniment vulnérable aussi. Elle n'avait pas peur de mourir, tout juste pensait-elle que la mort la guettait depuis sa naissance, qu'elle pouvait frapper à chaque instant et qu'il lui fallait jouir tant qu'elle était vivante.

Victor, lui, ne s'était jamais posé ces questions. Il ne craignait personne, ne s'en trouvait guère de mérite, n'ayant rien à quoi il tînt suffisamment pour trembler de le perdre. Il avait la tranquille inertie du fil de l'eau. C'était même cette faiblesse – son irrésolution – qui l'aidait à survivre. Quoi qu'il advînt, il pouvait advenir autre chose.

D'ailleurs, depuis quelques mois, la vie lui adressait de jolis clins d'œil. Tout doucement, elle lui permettait de mettre ses pas dans les traces de son père, peut-être même de cet improbable grand-père, ce Morny passé de mode aujourd'hui. Il ne leur avait transmis que sa bâtardise. Bâtard de père en fils, quelle lignée ! Jusqu'à Victor, nouveau canard noir qui émergeait de cette étrange couvée... Pas étonnant après cela que l'animal ait eu quelques difficultés à se délimiter un territoire !

Il en était là de ses réflexions quand les grands yeux de Séverine se posèrent sur lui.

– A quoi penses-tu, mon chéri ? lui demanda-t-elle

C'était la première fois qu'elle l'appelait mon chéri.

– A rien, répondit-il machinalement.

– C'est ce que disent toujours les imbéciles. Ou les rêveurs. Je sais bien que tu penses à quelqu'un en ce moment. A une femme ?

– Non, pas à une femme. A mon grand-père.

– Tu as un grand-père, toi ? fit-elle drôlement.

– Bien sûr, comme tout le monde. Mais je ne l'ai pas connu. Pas plus que mon père. Mon père était journaliste à Paris, je t'en parlerai un jour. Mon grand-père était duc. Et sa mère était reine. Quelque chose comme ça.

Séverine éclata de rire.

– Ou bien la fille du pape ! Qu'est-ce qui t'arrive, mon grand Victor ? Je t'ai toujours connu les pieds sur terre. Qu'est-ce que c'est que cette crise de mythomanie ?

– C'est la vérité, mais cela n'a aucune importance, n'en parlons plus. Je n'appartiens à personne, un point c'est tout. Je n'ai droit à rien. Je suis né de rien. Mon père aussi. Alors, les ducs... Ils n'ont jamais laissé derrière eux que quelques gouttes de sperme. Je hais les aristos, les hommes de pouvoir, tous ceux qui écrasent les petites gens, par la naissance ou par l'argent.

Séverine était redevenue grave. Elle voyait bien que Victor ne plaisantait pas. Elle prit sa tête entre ses mains, l'attira contre son sein.

– Pardonne-moi, petit loup, murmura-t-elle.

Pour la peine, quand nous nous connaîtrons mieux, je te confierai un secret. Je ne l'ai jamais raconté à Georges. Seul Adrien est au courant. Mais toi aussi, tu as l'air bon, comme lui. Je te raconterai.

47.

Le 14 février 1886, pour le premier anniversaire de la mort de Jules Vallès, Séverine signa à la une du *Cri* un bel hommage à son mentor : « Il fut le tuteur de mon esprit, le créateur de ma conviction. Il me tira du limon de la bourgeoisie, il prit la peine de façonner et de pétrir mon âme à l'image de la sienne ; il fit, de l'espèce de poupée que j'étais alors, une créature simple et sincère, il me donna un cœur de citoyenne et un cerveau de citoyen. »

Jules Guesde et ses amis n'apprécièrent que très modérément ce salut posthume. Guesde n'avait pas oublié que, quelques semaines avant sa mort, Vallès avait exprimé publiquement sa défiance à son égard. « Il ne faut pas plus être prisonnier de ses amis que de ses ennemis (...) Je ne veux pas que *Le Cri* s'enradicaille ni qu'il paraisse l'organe d'une secte, parce que nous avons pour collaborateur un sectaire éloquent et convaincu... », avait-il écrit à Massart, l'ami de toujours, celui qui avait fondé avec lui *Le Cri du peuple*. Mais Massart s'était, depuis lors, rangé aux côtés de Guesde, lequel valait bien davantage que cette étiquette de sectaire. Il se faisait du socialisme une haute idée qu'il exprimait parfois maladroitement.

Dès leur première rencontre, Séverine avait ressenti une violente antipathie à l'encontre de celui qui se flattait d'être l'ami de Marx – il ne l'avait que brièvement rencontré –, et donc le gardien du temple révolutionnaire. Tout, dans son apparence, était désagréable : l'éternelle redingote gris anthracite, limée aux coudes, la barbe interminable qui lui mangeait le bas du visage et rendait indécelable un éventuel sourire, les lunettes qui filtraient le regard, la voix fluette. Jusqu'au style, plat les bons jours, pesant les autres.

Mais s'il n'y avait eu que la forme ! Le fond ne valait guère mieux aux yeux de Séverine la libertaire. Guesde et ses amis de la Sociale affichaient des idées étriquées, dogmatiques, répétitives. La directrice du *Cri* les trouvait profondément ennuyeuses et les reléguait à la portion congrue dans ses colonnes, désormais encombrées de faits divers, sous l'impulsion de Georges qui rêvait d'un journal « à l'américaine ».

Jules Guesde renâclait, mais comme aucun autre quotidien ne voulait de sa prose, il menait le combat de l'intérieur et ne démissionnait pas. Il avait bien eu une proposition de Lissagaray, mais *La Bataille* avait coulé avant de pouvoir l'honorer...

Séverine, qui soupçonnait depuis toujours Guesde de ne pas aimer le peuple, demanda à Victor d'étoffer encore sa collaboration au *Cri* : elle voulait désormais trois papiers par semaine ! Le problème était que le tout nouveau journaliste peinait un peu dans la rédaction de ses articles et que, fréquentant de plus en plus sa patronne et ses amis, il se frottait de moins en moins au peuple et à ses idées...

– Peu importe, répondait Séverine, ce qui compte, c'est l'idée qu'on a du peuple et celles qu'on lui met dans la tête. Le peuple n'a pas d'idées à lui.

Ce discours déplaisait à Victor, et d'ailleurs c'était à peu près celui de Jules Guesde. Elle lui ressortit alors un papier qu'elle avait signé du pseudonyme de Séverin, lors de ses débuts au *Cri*. Elle avait inventé un personnage du nom de Populot, dans la bouche duquel elle faisait passer sa haine de la politique et du parlementarisme : « Et moi je m'disais, écrivait Populot, y en a donc pas un dans le tas qui va sauter sur leur guignol et sans barguigner, tout bêtement, leur conter les misères des pauv'gens – ceux qui ont faim, ceux qui ont froid, leur dire que l'hiver approche, avec le chômage et la grève, et que, vrai, c'est pas l'moment d'enlever les gars aux vieux parents ? »

– Tu vois, Victor, expliqua-t-elle, ce Populot, je ne l'ai bien sûr jamais rencontré. Je ne suis même pas sûre qu'ils parlent tous comme ça dans la rue, mais je crois dur comme fer qu'ils pensent ainsi. Deux ans après, je ne retirerais pas un mot de cet article. Inspire-toi de mon style, fais confiance à ton instinct, à ton sang. L'ouvrier, ça te connaît. Mets ton style à son service !

Séverine, quand elle le voulait, savait se faire obéir. Victor, de son côté, n'avait aucune facilité d'écriture, et il dut travailler nuit et jour à la rédaction de ses papiers. « Ce que crie le peuple », illustré par un croquis très réaliste d'Eugène Rapp représentant la gueule démesurément ouverte d'un camelot lors d'une exécution capitale place de la Roquette, était désormais la rubrique-vedette du journal, au grand dam de Jules Guesde ; Séverine se devait donc de la soigner. Joignant l'agréable à l'utile, elle se rendait de plus en plus fréquemment rue du Débarcadère pour trousser à la fois l'article et son auteur. Elle ne cachait plus ces visites à Georges ; elle se contentait de ne pas tout dire.

C'est au cours de l'une de ces épuisantes séances de « réécriture » dans la mansarde que Séverine raconta à Victor l'histoire qu'elle avait promise.

48.

– Ce n'est pas un secret, commença-t-elle tout doucement, mais *deux* secrets. Ils s'appellent Louis et Roland.

– Encore des amants ? s'exclama-t-il.

– Non, non, mon beau Victor. C'est une longue histoire, douloureuse aussi. Je te l'ai dit, je n'ai pas encore eu la force d'en parler à Georges. Laisse-moi me faire à l'idée que d'autres qu'Adrien puissent savoir. Tu veux bien ?

Il l'embrassa. Elle reprit :

– Quand j'étais très jeune – je n'avais que dix-sept ans –, la vie me maria à un homme que je n'ai jamais aimé. C'était un homme comme tant d'autres. Il s'appelait Henri Montrobert, né à Lyon et employé du gaz. Tout un programme... J'étais vierge. Le soir de notre mariage, il me sauta dessus et me viola. Les bourgeois et les bonnes gens appellent cela une nuit de noces.

Dégoûtée, je ne refis plus jamais l'amour avec lui. Mais neuf mois plus tard, j'accouchai d'un garçon. Louis doit avoir aujourd'hui douze ans et demi. Je ne l'ai pas revu depuis ma séparation de corps quelques mois après le mariage. C'est son père qui en avait la garde. Il le plaça en nourrice. Pauvre Louis, qui ne connaît ni son père ni sa mère... J'y pense souvent. Et pourtant, je n'ai pas honte ; on ne peut aimer le fruit d'un viol. Depuis ce jour-là, je n'ai cessé d'errer. J'ai tellement eu le sentiment d'être salie que j'ai eu honte de mon nom, et même de mon prénom. Oubliée, Caroline, oubliée, la Line de mon enfance, choyée par ses parents. J'ai pris le pseudonyme d'Evans Montrobert quand j'ai décidé de monter sur les planches pour pouvoir vivre : mais j'avais tellement horreur de ce nom que je me suis ensuite fait appeler Madame Rehn, pour qu'on ne retrouve jamais la trace de la mère de Louis. Cela ne suffisait pas. D'où Séverin, puis Séverine. Peut-être, un jour, Séverine elle-même fera-t-elle sa mue et abandonnera-t-elle sa vieille peau morte au bord du chemin. J'ai le vertige parfois, je sais que je peux me laisser tomber comme une pierre, le vide m'attire... Il faut que tu m'aides, Victor.

Victor lui offrit son torse. Il la caressait tout doucement, comme un animal blessé.

– Je suis là, murmurait-il. Tu n'as rien à te reprocher. Tu n'as pas voulu cet enfant, c'est le hasard qui l'a fait naître.

Il ne croyait pas un mot de ce qu'il disait. Il pensait à sa propre enfance, au petit Victor amoureux de sa mère, la lavandière légère et repentie, à son père, Alexandre, orphelin de mère et mutilé de père, à sa grand-mère Alexandrine, abandonnée par l'infâme Morny... Mais ce qui importait en cet instant, c'était de boire au calice de sa maîtresse, de s'enrichir de sa force grâce aux faiblesses qu'elle lui avouait.

– Je sais que Louis ne me reprocherait rien si j'étais appelée à le revoir, reprit-elle, mais mon remords ne s'appelle pas Louis. Mon remords, c'est Roland.

Elle leva la tête un bref instant vers Victor pour guetter une réaction qui ne vint pas. Elle posa à nouveau la tête sur sa poitrine, et poursuivit :

– Roland non plus, je ne l'ai pas désiré. Mais je respectais infiniment Adrien, son père. Peut-être même l'ai-je aimé ; en tout cas, je l'ai épousé, mais Roland est venu bien avant, il y a cinq ans. Je ne sais pas pourquoi j'ai laissé la grossesse aller jusqu'à son terme. Sans doute aurais-je dû faire appel à une de ces tricoteuses qui vous récurent le ventre, mais l'idée me révulsait. Comme la loi sur le divorce n'avait pas encore été votée, il m'a fallu aller à Bruxelles pour accoucher clandestinement. Le docteur Guebhardt a été merveilleux de tendresse avec moi. Il m'a remise entre les mains de son confrère Sénery. C'est lui qui, quelque temps plus tard, m'a présentée à Vallès. Entre-temps, j'avais accouché de Roland et je ne suis pas fière d'avouer qu'au consulat de France à Bruxelles, il a été déclaré « de mère inconnue ». Jusqu'au bout, Adrien a été formidable. Il a fermé les yeux sur tout, a mis le petit en nourrice, comme son frère, avant de demander à sa propre mère si elle voulait bien s'en occuper. La brave femme a dit oui. Je lui dois déjà le bonheur d'avoir rencontré Adrien puisque c'est à elle que je donnais des leçons de piano quand son fils est arrivé dans la pièce et l'a remplie d'une bonté diffuse, à laquelle aucune femme n'aurait pu résister. Et c'est elle qui élève aujourd'hui Roland, dans le Midi, avec Adrien qui vient de les rejoindre. Quelle mère suis-je, Victor ? Quelle femme, aussi, dans tes bras, dans ceux de Georges, dans ceux d'Adrien ?...

Elle lui lança un regard éperdu. Victor l'étouffa de baisers et lui fit l'amour sauvagement. Il y avait une telle détresse en elle, une hargne de biche traquée. Dans ce corps-à-corps animal, il n'y avait pas d'amour, mais une immense fraternité et un appel au secours.

Séverine s'apaisait. Elle recommença à parler, à se justifier :

– Je ne sais toujours pas ce soir encore pourquoi j'ai abandonné Roland. Je ne mérite pas mes enfants, je ne mérite pas d'en avoir, ils ne méritent pas un sort aussi injuste...

Elle psalmodiait. Victor l'interrompit :

– Cesse de t'accuser. Personne ne peut se mettre à la place de quiconque. Tu es une femme exceptionnelle, Séverine. Tu es peut-être une drôle de mère, mais tu n'as pas raté ta vie, tu le sais bien.

Elle ouvrit ses grands yeux pervenche et demanda :

– Tu crois ?

– Mais bien sûr ! Regarde les hommes que tu tiens en laisse à tes pieds. Adrien, Georges, moi... sans compter tous les gars du *Cri*. Il n'y a qu'une femme à diriger un journal à Paris. Tout le monde t'admire, tout le monde t'envie...

Ces paroles coulaient en elle comme du miel. Les croyait-elle tout à fait ? Un peu quand même.

Séverine s'aimait plus qu'elle ne voulait bien le dire.

Avant de rentrer rue Soufflot, elle lui demanda un ultime service : tout faire pour retrouver Louis. Elle ne souhaitait pas encore le revoir, elle voulait juste savoir ce qu'il était devenu.

49.

VICTOR commençait à connaître les services de l'état civil à l'Hôtel de Ville, mais cette fois-ci il fit chou blanc. Aucun enfant n'avait été enregistré en juin ou en juillet 1873 – Séverine ne se souvenait pas du jour exact – sous le nom de Montrobert. L'employé lui indiqua cependant une piste : si le père en avait eu la garde dès la naissance, il avait peut-être déclaré l'enfant dans sa propre ville. Victor irait donc plus tard enquêter à Lyon. Cela lui rappellerait des souvenirs mais il attendrait un peu. Si la fabrique et le syndicat étaient déjà de l'histoire ancienne, la blessure infligée par Tacha n'était pas tout à fait refermée. Les baisers de Séverine ne l'avaient pas encore cicatrisée.

En revenant de l'Hôtel de Ville, Victor eut l'idée de s'arrêter rue Montmartre, dans les locaux de *La Presse*, pour voir enfin ces lieux qu'avait fréquentés son père et qu'il n'avait pas osé visiter lors de son précédent passage à Paris, sept ans plus tôt.

Cette fois, il avait un prétexte : consulter les petites annonces de l'été 1872. Comme il fallait s'y attendre, l'obscur Henri Montrobert n'avait pas jugé bon d'alerter tout Paris de sa paternité... Victor, qui avait du temps devant lui, en profita pour se faire monter les archives des années 1848-1849. Il s'arrêta aux chroniques du vicomte de Launay, le pseudonyme de Delphine de Girardin, l'épouse du patron. Il lui trouva un joli brin de plume et chercha à y respirer le parfum de la femme dont Alexandre était un jour tombé amoureux.

Son père fut plus difficile à dénicher. Factotum d'Emile de Girardin, et même, un temps, son bras droit, il se confirmait qu'il n'avait signé que très peu d'articles lors de son passage à *La Presse*. Victor lut ses trois ou quatre éditoriaux rédigés pendant les émeutes de 48, en aima le style, juvénile mais alerte, eut la vanité de se comparer à lui, se reprit en se disant que son père avait alors vingt ans, quand lui-même allait en avoir quarante...

Pourtant, penché sur ces tables immenses qui supportaient les collections de *La Presse*, Victor ne put s'empêcher d'offrir sa petite réussite à son père, et de lui dédier ce nouveau départ dans la vie. Cette fois, il pouvait s'en persuader : il marchait dans ses pas.

50.

De retour au *Cri du peuple*, Victor trouva Séverine en grande conversation avec un homme dont l'allure, les traits ne lui étaient pas inconnus. Elle leva ses derniers doutes en faisant les présentations :

– Emile Zola.

Le cœur de Victor se mit à battre très vite. Il se lança, balbutia un peu au départ pour dire à l'écrivain toute l'importance qu'il avait eue dans sa vie, retrouva un peu d'assurance et lui raconta comment il avait fait le voyage de Lyon pour assister à la représentation de *L'Assommoir*. En lui avouant qu'il avait été déçu de ne pouvoir le rencontrer après la pièce, avec son actrice au beau visage étrusque.

Zola s'amusa de l'anecdote.

– Maintenant que vous voilà journaliste, dit-il, toutes les portes vous sont ouvertes. C'est un peu injuste, mais c'est comme ça. Vous n'êtes ni meilleur ni pire qu'il y a trois ans, mais la société vous considère ; elle croit qu'elle a besoin de vous. En fait, sourit-il en ajustant son lorgnon, vous êtes peut-être pire ! Quand on écrit dans les journaux, on gâte son talent et on voit tout en gris.

– C'est vous qui nous dites ça ! s'exclama Séverine en riant. Vous, Emile, le peintre de la noirceur des êtres !

– Non, Séverine, détrompez-vous. Je me contente de décrire les hommes et les femmes tels qu'ils sont. C'est la société qui les fait ainsi, pas ma plume. Un journaliste, lui, y ajoute ses préjugés. Il jauge les êtres à l'aune de ce qu'il aimerait être lui-même. Il lui faut moraliser pour habiller sa prose de vertu. Trop de journalistes se lassent de leur métier. Plus ils avancent en âge, plus ils tournent à l'aigre. La contemplation quotidienne des petites crapuleries de chacun les pousse au scepticisme, à l'ennui. Ils ne croient pas à la rédemption de l'homme. Pour eux, la nature humaine est soit immuable, soit condamnée à n'évoluer qu'en mal.

– Eh bien, Zola, nous voilà cloués au pilori ! ironisa Séverine. Que faites-vous donc ici ?

– Mais c'est vous qui m'y avez prié, chère

amie ! Je m'étais engagé à vous livrer mon *Germinal* en feuilleton. Vous l'aurez dès la semaine prochaine.

L'écrivain avait croisé la directrice du *Cri* lors des obsèques d'Hugo, une heure avant qu'elle ne fît la connaissance de Victor. Il avait beaucoup d'estime pour Vallès et tenait *Le Bachelier* pour un grand livre. Séverine l'avait revu plusieurs fois, et lorsque *Germinal* avait été interdit au théâtre, en novembre, parce que la mine qu'il y décrivait ressemblait trop à celle d'Anzin la révoltée, elle adressa à son auteur une longue lettre de soutien, l'invitant à publier le roman dans *Le Cri du peuple*. Ils venaient de signer le contrat. Rapp en illustrerait chaque épisode, en forçant le trait comme à son habitude.

Victor les écoutait, bouche bée.

– Monsieur Zola, osa-t-il enfin, vous me feriez un très grand honneur en acceptant un verre chez Tortoni. C'est en mémoire de ma mère. Je vous expliquerai pourquoi.

Tant de solennité poussa Zola à accepter. Séverine les accompagna.

A cette heure de l'après-midi, le café était surtout fréquenté par les agents de change. La clôture des marchés venait d'être décrétée à la Bourse, toute proche. Il y avait quand même quelques hommes de lettres. Victor était très fier de faire son entrée dans le célèbre café aux côtés d'un écrivain aussi réputé et de la belle Séverine. Le petit monde de la presse, qui allait bientôt peupler les lieux, à l'heure de l'apéritif, ne manquerait pas d'en prendre note.

Victor aimait beaucoup cet établissement qu'avaient fréquenté Verdi et Donizetti, ainsi que toutes les gloires de la littérature française depuis près d'un siècle. A l'angle de la rue Taitbout et du boulevard des Italiens, il honorait le souvenir de tous ces Transalpins qui ne juraient que par Paris. Le café était étroit, les murs blancs, rehaussés d'appliques élégantes, la lumière était tamisée – pour tout dire, italienne. C'était Massart qui l'y avait conduit la première fois, peu après l'été, lorsque le nom de Victor était parvenu à ses oreilles. Séverine ne lui avait pas encore commandé son premier article, mais son ascendant auprès des camelots impressionnait Jules Guesde. Massart avait été chargé de le sonder pour l'attirer dans leur clan. En vain. Il lui avait montré les trois marches de marbre de l'entrée principale, ébréchées par les impacts de balles de la fusillade du coup d'Etat, le 2 décembre 1852. Victor en avait été très impressionné. Il n'oubliait pas que son père, pourtant ardent bonapartiste jusqu'à l'élection de Louis Napoléon à la présidence de la République, avait détesté les dérives de l'exercice du pouvoir chez le neveu de son héros. Alexandre était mort avant le coup de force de l'Empire, mais il avait certainement dû venir chez Tortoni, avec Hugo, Dumas et les autres.

Victor raconta à Zola comment il avait découvert *L'Assommoir*, comment il avait identifié le personnage de Gervaise à sa mère. Seize ans après sa mort, il priait tous les soirs pour le salut de Catherine, sans pourtant avoir la foi. Il ne la remercierait jamais assez de lui avoir permis, grâce à ses sacrifices, de découvrir un grand écrivain comme lui, par les livres d'abord, et aujourd'hui les yeux dans les yeux.

Décontenancé par tant de fougue, Zola essuya son lorgnon et ne sut trop quoi dire. Séverine, elle, prit la main de Victor sous la table et la serra très fort. Il ne lui avait jamais parlé ainsi de sa mère ; jusqu'alors, c'était elle qui se confiait à lui. Là, devant Zola, il lui semblait soudain que son amant prenait davantage de valeur...

51.

LES événements politiques s'étaient accélérés depuis la réélection de Jules Grévy à l'Elysée, fin décembre. Une semaine plus tard, le général Boulanger était devenu ministre de la Guerre. Sa popularité ne cessait de grimper. Il s'était attiré les faveurs de bien des républicains en limogeant les princes du sang d'une armée dont tous les chefs étaient monarchistes ou bonapartistes.

A vrai dire, Boulanger n'avait pour lui que ses états de service en Tunisie, et son cheval noir, Tunis, était presque aussi célèbre que lui. Plus de cent vingt mille Parisiens se rendirent à Longchamp, l'après-midi du 14 juillet 1886, pour y applaudir la monture et son cavalier. Cette grande parade fut passablement humiliante pour le président de la République. La foule n'avait d'yeux que pour le général, familièrement surnommé « la Boulange ». Dès le lendemain, le chansonnier Paulus créait à l'Alcazar une œuvre de sa composition, *En revenant de la revue*, chantant les louanges du « brav' général », qu'on appelait aussi « le général Revanche » parce qu'il tonnait contre l'Allemagne et voulait récupérer l'Alsace et la Lorraine. Clemenceau le soutenait, tout comme Paul Déroulède, l'auteur des *Chants du soldat* et le fondateur de la Ligue des patriotes, mais aussi Henri de Rochefort. Le « marquis rouge » avait été un intime de Vallès ; il avait fondé son journal, *La Lanterne*, peu avant la guerre de 1870, au moment où son ami lançait la première version du *Cri du peuple*. Communard comme lui, exilé comme lui, et déporté en Nouvelle-Calédonie avec Louise Michel, il avait retrouvé Vallès à Londres, puis avait fondé *L'Intransigeant* pour pilonner Jules Ferry et ses déroutes au Tonkin.

Au *Cri du peuple*, on observait avec méfiance l'irrésistible ascension du général. Mais son statut de paria le rendait sympathique à certains. Sur ordre du ministère de l'Intérieur, la police harcelait Boulanger le gêneur et s'apprêtait à le traquer. Or, ce qu'on détestait le plus au monde, au journal, c'étaient les opportunistes qui se disputaient le pouvoir, de Grévy à Ferry. Et la police. L'histoire du *Cri* avait été celle d'une vigilance permanente vis-à-vis des mouchards ou des provocateurs qui essayaient d'infiltrer la rédaction. Il y avait eu cet obscur épisode, à la veille de la mort de Vallès, qui avait vu un des rédacteurs, Chastan, se livrer à une calomnie parfaitement gratuite contre le préfet de police Camescasse. Il l'accusait d'avoir commandité l'assassinat de la mère de deux de ses employés, les frères Ballerich. Furieux, les deux policiers avaient surgi au journal pour demander réparation, et blessé d'un coup d'épée le rédacteur politique Duc-Quercy, lequel avait répliqué en abattant l'un des deux frères. C'est ce qui avait motivé la brutale perquisition chez Jules Vallès ; on avait fouillé son appartement neuf heures durant, saccageant tout, retournant même le matelas sur lequel l'écrivain agonisait...

Et voilà que l'histoire se répétait. Cette fois, c'était *L'Echo de Paris* qui accusait son ancien collaborateur, Georges de Labruyère, des pires infamies. Bel-Ami y était qualifié de souteneur et d'escroc. Dans le numéro du 15 décembre 1886, Peyrouton, son directeur, prétendit que Séverine avait été surprise « en flagrant délit d'immondices » avec son amant Georges Poitobard dans les toilettes des Tuileries, et que le procès-verbal de cette affaire avait été bloqué en haut lieu, en raison des accointances de ladite Séverine avec le préfet de police ! La chute de l'article visait à désolidariser la rédaction du *Cri du peuple* de sa directrice : « Les rédacteurs du *Cri* ignorent-ils, et Séverine, femme de Guebhardt, leur rédactrice en chef, a-t-elle donc oublié, qu'elle est la fille de Marie-Joseph-Onésime Rémy, ancien agent de police ? (...) Les rédacteurs du *Cri* croiront-ils toujours faire un journal socialiste en mangeant au râtelier du trio Séverine-Guebhardt-Poitebard ? »

Pour la première fois, Victor découvrit une Séverine effondrée. Elle, si forte, jouant avec les hommes comme aux dés, à trente ans seule patronne de journal en France, la voilà qui pleurait, secouée de sanglots, dans les bras de Victor, pendant que Bel-Ami courait une nouvelle fois Paris pour provoquer Peyrouton en duel.

Le visage encore baigné de larmes, elle embrassa soudain son amant à pleine bouche et cria :

– Prends-moi !

Passé dix heures, il n'y avait plus personne dans les locaux du *Cri*, mais à tout moment Labruyère pouvait revenir. Ignorant le danger, ou stimulée par lui, elle souleva sa jupe et s'assit sur son bureau. Victor la prit, comme elle le voulait, sauvagement. Debout entre ses jambes, il la maintenait couchée sur sa table de travail. Il eut en cet instant l'illusion de la dominer et retarda son plaisir, leur plaisir, pour mieux la contempler, Séverine la rebelle pour une fois soumise. Il l'empêchait de se redresser, les mains calées sur ses seins, observant intensément ce sexe de blonde qui frémissait et lui procurait une excitation jamais connue, ni avec elle, ni avec d'autres.

Il se déchargea en elle, elle cria longuement, bien après la jouissance de son amant. Epuisé, il se coucha sur elle, lui embrassa les seins. Elle se redressa en lui baisant le front.

– Mon amour, soupira-t-elle.

C'était la première fois. Il n'y en eut pas d'autre.

Epuisé par son assaut, il s'installa sur le canapé dans le bureau de Séverine. Elle le recouvrit de sa cape et l'invita à dormir.

– Il faut que j'écrive mon article. Je crois que j'en ai pour longtemps. J'ai beaucoup à dire...

Elle le réveilla à l'aube. Il faisait très froid dans la pièce, en ce matin de décembre, mais elle était bras nus. Il eut à nouveau envie d'elle.

– Non, lui dit-elle. Il ne faut plus que nous

fassions l'amour. J'ai joui hier soir comme jamais. Aucun homme avant toi ne m'a donné ce plaisir. Je crois bien qu'aucun autre ne m'offrira mieux. Il faut savoir s'arrêter au pic de la jouissance, au sommet du bonheur. Tu resteras mon ami, mon camarade homme, mais nous devons cesser d'être amants. J'y ai beaucoup réfléchi cette nuit. Je n'ai pas le droit de continuer notre histoire après le déferlement d'ordures qui se sont abattues sur la tête de Georges, et, par ricochet, sur celle d'Adrien. Si tu le veux bien, je resterai ta confidente. Et pour te le prouver, je vais te lire mon article ; c'est le plus intime que j'aie jamais écrit.

Victor ne répondit pas. Il ne désespérait pas de la faire changer d'avis.

52.

ELLE se rassit à son bureau et lui lut son papier, s'arrêtant par instants pour renifler. Jamais elle ne lui était apparue si désirable.

Séverine avait décidé de tout dire aux lecteurs du *Cri*. Et d'abord de réhabiliter son père, sali par Peyrouton. Pourtant, elle n'avait pas toujours été fière d'Onésime Rémy. Dans l'entretien qu'elle avait accordé à Georges de Labruyère, au lendemain de la mort de Vallès, elle l'avait présenté comme « membre de l'Université ». En fait, reconnaissait-elle aujourd'hui, il avait bien été fonctionnaire à la préfecture de police, mais au bureau des nourrices ! Un poste misérable, où il était en butte aux mesquineries de ses chefs et très mal payé. Si bien qu'à soixante ans passés, il n'avait pas assez d'argent pour s'offrir une retraite méritée. Elle raconta sa fin dans un style pathétique, qui prenait parfois quelques aises avec la réalité. On voyait Onésime Rémy passer des heures à pied sous la pluie, au mont Valérien, à la recherche d'un bébé dont on lui avait dit qu'il était maltraité, et rentrer chez lui, épuisé, dévoré de fièvre, pour mourir quelques jours plus tard sans avoir pu se relever.

A mesure que la nuit avançait, Séverine était devenue plus grandiloquente. Elle avait même réussi, dans la chute de son article, à contrer son calomniateur sur son propre terrain, là encore sans trop se soucier de la vérité : « Toute petite, j'ai compris ce qu'était la préfecture, et c'est dans le chagrin de mon père que j'ai puisé ma haine. »

Cela ne lui suffisait pas. Dès l'ouverture des bureaux, Séverine courut chez l'ennemi, à la Préfecture, pour essayer d'y rencontrer le préfet de police, Gragnon. Dans les colonnes du *Cri*, on écrivait « le sieur Gragnon ». Georges et Victor l'accompagnaient. Le préfet les reçut. Séverine voulait savoir s'il existait quelque part, comme Peyrouton l'affirmait, un procès-verbal pour débauche dans les toilettes des Tuileries. Fallait-il laisser *L'Echo de Paris* publier un faux alors que, de sa vie, elle ne s'était jamais rendue dans ces lieux qualifiés dans l'article de « buen retiro » et qu'elle n'y avait évidemment jamais été pincée avec son amant ? Beau joueur, le préfet lui affirma que non, et ajouta, avec un sourire narquois, que si pareille aubaine s'était présentée, il n'aurait pas manqué de l'exploiter.

Rassérénée, Séverine revint au journal et, toujours flanquée de Victor et Georges, rapporta à la rédaction son entrevue avec Gragnon. Elle proposa même d'en publier un compte rendu dans l'édition du lendemain pour laver définitivement l'outrage. Jules Guesde et ses amis refusèrent, arguant du fait que *Le Cri* donnerait l'impression de se compromettre avec l'incarnation de la République policière.

Séverine dut s'incliner. Mais elle sut ce jour-là qu'au sein même de son journal, elle était entourée de traîtres, et qu'un coup de force s'y préparait.

53.

ELLE choisit d'attaquer la première.

Trois semaines après la campagne de *L'Echo de Paris*, qui s'était éteinte aussi vite qu'elle avait commencé, Séverine épousa la cause d'un certain Duval, dont Victor lui avait beaucoup parlé.

Ce Clément Duval avait tué un brigadier qui l'avait surpris en flagrant délit de cambriolage dans un hôtel particulier de la rue de Monceau. Il avait été condamné à mort et allait être exécuté place de la Roquette. Rien que de très ordinaire, à ceci près que Duval justifiait son acte comme relevant de la « récupération individuelle », théorie chère à Kropotkine et à ses amis.

Toujours prompte à s'enflammer pour les causes perdues, Louise Michel organisa un meeting salle de la Boule-Noire. Massart s'y rendit pour *Le Cri*, mais nia le lendemain avoir demandé, comme les autres orateurs, que l'on arrache

Duval à la guillotine, au besoin par la force. A l'intérieur du journal, on n'avait guère de sympathie pour les thèses anarchistes. Les marxistes qui gravitaient autour de Jules Guesde les avaient même en horreur.

Séverine saisit le prétexte pour obliger ses ennemis à se démasquer. Bien que ne croyant pas elle-même à la vertu politique du vol, elle signa un éditorial vibrant dans lequel elle en appelait aux mânes de Jules Vallès : « *Le Cri* est anarchiste, absolument, comme il est collectiviste avec Guesde, blanquiste avec Goullé, républicain avec Meunier, indépendant avec Massart, Duc ou Fournière (demain, j'espère, possibiliste). Si Kropotkine venait, je serais ravie. Tribune libre ! Tribune libre ! Ouvrez les portes, ouvrez les fenêtres, que le vent de la Révolution entre par toutes les baies de cette maison qui est à tous, qu'il disperse de son haleine puissante les petites querelles d'école, les grandes rivalités de secte ! »

La réaction du clan Guesde ne se fit pas attendre : il se désolidarisa de l'article de Séverine en se référant à d'autres propos de Jules Vallès, qui se défiait effectivement de l'anarchie tout en souhaitant la plus grande liberté de parole pour chacun.

Pendant une semaine, chaque camp apporta

de l'eau à son propre moulin. Pour éviter de laisser Séverine en première ligne, et devant l'incapacité de Bel-Ami à signer le moindre article politique, Victor travailla chaque jour d'arrache-pied à la rédaction de sa rubrique « Ce que crie le peuple ». Il mit dans la bouche de Populot, ressuscité pour la circonstance, bien des phrases qu'il avait entendues trois ans plus tôt, lors de son procès. Il s'en donna à cœur joie, jusqu'à réveiller en lui la flamme de l'anarchie qu'il avait pourtant soigneusement mise sous le boisseau ces derniers temps. Le 30 janvier, il rédigea lui-même une bonne partie de l'éditorial que signa Séverine pour porter l'estocade et provoquer le dénouement de la crise.

« Nous passons notre vie à dire aux humbles, proclamait-il, qu'ils sont volés, exploités, assassinés lentement, qu'ils sont de la chair à machine, que leurs filles seront de la chair à plaisir, que leurs fils seront de la chair à canon. Nous attisons les colères, nous embrasons les intelligences, nous incendions les âmes ; nous faisons de ces parias des citoyens, de ces résignés des révoltés, au nom de la suprême justice et de l'équité souveraine. Nous leur disons : “La Révolution est proche, qui viendra vous délivrer, qui vous donnera le pain quotidien et la fierté d'être libres.

Ayez patience, ô pauvres gens ! Subissez tout, supportez tout ; en attendant l'heure propice, groupez vos douleurs, liez en faisceaux vos rancunes ou vos espérances – et faites crédit à la Sociale de quelques années de détresse et de sacrifices..." »

C'en était trop pour Guesde et ses amis, bien obligés de se reconnaître derrière l'appellation de « pharisiens de la Sociale » qui ornait l'article un peu plus loin. Ils décidèrent de démissionner en bloc. Séverine préféra dire qu'elle les avait licenciés. Dès le 1er février, elle pouvait annoncer fièrement sous le titre du journal : *Fondateur : Jules Vallès. Directrice : Séverine.* Sans doute en avait-elle l'ambition depuis toujours, depuis sa première rencontre avec Vallès à Bruxelles ; mais peut-être aussi voulait-elle simplement venger l'homme qu'elle avait tant admiré et que les sectaires avaient essayé de chasser de son propre journal, alors qu'il se mourait boulevard Saint-Michel... Quoi qu'il en soit, si elle avait gagné, le journal, désormais sans troupes, était exsangue.

Le lendemain, une nouvelle feuille apparut sur le pavé parisien : *La Voix du peuple*, sans grande inspiration, mais dépassant dans l'ordure les limites déjà repoussées par *La Bataille*, puis par *L'Echo de Paris*. Les rédacteurs démissionnaires du *Cri*, qui l'avaient pourtant côtoyé de longs mois avec force sourires, y traitaient Georges de maquereau. Peyrouton s'était contenté de souteneur... Quant au pauvre docteur Guebhardt, jusqu'alors épargné, on ridiculisait ses cornes, « si hautes qu'elles l'empêchaient de passer sous la porte Saint-Denis ».

Bel-Ami écumait à nouveau les cafés pour retrouver les diffamateurs et leur prouver qu'on pouvait être maquereau et rester bretteur. Victor aussi voulait leur casser la figure, révolté par l'impudence de ceux qui, pendant plus de trois ans, avaient vécu de l'argent de leur commanditaire, Adrien Guebhardt, et lui crachaient aujourd'hui au visage. Séverine s'efforça de le calmer, mais elle était beaucoup plus abattue que ses deux amants. On venait de lui dire que Jules Guesde et ses complices avaient expédié leur torchon à Saint-Vallier, où Adrien s'était réfugié chez sa mère, qui élevait toujours le petit Roland. Séverine pourrait-elle survivre à cette honte, à celle de son mari, de leur fils, qui saurait tout un jour ou l'autre ?

Depuis son arrivée à Paris, jamais Victor n'avait été à ce point submergé par la colère. On guillotinait Clément Duval, on salissait Séverine, on traitait son mari de cocu et son amant de maquereau, et aucun tribunal ne sanctionnait l'ordure, les poursuites contre *L'Echo de Paris* n'ayant toujours pas été diligentées. Tout cela se heurtait dans la tête de Victor, il était au bord d'exploser.

Le lendemain – c'était le 3 février –, il annonça sa décision à Séverine :

– Je pars pour Lyon.

– Tu pars, ou tu repars ?

– Je ne sais pas encore. Pour l'instant, je vais y consulter l'état civil. Je t'avais promis d'enquêter sur Louis. Son père est de là-bas. On m'a dit qu'il y avait peut-être une piste à explorer.

– Merci, Victor. Mais reviens. J'ai besoin de toi au journal. Ils sont tous partis, et Georges est sens dessus dessous.

– Je reviendrai, Séverine. Je t'aime.

– Ne dis pas ça. Adieu.

54.

L'ENQUÊTE sur le jeune Louis n'était qu'un prétexte. Arrivé à Lyon, Victor se rendit bien, pour la forme, à l'hôtel de ville, mais ne parut pas autrement découragé par l'issue infructueuse de ses recherches. La conscience tranquille vis-à-vis de Séverine, il put se consacrer aux deux vraies raisons qui l'avaient fait revenir.

Il se rendit tout d'abord au cimetière sur la tombe de Catherine.

– Maman, murmura-t-il après s'être recueilli un long moment, ce que je vais faire maintenant, je le ferai en ta mémoire. C'est grâce à toi que je suis enfin devenu quelqu'un. Si tu ne m'avais pas poussé, je n'en serais pas là ; je ne suivrais pas les brisées de papa.

C'était la première fois qu'il disait « papa » en son for intérieur. Il pensait souvent « Alexandre », et plus rarement « mon père ».

Ses pas le menèrent ensuite rue Poivre, mais la contemplation de la maison le renvoya aux souvenirs moins heureux de la cohabitation avec Emile. En vérité, cette rue coudée était d'une tristesse effrayante et la vie qu'il y avait menée lui parut soudain bien terne en regard de ce qu'il avait découvert à Paris. Et puis Emile devait toujours vivre à quelques pas de là et pouvait surgir à tout moment. Il ne s'attarda pas.

Ce malaise lui disait assez à quel point certaines blessures étaient encore vives, et il renonça à aller rôder autour de la soierie pour narguer ceux qui l'en avaient chassé jadis. Il brûlait pourtant d'envie de retrouver au moins une de ses ouvrières et, ne voulant pas l'attendre à la sortie de la fabrique, il se dirigea vers le garni qu'elle partageait rue du Peyrat avec sa mère, avant qu'ils ne décident de se mettre en ménage, elle et lui.

Il n'y avait qu'une chance sur mille pour que Tacha soit retournée chez sa mère après son départ, mais c'est à cette chance qu'il voulait croire, comme au souvenir tenace d'une innocence perdue. Stéphanie vivait toujours là, mais pas sa fille. Il retourna donc rue Poivre et se risqua à grimper les trois étages. Le cœur battant, il frappa à la porte de gauche. Une vieille dame lui ouvrit. Il lui demanda si c'était bien là qu'habitait Mlle Hardy.

– Mademoiselle qui ? fit la vieille. Oh ! je vois. Voilà plus de deux ans qu'elle a déménagé. Elle vit maintenant du côté de la place Bellecour, je ne sais pas où. Je ne reçois plus de courrier à son nom depuis bien longtemps.

Victor n'eut même pas le désir de lui demander à jeter un œil dans l'appartement où il avait passé plus de vingt-cinq ans de sa vie. Cela sentait le rance, le vieux, c'eût été faire injure à Catherine et à Tacha.

Quelques instants plus tard, il se retrouvait sur le même banc de la place Bellecour que trente mois auparavant, à guetter la même dévergondée, avec le même désir qu'alors.

Victor avait aujourd'hui quarante ans. L'âge mûr, disait-on, mais son cœur ne s'était guère raffermi depuis ce jour d'octobre 1884 où il avait perdu à la fois son emploi, son ami, sa ville et la femme qu'il aimait. Il avait bien cru se consoler dans les bras de Séverine, mais la façon dont elle l'avait condamné à l'amitié l'avait profondément blessé. C'était la première raison de sa fuite. L'autre, il préférait ne pas y penser pour l'instant, de peur de se mépriser si son plan échouait.

Aimait-il seulement Séverine ? Oui, sans doute,

même si l'admiration était plus forte que la passion. Avait-il été aimé d'elle ? Non, à coup sûr. Son attirance avait d'abord été physique. Peut-être y eut-il ensuite un peu de tendresse, un désir de cadette d'aider un aîné de neuf ans à devenir un homme, puis un journaliste.

Il en était là de ses réflexions quand une silhouette se détacha soudain de l'immeuble qu'il surveillait, parut hésiter un moment, puis se dirigea vers lui.

55.

– QU'EST-CE que tu fais là, Victor ? Depuis un moment, je te guette de là-haut. La concierge m'a prévenue qu'il y avait un individu louche sur le banc. Elle se rappelait vaguement t'avoir intercepté dans l'escalier il y a quelques années.

« Il y a quelques années... » Toute l'insouciance de Tacha était résumée en ces cinq petits mots. En une minute, elle se dévoilait telle qu'en elle-même. Pas l'ombre d'une surprise, d'une émotion, d'une nostalgie. Il y avait quelques années de cela, des décennies peut-être, un ou deux siècles, peu importe, la Saône coulait déjà sous les ponts, le Rhône aussi, les amours passaient comme les concierges dans l'escalier...

Tacha n'avait pas changé. Toujours aussi indifférente aux soubresauts du cœur. Le temps semblait n'avoir aucune prise sur elle. Il est vrai qu'à vingt ans... Elle était fraîche, belle comme ce léger matin bleu d'hiver, à peine un peu plus apprêtée que naguère, un peu poudrée, peut-être, mais pas assez pour que la jeune fille disparût sous la belle dame qu'elle était devenue.

Victor la regardait sans rien dire. Il la détaillait des pieds à la tête. Le souvenir de leurs étreintes lui serrait le cœur, et il ne put s'empêcher de penser qu'elle était toujours terriblement attirante. Il l'invita à s'asseoir sur le banc.

– Ce n'est pas très convenable, dit-elle en obtempérant.

– Parce que tu es devenue convenable ? grinça-t-il. C'est nouveau.

– Ne recommence pas, Victor. J'aurais très bien pu ne pas descendre. Alors, parlons-nous comme deux grandes personnes.

Victor voulut ironiser, mais préféra se taire. Il était de nouveau saisi par cette présence à son côté. En s'asseyant, elle avait brassé un souffle d'air chargé de son parfum ; c'était toujours le même. Victor ferma un court instant les yeux, ses narines frémirent imperceptiblement pour mieux la respirer. Il avait envie d'elle.

Tacha prit son silence pour de l'indifférence. Elle se sentit piquée, c'était comme un défi à relever. Peut-être un homme nouveau à conquérir.

– Qu'est-ce que tu as fait depuis tout ce temps ? demanda-t-elle. Tu as changé de quartier ? Je ne t'ai jamais aperçu nulle part...

– Pas même à la fabrique ? s'amusa-t-il.

– A la fabrique ? Mais je croyais qu'ils t'avaient licencié ? Et moi, j'ai démissionné.

– Ni rue Poivre ? insista-t-il.

– Ça non ! Je sais bien que tu as déménagé, et il m'arrive d'y retourner. Je revois souvent Emile, qui habite toujours à côté de chez nous... Je veux dire : de là où nous habitions.

Chacun de ses mots s'enfonçait dans le cœur de Victor à la manière d'une écharde. Certaines étaient douces à enlever, d'autres tenaces.

Il parlait toujours à l'économie, pour la laisser venir.

– Tu revois Emile ? Ça ne te gêne pas ?

– Il est si désolé de tout ce qui est arrivé... Lui aussi a quitté la soierie, ou plutôt on lui a montré la porte. Après tout ce qu'il a fait, il n'a pas été payé de retour...

– Tu peux le dire, fit sobrement Victor, qui souriait intérieurement.

– Tu sais, il s'en est beaucoup voulu de son attitude pendant la grève. Il a démissionné du syndicat peu après ton départ, bien avant qu'on le licencie. Il a participé au premier grand congrès des Unions syndicales de France, ici même, en octobre dernier, puis il a tout plaqué.

Victor la regardait à la dérobée. Il aimait la voir s'enferrer et continuait à la respirer sans rien dire. Le léger trouble qui s'était emparé d'elle lui avait chauffé les sangs. Elle avait un peu de rouge aux joues ; son émotion était perceptible aux effluves parfumés qu'elle diffusait tout à coup.

– Qu'est-ce que cela te fait de me revoir ? demanda-t-il enfin.

Tacha se redressa. Elle retrouvait son terrain favori.

– Je suis très contente ! répondit-elle avec un peu trop d'enthousiasme. Tu me sembles encore plus beau qu'avant. Tu es devenu un vrai monsieur de la ville. Où travailles-tu pour être si bien mis ?

– Je te dirai plus tard, si tu es sage.

– Plus tard, quand ? Ça ne va pas être facile de nous retrouver. Je ne peux pas rester plus longtemps. Je suis sûre que la concierge m'observe. Elle va tout répéter à mon homme.

– Ton homme ? Tu as un homme ?

– Moi aussi, je te répondrai plus tard.

Revoyons-nous, Victor, glissa-t-elle dans un souffle.

Elle changeait d'avis en une seconde. C'était bien la Tacha qu'il avait connue.

– Tu en as envie ? demanda-t-il.

– Oui.

– Envie de quoi ?

– Oh ! Victor...

Ses yeux avaient chaviré un très court instant. Elle se leva.

– Il faut que je parte. On va nous voir.

– Où nous retrouvons-nous ?

Elle baissa la voix.

– Attends-moi en face de chez Guignol, au-dessus de l'atelier de Louis Carrand, à l'angle du quai. Ce soir, à six heures.

Il ne se leva pas pour la saluer. Elle était déjà partie, pressée et troublée. Victor était heureux comme un roi.

56.

ELLE l'attendait en faisant les cent pas. C'était bon signe.

– Je monte d'abord, chuchota-t-elle sans le regarder. Toi, après. C'est au deuxième à droite.

Dix minutes plus tard, elle était dans ses bras et il la déshabillait sans ménagement. Elle se laissait faire, comme au bon vieux temps. Ils firent l'amour longuement ; elle était devenue très experte. Séverine, elle, s'abandonnait sous ses assauts comme une intellectuelle qui s'encanaille avec un ouvrier.

Tacha sentait délicieusement bon. Elle se déplaçait comme une chatte. Ses vingt ans étaient bien légers. On comprenait que chacun ait envie d'en profiter, de boire à cette source.

Après l'amour, Victor commença à poser quelques questions, auxquelles elle répondit de façon évasive, comme à son habitude. Elle lui avoua qu'ils étaient dans sa « garçonnière » ; dans la bouche d'une femme, le mot gêna Victor. L'« homme » de Tacha, président de chambre à la cour d'appel de Lyon, ignorait l'existence de cet endroit. Il s'appelait Ladan, on le surnommait « La Dent Dure » : ses jugements étaient redoutés. Grâce à ses relations au Palais, il avait très vite obtenu le divorce désormais autorisé par la loi. Mme Ladan s'en était allée sans maugréer, quittant le bel appartement de la place Bellecour pour laisser s'y installer sa jeune rivale que le juge, par sens des convenances, aurait bien aimé épouser au plus vite. Mais Tacha résistait. Elle n'envisageait pas un instant de finir ses jours avec ce bourgeois bedonnant.

Comme Victor insistait, elle admit avoir déjà trompé le magistrat avec l'un de ses rivaux qu'il avait écarté d'un poste important et qui s'était vengé en faisant la conquête de Tacha. Le juge Guennec était beaucoup plus séduisant, plus brillant que Ladan, mais il était marié à une femme divine que tout Lyon convoitait et dont Tacha n'avait pas pu s'empêcher de devenir l'une des très bonnes amies. Ce qui avait presque instantanément mis fin à l'adultère naissant.

Ceci n'expliquait toujours pas à Victor à qui

appartenait le coquet studio dans lequel ils venaient de faire l'amour.

Tacha parut embarrassée, puis elle se jeta à l'eau :

– Je ne t'ai jamais caché que je ne voulais pas une vie de labeur, comme ma mère. Très jeune, j'ai compris qu'avec un sourire, on pouvait obtenir d'un homme ce qu'on voulait. A condition de choisir le bon. Je les préfère riches parce qu'ils ne te battent pas, ils ne boivent pas, ou rarement, et que pour un simple cinq à sept par semaine, ils t'offrent tout ce que tu leur demandes. C'est ce qui s'est passé avec le vieux pervers qui loue cet appartement pour moi. C'est Dérot, un gros notaire de Lyon, qui fait d'ailleurs souvent affaire avec Ladan. Je l'ai rencontré bien avant de te connaître. Il traînait aux abords de la soierie. Il m'a proposé de me raccompagner avec son automobile. Et puis il m'a demandé davantage. J'ai refusé. Pourtant, je n'étais pas vierge. Et puis j'ai réfléchi. Quand je l'ai revu, deux jours plus tard, j'ai de nouveau accepté de faire un tour avec lui et j'ai fermé les yeux. Il voulait simplement que je le soulage vite fait, bien fait, en échange d'un petit collier. Il a aimé ça, moi pas tellement, mais je me suis dit que si l'on pouvait décrocher un collier pour une si petite affaire, on pouvait obtenir beaucoup mieux pour une plus grosse. Il m'a promis une robe si j'acceptais de coucher avec lui juste une fois par semaine. J'ai dit oui. Et pourtant, je savais que deux ouvrières de la soierie avaient refusé avant moi. Mais j'ai pensé que quand on attrapait un homme par la queue, on pouvait l'utiliser jusqu'au bout. Je ne te choque pas, au moins ?

Victor fit non de la tête, mais il était atterré : il avait aimé une putain et cela l'excitait. A cette heure-ci, c'était lui qui trompait le vieux notaire. Il était dans le lit de la pute, et il n'aurait pas à payer.

Animée d'un soudain besoin de confession, peut-être même de rédemption, Tacha poursuivait, sans deviner les pensées de son amant :

– J'ai eu raison de dire oui à Dérot. Trois mois après m'avoir connue, lassé de me trimbaler dans des hôtels minables où il avait peur d'être reconnu, il m'a offert ce studio soustrait à la succession d'une vieille dame sans héritiers. Et il a continué de m'acheter des vêtements et des bijoux. Il me demandait simplement de partager ses plaisirs avec une autre de ses jeunes amies. Je ne l'ai fait que trois ou quatre fois ; ça ne me dégoûtait ni ne m'attirait, mais comme je venais tout juste de te rencontrer, j'ai refusé de continuer. C'est ma forme de fidélité à moi...

Victor l'écoutait toujours sans l'interrompre. Elle poursuivit :

– Le soir où nous nous sommes trouvés, et où – je te rappelle – tu sortais du lit de ma mère, je venais ici pour rejoindre mon notaire. Quand notre affaire à tous les deux commença à devenir sérieuse, je le lui ai dit car je voulais rompre. Il est d'abord entré dans une rage folle, puis il s'est roulé à mes pieds en me proposant de m'acheter le bracelet dont j'avais toujours rêvé, celui que je porte aujourd'hui. Il promit ensuite de ne plus me voir que deux fois par mois. J'ai fini par me laisser convaincre.

Tacha racontait tout cela avec une candeur désarmante. En ne couchant plus avec son vieux barbon qu'une fois tous les quinze jours, elle avait le sentiment d'accepter un sacrifice qui prouvait assez son amour pour Victor – lequel ne pouvait s'empêcher de penser qu'il avait fait l'amour avec elle tous les jours, et parfois davantage. Il avait donc pénétré une fille qui sortait à peine d'un lupanar...

Surmontant son dégoût, il lui posa enfin la question qui lui brûlait les lèvres depuis leur rencontre du matin, sur le banc :

– Et quand as-tu rencontré ton juge ?

– Après toi, mon chéri, il a bien fallu que je me console. J'étais très triste quand j'ai découvert ton mot d'adieu sur le mur.

– Tacha, s'il te plaît..

Elle prit un air désolé.

– En fait, je venais tout juste de le rencontrer. Dérot m'avait demandé d'aller chez Ladan pour déposer un acte urgent. L'autre m'a fait du charme. Sa femme était partie prendre les eaux à Divonne, ça a commencé comme ça. Mais je ne l'ai vu qu'une fois ou deux quand je vivais chez toi. Tu étais tout le temps pris par le syndicat. A qui voulais-tu que je parle ?

Etait-elle inconsciente, ou bien absolument perverse ? Mais lui-même ne l'était-il pas ? Plus elle dévoilait ses turpitudes, plus elle l'excitait. Il se rua sur elle et la troussa comme il imaginait qu'on le faisait d'une prostituée. Sa jouissance en fut décuplée. Il sourit béatement quand elle lui dit :

– Tu n'as pas changé, tu es toujours un aussi bon amant. Meilleur encore, à mon avis.

Au moment de franchir la porte, elle ajouta :

– Reste ici dormir. Je te retrouve demain à la même heure. Je me sauve. Je t'aime.

« Je t'aime ? »

57.

VICTOR avait vingt-quatre heures pour mettre son plan à exécution.

Il était venu à Lyon animé d'une sourde révolte. Les derniers événements au journal, cette justice qui fermait les yeux devant l'ordure, le sentiment que le pouvoir appartiendrait toujours aux mêmes, tout cela le dégoûtait. Et davantage encore son absence de réaction...

Il avait donc décidé d'accomplir un coup d'éclat, de ceux dont un homme peut être fier car il y a eu péril. Il avait longuement mûri sa décision. Il voulait qu'elle ait valeur de symbole et dénonce l'injustice du système qui l'avait condamné. Il avait donc porté son choix sur le palais de justice de Lyon où, quatre ans auparavant, des hommes aux ordres avaient fait tomber la foudre sur la tête d'un pauvre hère qui, pendant plus de trente-cinq ans, n'avait jamais fait parler de lui et avait mené une vie d'esclave docile.

Et puisqu'on l'avait, à tort, accusé d'avoir participé à un attentat anarchiste, il se paierait sur la sentence. Un an de prison pour deux bombes, auxquelles il était étranger, il ne serait pas dit que la peine aurait été vaine : demain dès l'aube, deux bombes éclateraient au palais de justice.

Victor avait pensé à tout. Il avait dévoré la littérature qu'il avait pu dénicher sur la question aux archives du journal. Il s'était surtout remémoré avec précision ce qui avait été dit lors du procès de 83, où l'arsenal des anarchistes avait été minutieusement détaillé, comme son mode de fonctionnement.

Il avait écarté le plus classique des modes opératoires : une marmite et des clous. Cela fait certes beaucoup de bruit et beaucoup de dégâts, mais il faut acheter l'ustensile et les clous et l'on risque de se faire remarquer. Il s'était donc rabattu sur un mélange plus artisanal, ne nécessitant qu'une bouteille, de l'alcool, de la poudre et des cailloux. Il avait acheté la poudre à Paris, dans une armurerie proche de la gare de Lyon, il trouva le reste facilement, sur les quais de la Saône, et confectionna chez la chère Tacha les deux engins qui allaient rappeler à Lyon son bon souvenir.

Il y avait déjà quelque jouissance à fabriquer ces bombes dans la tanière de la maîtresse d'un magistrat. Le président de chambre à la cour d'appel avait intérêt à bien honorer sa putain cette nuit. Demain, il en serait peut-être un peu moins fier...

Vers minuit, les engins terminés, Victor effectua un premier repérage autour du palais de justice. Il y avait encore trop de passants à cette heure ; il ne déposerait ses bombes qu'à l'aube, vers cinq heures du matin. Après avoir fait deux fois le tour de l'immense édifice, il opta pour l'arrière, où il y avait de vastes surfaces vitrées qui exploseraient sous la déflagration. Ce que recherchait Victor, c'était le bruit le plus assourdissant, comme un coup de tonnerre à la face de la société, le cri qu'il n'avait pas osé pousser quatre ans plus tôt, à l'annonce de sa condamnation. A cet endroit-là trônait, de plus, une statue de Thémis, déesse de la justice, qu'il espérait bien voir décapitée en la circonstance. Et la proximité d'un poste de police, sans doute désert la nuit, achevait d'en faire une cible hautement symbolique.

Pour meubler les quelques heures qu'il lui restait à attendre, il décida d'oublier ses premières réticences et d'aller revoir la fabrique à laquelle il avait donné vingt-cinq ans de sa vie.

C'est d'un pas martial qu'il se dirigea vers les grilles de la soierie, rue Puits-Gaillot. Il était habité par une mauvaise joie, celle qu'il s'était donnée en pénétrant Tacha avec tant d'ardeur. Il imagina la sortie des usines, le notaire Dérot embusqué pour repérer ses proies.

Il crut reconnaître l'unijambiste qui faisait fonction de gardien, mais se tint à distance, de peur d'être dévisagé. Il n'avait pas l'intention de s'attarder à Lyon après l'attentat, et il n'était pas nécessaire que trop de gens fussent informés de son passage dans la ville.

Il préféra donc faire le tour des ateliers par l'extérieur, et s'arrêta longuement pour écouter le bruit des machines qui avaient bercé son enfance, puis l'avaient saoulé jusqu'à l'abrutissement. Bis-tan-cla-que-pan, bis-tan-cla-que-pan...

Une nostalgie l'envahit, celle des heures passées près de sa mère, devant les métiers à tisser. Celle, aussi, du jour où il s'était interposé pour venir en aide à Stéphanie face au contremaître. Il se souvenait avec précision des regards de braise des autres ouvrières, de cette reconnaissance diffuse qui l'avait nimbé de sainteté à leurs yeux...

Il regagna le studio vers trois heures du matin, vérifia une dernière fois ses engins, puis, avec un peu de retard sur l'horaire qu'il s'était fixé, se dirigea à nouveau vers le palais de justice.

Le poste de police semblait endormi, mais la rue de l'Horloge n'était pas encore tout à fait déserte. Victor prit l'air affairé de celui qui se rend au travail et attendit un moment. Réfugié derrière un pilier, il régla la minuterie de ses bombes, déposa la première à ses pieds, et cacha la seconde derrière un autre pilier. Puis il s'éloigna sans hâte apparente. Il avait tout le temps de regagner la garçonnière de Tacha, toute proche.

Là, son cœur se mit à battre plus fort. L'attente lui parut interminable. Les bombes auraient déjà dû exploser. Il pensa un moment que la distance l'empêchait d'entendre, puis il craignit que le système de mise à feu n'ait pas fonctionné. Tenté de sortir pour aller vérifier, il se reprit ; c'était inutile et, plus encore, dangereux. Il resta de longues minutes debout devant la porte sans trop savoir que faire et c'est au moment où il mettait la main sur la poignée qu'une forte déflagration lui parvint aux oreilles, bientôt suivie d'une autre. Victor tressaillit de joie. Ce 8 février 1887 avait effacé le 10 janvier 1883. Il était vengé et il était quelqu'un.

58.

Il était près de huit heures du matin quand Victor s'écroula enfin de fatigue. La rue s'était de nouveau animée de la fréquentation ordinaire d'une foule qui vaque à ses occupations et va s'abrutir au travail.

C'est Tacha qui le réveilla en fin d'après-midi :

– Comment, tu es encore au lit à cette heure-là !

– J'ai fait la fête hier soir. J'ai retrouvé des amis. On est allés danser au Bal à Tounou.

– Danser, toi, mon petit loup ? Eh bien, dis donc, Paris t'a sacrément changé ! Je parie que tu es allé retrouver des femmes, j'espère que tu n'en as pas ramené une ici.

– Qui sait ? répondit-il mystérieusement.

Il fit semblant de chercher du bras un corps qui aurait disparu.

– Arrête de me faire marcher, dit-elle en

l'embrassant sur le front. Tu n'avais pas envie de tromper si vite ta petite Charlotte.

– Pourquoi pas ? Avec toi, on est à bonne école !

– Arrête un peu, tu veux...

Mais plus il remuait ces souvenirs, plus il s'excitait. Elle était là, au-dessus de lui, à lui faire admirer les perspectives de son décolleté, habillée comme une dame, presque une épouse de magistrat. Il fourra les mains sous sa jupe ; elle se laissa faire, lui facilitant même la tâche en dégrafant ses volants. En quelques secondes, elle fut presque nue, en corsage et en bottines. Ses seins fièrement dressés narguaient Victor. Montée sur le lit, elle avait enjambé le corps de son amant, qu'elle regardait ironiquement, comme une proie déposée à ses pieds.

Une fois de plus, elle pouvait vérifier l'effet qu'elle produisait sur lui. Elle le faisait à sa manière, provocatrice, violemment impudique, mais sans obscénité. Elle obtint facilement ce qu'elle désirait et ils s'étreignirent sauvagement.

Quand il eut déchargé en elle ce qui lui restait de violence, de révolte, de vengeance et de désir, elle se souleva soudain sur un coude.

Je suis passée un peu plus tôt, dit elle, parce qu'il faut que je rentre vite. Figure-toi que mon homme est venu déjeuner à la maison sans me prévenir, ce qu'il ne fait pratiquement jamais. Heureusement que tu n'étais pas là ! Il y a eu un attentat ce matin au Palais. Toutes les vitres ont été soufflées dans le bureau de Ladan et dans ceux des juges d'instruction.

– Un attentat ? demanda Victor. Sérieux ?

– Pas de morts, mais des blessés. Six, paraît-il. Et beaucoup de dégâts : les vitres, des morceaux de colonnes, une statue... Il y avait plusieurs bombes. Tu n'as pas entendu ?

– Non, c'était quand ?

– Un peu avant six heures. Tu étais encore en train de bambocher ?

Il fit semblant de sourire. Ses pensées étaient ailleurs ; il ne pensait qu'aux blessés, qu'il n'avait pas du tout prévus.

– Graves, les blessés ?

– Non, je ne crois pas, mais la police est sur les dents. D'autant qu'un commissaire du poste fait partie des blessés. C'est Guennec, mon ancien flirt, qui coordonne l'enquête avec eux. Ils sont en train de faire une rafle dans les milieux anarchistes, et il veut boucler tout Lyon, la gare, les sorties de la ville... Il paraît qu'aujourd'hui on arrête plus facilement les terroristes parce qu'il leur reste toujours un peu de poudre sur les mains et qu'il y a désormais des techniques pour la détecter, même en toute petite quantité !

Instinctivement, il pensa à cacher ses paumes et commença à lui caresser le sexe. L'idée de cette poudre et de ce foutre mêlés dans l'intimité de sa maîtresse, qui était aussi celle du président Ladan, lui fit tant d'effet qu'il s'unit à elle une nouvelle fois.

– Qu'est-ce que j'aime que tu me prennes comme ça ! lui dit-elle en se rhabillant. Tu me redeviens indispensable, tu sais. Demain, même heure ?

– Je ne peux pas, répondit-il, j'ai beaucoup de travail à Paris. Je ne suis venu que pour te voir, mais tu n'es pas assez libre de tes mouvements. Je ne peux pas passer mes journées à t'attendre comme un gigolo.

– Oh ! si, mon amour ! J'ai déjà un souteneur, il me manquait justement un gigolo, s'esclaffa-t-elle.

– Pas question.

– Alors, prépare mon arrivée à Paris. J'ai envie de découvrir le monde. Ici, ça sent trop le renfermé.

À n'en pas douter, Tasha n'aurait aucun mal à se faire une place à Paris : c'était une courtisanenée. Sur ce point, au moins, elle n'avait jamais menti.

Ils s'embrassèrent avec effusion. Elle n'était pas partie depuis dix minutes que Victor quittait à son tour la garçonnière. Si Tacha disait vrai, la gare allait être encore plus surveillée dans quelques heures. Après s'être longuement lavé les mains, il se rua dehors, adressa du regard un dernier adieu à Guignol qui aimait tant rosser les gendarmes, héla un fiacre, se fit déposer à Perrache et prit sans encombre le train de nuit pour Paris.

59.

DANS le train, il repensait sans cesse à son geste, singulier chez un velléitaire, mais si précieux pour l'estime qu'il se portait enfin. Cela l'aida à se débarrasser de ses craintes quant au déroulement de l'enquête. Et, pour essayer d'oublier, il se jeta à corps perdu dans son travail à la rédaction. Mais à Paris, chez les journalistes, les engagements n'avaient pas le poids de ceux des syndicalistes, à Lyon. On y aimait trop l'artifice, la frivolité.

A son retour au *Cri*, il retrouva des esprits un peu apaisés. *La Voix du peuple* poursuivait bien sa campagne, mais son écho s'assourdissait à mesure que le tirage décroissait. Plus personne ne s'intéressait à ces règlements de comptes et, ni chez Bignon, rue de la Chaussée-d'Antin, ni au café Riche, ni chez Tortoni, on ne s'inquiétait guère de cette querelle. Séverine avait enfin pu raconter dans *Le Cri* son entrevue avec le préfet de police et expliquer pourquoi, sur le conseil de son avocat, Me Laguerre, elle renonçait à un procès que ses adversaires auraient monté en épingle. Un mois plus tard, *La Voix du peuple* cessait de paraître.

Victor avait exposé à Séverine l'échec de ses démarches à Lyon. Elle n'en sembla pas particulièrement affectée. Elle considérait Louis comme un enfant perdu, non désiré, expulsé de sa vie de femme, de journaliste. Roland, au contraire, demeurait un remords. Il allait sur ses sept ans. Son père venait d'écrire à Séverine, mortifiée, qu'il l'avait surpris en train de lire à sa grand-mère aveugle les articles infâmes parus dans *La Voix du peuple*.

En revanche, elle avait une bonne nouvelle à annoncer à Victor. Délesté d'une partie de sa rédaction, débarrassé des attaques sur son flanc gauche de Jules Guesde et des siens, *Le Cri du peuple* allait pouvoir emménager dans des locaux mieux adaptés et plus prestigieux : à la Maison des journaux, 142, rue Montmartre, là même où Alexandre avait travaillé à *La Presse* quarante ans auparavant !

Mais cette médaille avait son revers. Dans les années 47-48, le patron de *La Presse*, Emile de

Girardin, s'était fait construire dans ses locaux un petit pied-à-terre qu'il partageait avec sa femme quand le journal bouclait trop tard pour qu'il puisse regagner son hôtel particulier des Champs-Elysées. C'est là que son épouse, la délicieuse Delphine Gay, s'était donnée à Alexandre, alors que son mari croupissait en prison.

Un étrange bégaiement de l'Histoire voulait que, quarante ans plus tard, Séverine et son amant, Georges de Labruyère, choisissent d'occuper le même appartement. Le déménagement de la rue Soufflot allait ruiner les derniers espoirs de Victor, qui aurait bien aimé reconquérir Séverine.

Bien que le lien charnel fût rompu, il avait toujours autant d'admiration pour elle. Il l'aurait suivie au bout du monde. Or, il se trouvait qu'elle s'engageait avec *Le Cri* dans une bien étrange aventure...

60.

CETTE fois-ci, Séverine n'invoqua pas les mânes de Jules Vallès. Cela lui eût été difficile : tout doucement, elle était en train de rallier la cause du général Boulanger.

A vrai dire, c'est Bel-Ami qui lui traçait la voie. Après de nombreuses hésitations, Labruyère avait fini par se rendre chez Maupassant pour lui demander s'il était bien vrai qu'il s'était inspiré de lui pour le personnage de Georges Duroy. L'écrivain avait nié, mais assez mollement pour que le doute subsistât.

– Il y a surtout beaucoup de moi dans ce roman, avait-il dit. Et aussi de Maizeroy, de Scholl, du baron de Vaux. Et peut-être un peu de vous, même. Mais je vous connais si mal...

Les deux hommes s'étaient bien entendus. Maupassant avait demandé à son visiteur s'il voulait s associer à la pétition qu'il lançait avec

Leconte de Lisle, Charles Gounod, Victorien Sardou et d'autres pour protester contre la construction d'une horrible tour en ferraille sur le Champ-de-Mars, à l'instigation de Gustave Eiffel, dans la perspective de l'Exposition universelle de 1889. Labruyère n'avait pas dit oui tout de suite, mais avait proposé d'offrir les colonnes du *Cri* aux pétitionnaires. Il avait également demandé à l'écrivain de donner l'un de ses livres en feuilleton dans le quotidien, comme Zola l'avait fait l'année précédente.

Depuis le départ de Guesde, de Massart et des autres, Georges se sentait les coudées plus franches au journal et prenait de plus en plus d'initiatives. Il inspira quelques rubriques nouvelles, pas toujours heureuses, qui allaient toutes dans le sens d'un désengagement politique. Séverine laissait faire. Etre à la tête d'un journal moderne, de son temps, lui importait davantage que d'imposer des idées qui se fanaient très vite à l'épreuve du pouvoir. *Le Cri* restait socialiste, mais avant tout populaire. Et Séverine ne voulait surtout pas que l'on touche à la rubrique de Victor, qui était devenue quotidienne.

Un soir, Georges emmena son ami au Café de Paris, en face de l'Opéra, où il avait désormais ses habitudes (à ses yeux, Tortoni grouillait trop de ces journalistes perfides qui l'avaient calomnié). Il lui fit une étrange proposition :

– J'ai de nombreux amis rencontrés naguère à *L'Echo*, à *La Réforme*, à *L'Evénement*, au *Voltaire*, qui aimeraient bien lancer avec moi un nouveau journal. Séverine est d'accord ; elle sent bien que *Le Cri* a fait son temps. Serais-tu des nôtres ? Je n'ai fait la proposition qu'à Barrère et qu'à toi. Les autres, je m'en méfie.

Victor, plutôt surpris, ne posa qu'une seule question, inspirée par l'expérience :

– Qui finance ?

– Laguerre, notre avocat, en grande partie. C'est un intime de Boulanger. Déroulède aussi mettra des fonds. A eux trois, ils ont beaucoup de relations. En ce moment, tout le monde marche derrière le général. Les financiers sont prêts à investir gros.

– Et toi, tu marches derrière le général ? s'étonna Victor.

– Ses ennemis sont nos ennemis : les flics et les politicards. Pour l'instant, on n'a pas mieux que lui pour nous en débarrasser. Ce qui serait bien, vois-tu, c'est que tu fasses dire à ton Populot qu'il préfère les héros de l'armée aux opportunistes qui peuplent la Chambre des députés.

Ça serait même formidable qu'il chante les pioupious d'Auvergne.

– Pas question, protesta Victor. Mon personnage continuera à chanter *La Marseillaise* comme les vrais républicains de ce pays. Et il n'a pas du tout tes idées. Que sais-tu de ce que pense le peuple ?

– Et toi, mon petit Victor ? Voilà plus d'un an que tu as quitté tes copains camelots, tu trônes aujourd'hui comme moi chez Bignon, chez Tortoni, au Napolitain, ou au Café de Paris, au milieu des belles dames poudrées qui sortent de l'Opéra. Le peuple, il pense ce qu'on lui dit de penser, et ce sont des gens comme nous qui l'y aident. Le peuple, il n'a pas le temps de penser, il est trop fatigué pour ça, il faut lui tenir la main.

Ce discours ne plaisait pas du tout à Victor. Il renforçait sa méfiance à l'égard des idées de Boulanger et, accessoirement, de Labruyère, qu'il avait toujours considéré comme un dandy, sympathique, certes, fidèle en amitié, mais léger et inconséquent. Il s'étonnait de l'ascendant qu'il avait pris sur Séverine, d'une autre trempe pourtant. C'est pourquoi il n'avait jamais été gêné de le tromper avec elle.

A force d'argumenter, Georges obtint de son

camarade qu'il vienne au moins le lendemain soir assister à une réunion, rue Royale, où se retrouvait tout l'état-major du général. Victor n'accepta qu'après avoir eu la certitude que Séverine y serait aussi. Après tout, il n'avait aucun cadeau à faire à un régime dont la police était peut-être déjà à ses trousses.

61.

La réunion se tenait dans l'arrière-salle d'une brasserie. Une petite douzaine de personnes y assistaient, pour la plupart des journalistes. Victor, qui ne voulait surtout pas s'engager à leurs côtés et se demandait s'il avait bien fait de venir, restait sur son quant-à-soi. Séverine, beaucoup plus volubile, donnait l'impression de s'adresser à ses interlocuteurs comme à des adversaires de classe.

Alors qu'ils pataugeaient pour trouver le nom de leur futur journal, ce fut elle qui proposa :

– *La Cocarde* !

Après une courte hésitation, l'assistance se rallia à son idée. On lui demanda si elle pensait à un emblème susceptible d'accompagner le titre. Elle se leva, dégrafa l'œillet qui ornait sa boutonnière, le jeta sur la table et s'écria :

– Le voilà, votre emblème !

Ils applaudirent.

Victor restait silencieux. Il estimait que Séverine se compromettait bien rapidement avec les réactionnaires. Certes, ce « brav' » général n'avait encore rien fait, rien dit de répréhensible, mais il était tout sauf l'incarnation du peuple. Il avait quand même été décoré lors de la Commune... du côté des Versaillais ! Seize ans après, Victor avait le sentiment que Séverine trahissait la mémoire de Jules Vallès et liquidait un héritage dont elle s'était faite jusqu'alors l'ardente dépositaire. Car, au-delà de ce général bonasse, que Victor jugeait sans envergure, il y avait une idéologie dont il se méfiait. Il était toujours dangereux de remettre les clés de la République à un homme tenté par le pouvoir personnel et, qui plus est, soutenu par une partie de l'armée. Avant même que Louis Napoléon Bonaparte ne se proclame empereur à la suite du coup d'Etat, Alexandre avait pris ses distances, puis rompu avec un homme qu'il avait d'abord soutenu. Victor n'envisageait donc pas de marcher derrière un militaire, à contre-courant des idées de son père.

Et puis, il y avait l'entourage. On ne se méfie jamais assez des ambitieux qui gravitent autour d'un chef. Bien souvent, ce sont eux qui infléchissent ses actions et qui, à force de le protéger, finissent par l'isoler dangereusement. Certes, Boulanger paraissait à première vue bien inoffensif, et sa maîtresse, la vicomtesse de Bonnemains, dont il était éperdument amoureux, ne semblait pas animée d'une ambition dévorante – sauf celle de le garder tout à elle, et si possible loin de Paris –, mais Victor pressentait que d'autres poussaient le général à s'emparer du pouvoir, au besoin par la force.

Il observait donc avec méfiance tous ceux qui se retrouvaient ce jour-là rue Royale. Il détaillait leurs mâchoires, la longueur de leurs dents, évaluait la solidité de leur colonne vertébrale, soupesait leurs moindres propos. Il s'attarda longuement sur celui qui lui semblait être l'âme du complot, le plus brillant, le plus manipulateur, Georges Laguerre, dont on disait qu'il allait se présenter à la députation dans le Vaucluse. L'homme était fin, redoutablement intelligent, et d'autant plus dangereux pour Séverine qu'il avait pris sa défense lors des attaques de ces dernières semaines, tout en lui conseillant de ne pas traîner ses calomniateurs en correctionnelle. Peut-être était-il alors de bon conseil, mais cette démarche montrait assez que, chez lui, la subtilité prenait le pas sur toutes les autres qualités, à commencer par celle qu'admirait le plus Victor parce que lui-même s'en sentait dépourvu : l'intransigeance.

Il en était là de ses réflexions lorsqu'il vit une jolie main se poser sur le bras de Me Laguerre. C'était celle de sa jeune épouse, qu'avait jusque-là dissimulée la stature imposante de son mari.

La jeune femme se leva et, d'une voix douce, prononça quelques mots que Victor fut incapable d'écouter : il était amoureux.

62.

Il était amoureux et plus rien n'existait. Séverine, Boulanger, le journal, la cause ouvrière, son malaise – il ne savait plus ce que c'était, ni ce que lui, Victor, faisait là. Si : il était là parce qu'*elle* y était. Il était là pour que cette apparition se produise, que leur rencontre eût lieu.

– Qui est cette jeune femme ? demanda-t-il à son voisin d'une voix blanche.

– Vous ne la connaissez pas ? C'est Marguerite Durand, la comédienne, l'épouse de Me Laguerre.

Victor avait, en effet, entendu parler d'elle, mais il n'était jamais allé la voir jouer au Théâtre-Français. Il savait seulement que Séverine venait de se lier avec elle. Ruse de femme qui veut conquérir un homme et commence par s'attirer les bonnes grâces de son épouse ? C'est ce qu'il s'était dit jusqu'alors.

Victor n'imaginait pas que Marguerite Durand

fût si jeune ; dix ans de moins en apparence que Séverine. Il ne savait pas non plus qu'elle était aussi belle. Blonde, très élancée, elle dominait son auditoire avec une grâce qui en imposait à chacun. Victor était bouleversé par son profil grec, sa taille, très fine, et le très léger déhanchement qui accompagnait la moindre de ses phrases. Si c'était là travail d'actrice, c'était du très grand art. Il préféra penser que tout, en elle, était naturel.

Vers la fin de sa courte intervention, dont Victor n'avait pas compris un traître mot, elle se tourna vers le coin de table où il se tenait, et leurs regards se croisèrent, pour la première fois. Il sembla à Victor que celui de la jeune femme s'attardait sur lui, comme si elle le découvrait à cet instant. Il eut tout le loisir de plonger dans le bleu profond de ses yeux. La vie lui parut belle, légère. Cette femme serait à lui, il se le promit.

63.

De ce jour, Victor n'eut qu'une obsession : conquérir Marguerite. Il multiplia les occasions qui lui permettaient de se trouver sur son chemin et commença par acheter des jumelles pour aller la voir au théâtre. Ce ne fut pas sans mal ; elle se faisait rare au Français. On disait que son mari l'avait sommée de choisir entre sa carrière et lui-même.

Victor ne s'en souciait guère ; il avait une carte beaucoup plus forte dans son jeu en la personne de Séverine. Elle avait tourné la page de leurs rapports amoureux, lui aussi, ce qui leur permettait de nouer une amitié plus profonde, moins ambiguë. Et comme Labruyère ne se méfiait pas plus de lui qu'au temps de leur liaison, ils sortaient presque toujours tous les trois ensemble. Victor avait raconté à ses amis son voyage lyonnais, en prenant soin d'occulter sa nuit anarchiste, dont les conséquences ne cessaient pourtant de l'obséder. Il leur avait tout dit de Tacha. Séverine en ignorait jusqu'alors l'existence, mais n'avait pas paru troublée de se découvrir une rivale. Georges, de son côté, s'était un peu moqué de lui et avait promis :

– On va te trouver une gentille petite femme...

Séverine avait souri. Elle avait tout de suite mesuré l'attirance de Victor pour Marguerite. Elle ne fit rien pour contrarier son inclination. Il ne s'était pas trompé : son ex-maîtresse souhaitait visiblement faire place nette avant de se lancer à l'assaut du beau Laguerre.

Lorsque l'avocat partit mener campagne dans le Vaucluse, Séverine invita plusieurs fois Marguerite à les accompagner au théâtre ou à souper. Et un beau soir, elle prétexta une migraine tenace pour s'éclipser à l'entracte avec Bel-Ami, laissant pour la première fois Victor et Marguerite en tête à tête.

Ce soir-là, après le dernier acte de *La Dame aux camélias*, Victor se sentait tout à la fois bouleversé et invincible, sincère et prêt à tout. Il invita la jeune femme à dîner chez Durand, place de la Madeleine. Pour ne pas alimenter les commérages, il avait souhaité éviter les restaurants du boulevard des Italiens. Il ne lui déplaisait pas, en outre, de jouer son va-tout dans un restaurant qui portait son nom...

Marguerite connaissait bien l'endroit : c'était l'un des repaires de Boulanger.

Il fut très peu question du général tout au long de ce souper. Victor se montra brillant, enjôleur. Il se sentait prêt à tout pour la séduire. Il eut même un instant la tentation de lui raconter les deux bombes à Lyon ! Il se reprit à temps. En revanche, il lui dit le procès, la prison, le syndicat... Il ne lui épargna rien de ce qui pouvait le mettre en valeur. Marguerite l'écoutait, bouche ouverte, et Victor bombait encore un peu plus le torse...

Comme il se sentait en verve, il lui fit alors la confidence de ce qu'il n'avait jamais raconté à Séverine. Il parla de Morny, son grand-père... Jamais son sang bleu n'avait coulé aussi ostensiblement dans ses veines. Il était intarissable, elle était subjuguée.

Quand le maître d'hôtel toussota pour la seconde fois et que les garçons eurent fini de débarrasser les autres tables, ils s'aperçurent soudain que le restaurant était désert. Ils rirent tous les deux, comme si cette solitude dans ce temple mondain était déjà l'aveu d'une faute.

Victor raccompagna Marguerite chez elle en

fiacre. Il parlait beaucoup moins. Il la regardait de temps à autre du coin de l'œil ; elle souriait.

Parvenu à destination, avenue Marceau, il murmura :

– Je suis un sot. Je n'ai parlé que de moi. Je ne sais rien de vous. J'avais tant de questions à vous poser...

– Eh bien, montons, répondit-elle simplement.

64.

MARGUERITE le congédia bien avant l'aube. Une femme mariée ne pouvait abriter son amant toute la nuit dans son lit.

Pendant de longues heures, il avait humé son corps, l'avait exploré, puis apprivoisé. Les deux amants avaient peu parlé : leurs peaux s'accordaient si bien. En la caressant, il regardait autour de lui cet intérieur raffiné qui ressemblait à son propriétaire. Il éprouvait quelque jouissance à en posséder le plus beau fleuron, à honorer l'épouse de Me Laguerre, celui-là même qui serait bientôt dans les bras de Séverine. Ce sentiment de revanche sociale, masculine, il ne l'avait pas éprouvé à l'égard de Labruyère, qu'il trompait sans penser à mal. Avec l'autre Georges, il en allait différemment. Il le jugeait infiniment plus brillant. Il savait que Laguerre manipulerait Séverine, comme il l'avait fait avec Boulanger, et il était jaloux de tant de réussite à trente ans. Il était donc assez satisfait d'emprunter un si joli trésor à son cadet de dix ans...

Victor ne parla pas de son mari à Marguerite, elle non plus ; il ne put donc savoir ce qu'elle lui reprochait pour s'être si facilement livrée. Avait-elle seulement un quelconque grief à son endroit ? Cela n'apparaissait pas avec certitude. Peut-être s'ennuyait-elle, tout simplement, aux côtés d'un mari si affairé. C'est pour lui qu'elle avait renoncé au théâtre, et sans doute le regrettait-elle.

Marguerite ne se gênait pas pour s'afficher au bras de son nouvel amant. Victor avait souffert de ne jamais pouvoir sortir le soir sur les grands boulevards avec Séverine. Tout le temps que dura la campagne électorale de Laguerre dans le Vaucluse, il se rattrapa avec Marguerite. On les vit au théâtre de la Renaissance, pour la reprise de *La Parisienne* d'Henry Becque : une histoire d'adultère que l'on aurait crue calquée sur celle de Marguerite. L'héroïne, Clotilde du Mesnil, tirait bien mieux son épingle du jeu que son mari et son amant. Dans sa baignoire, la jeune Mme Laguerre souriait...

Le 30 mars, les deux amoureux assistèrent à la soirée d'ouverture du Théâtre-Libre d'André

Antoine. On commençait à murmurer sur leur passage, ce qui ne paraissait pas affecter Marguerite. Il lui était visiblement indifférent que son mari soit mis au courant de son infortune. Voulait-elle se venger de quelque écart ? Victor ne le sut jamais.

Séverine était aux anges, tout allait selon son plan. Il lui arrivait de se joindre au couple en compagnie de Bel-Ami, et le quatuor se taillait un joli succès. Victor se disait que la vie lui souriait enfin, et qu'il n'avait plus tellement matière à se révolter. A quarante ans, il avait enfin le sentiment d'avoir soldé ses comptes. La justice par les deux bombes, Tacha par Marguerite, l'usine par le journalisme – tout s'annulait peu à peu. Il se sentait porté avec insouciance par cette existence semi-mondaine, au risque, qui lui paraissait ces jours-ci négligeable, de s'y dissoudre. Victor se laissait griser.

Il savait, cependant, que son caractère ne s'était pas affirmé comme il le souhaitait depuis la mort de sa mère. Certes, il pouvait se flatter d'avoir rendu la monnaie de leur pièce à ceux qui l'avaient condamné à Lyon, mais trop souvent il se retrouvait ballotté par les circonstances, aujourd'hui heureuses, hier douloureuses, et se reprochait de leur obéir. Ses convictions anarchistes, il le voyait bien, étaient tout doucement en train de s'évaporer dans cette société frivole qui n'avait d'yeux que pour le cheval Tunis et pour Sarah Bernhardt.

Il s'en aperçut début avril, un soir qu'il avait emmené Marguerite au Chat Noir, un cabaret en vogue du boulevard de Rochechouart, juste au pied de la butte Montmartre, où se produisait son ami Jules Jouy. Le chansonnier avait été recruté par Séverine à la mort de Vallès, deux ans auparavant. Il composait presque quotidiennement pour les lecteurs du *Cri* « La Chanson du jour », juste à côté de la rubrique de Victor. Jouy n'avait pas son pareil pour saisir l'air du temps et fustiger les puissants, quels qu'ils fussent.

Ce soir-là, l'homme à la barbe rousse taillée en pointe avait choisi le général Boulanger comme tête de Turc. Il se moquait d'une de ses premières décisions l'année précédente à son arrivée au ministère de la Guerre, qui autorisait le port de la barbe dans l'armée. Il faut dire que le « général Revanche » était lui-même doté d'une barbe blonde très fournie, ce qui ajoutait à son charme aux yeux des dames. Ignorant de qui Victor était accompagné, Jouy se livra à divers jeux de mots – difficiles à éviter – sur Laguerre.

Victor en fut davantage gêné que Marguerite ; il évita d'aller saluer Jouy en coulisses pour échapper aux présentations et se retrouva plus vite que prévu dans les draps de l'avenue Marceau, en se disant qu'ils valaient bien les longues veilles militantes au *Cri*.

65.

DANS les premiers jours d'avril, alors que les attaques contre *Le Cri* avaient cessé faute de combattants, Séverine fit part à Victor d'un projet qui la travaillait depuis quelque temps, mais qu'elle ne cessait de repousser : elle voulait partir à la découverte de son fils Roland, qui venait d'avoir sept ans. L'âge de raison, celui de connaître enfin sa mère...

Une étrange pudeur l'empêchait encore d'en parler à Labruyère. N'était-elle pas, pourtant, mariée au père du petit garçon ? Elle avait donc imaginé un prétexte journalistique à son voyage à Saint-Vallier, en réussissant à persuader Marguerite de rejoindre son mari dans sa circonscription du Vaucluse pendant qu'elle irait, de son côté, rendre visite au docteur Guebhardt et au petit Roland. Elle expliqua à Bel-Ami qu'il s'agissait d'écrire un article sur la campagne de

Laguerre et fit comprendre à Victor qu'il pouvait les accompagner toutes deux. Selon elle, Marguerite, en se rendant quelques jours aux côtés de son mari, le dispensait d'un retour rapide à Paris : c'était autant de gagné pour les deux amoureux.

Pour la seconde fois en deux mois, il reprit le P.L.M. qui fit étape pendant un quart d'heure à la gare de Perrache. Cet arrêt sembla interminable à Victor. Il guettait le mouvement des voyageurs sur le quai, tout particulièrement ceux de deux inspecteurs de police qui surveillaient les abords du train. La présence affectueuse de ses deux compagnes de voyage lui fit vite oublier ce moment d'inquiétude. Jusqu'en Avignon, ils minaudèrent tous les trois. Leurs jeux devinrent vite si ambigus que Mlle de Vasconcellos, qui les accompagnait depuis Paris dans leur compartiment, en parut troublée elle aussi. Il plut à Victor d'imaginer qu'ailleurs que dans ce train elle se serait jointe à leur libertinage. La jeune baronne les quitta à Orange, à regret ou soulagée, nul ne le sut.

Victor referma les rideaux du compartiment et attira à lui ses deux amies. Elles l'embrassèrent sans retenue et, au passage, se caressèrent l'une l'autre avec des rires malicieux. L'arrivée en Avignon permit à la morale de triompher in extremis. Le tableau était touchant : Marguerite accueillie sur le quai par son mari sous le regard ému de Victor, qui n'avait d'yeux que pour sa maîtresse, et de Séverine qui jetait déjà sur l'avocat un regard conquérant.

A Saint-Vallier, le docteur Guebhardt les reçut avec effusion. C'était la première fois qu'il rencontrait le titulaire de la rubrique « Ce que crie le peuple », qui lui coûtait deux cents francs par mois. Se doutait-il du lien qui avait pu unir les compagnons de voyage ? Avait-il choisi une fois pour toutes de fermer les yeux sur le comportement de sa très libre jeune femme ? Il se montra parfaitement naturel.

Quand ils arrivèrent devant les portes de la bastide blanche, Roland se détacha des jupes de sa grand-mère et se précipita vers les nouveaux arrivants. Séverine, émue, ouvrit les bras, mais c'est dans ceux de son père que se réfugia l'enfant. Tous deux eurent une longue conversation à voix basse, et le petit garçon consentit à embrasser enfin cette mère qu'il n'avait jamais connue.

Victor en eut le cœur brisé pour Séverine, qui s'efforçait de dissimuler sa déception. Il était clair, à cet instant, qu'elle avait perdu la partie. Jamais elle ne gagnerait la confiance d'un fils qu'elle avait abandonné à la naissance. Les trois jours qu'ils passèrent à Saint-Vallier furent des plus pénibles, et Victor se sentait de trop dans cette famille qui ne savait pas comment se reconstituer. La mère du docteur Guebhardt avait beau tenter de rapprocher les uns et les autres, il semblait bien que la messe fût dite.

Par son mutisme même, le petit garçon occupait la place principale dans ce théâtre d'ombres. Séverine multipliait les maladresses et, par moments, son rôle lui échappait. Mais avait-elle jamais su ce que la maternité impose de droits et de devoirs ? Elle errait dans la maison, tournant autour de cet enfant qui ne voulait pas d'elle comme une tigresse en cage. Victor ne lui était d'aucun secours. Elle précipita la fin de ces éprouvantes retrouvailles.

66.

En proie au désespoir, Séverine fit un nouvel aveu à Victor dans le train du retour : elle avait tenté de se suicider, cinq ans auparavant, à Neuilly. Vallès venait tout juste de lui proposer de travailler pour lui, Adrien avait accepté d'enthousiasme – tout ce qui faisait plaisir à sa petite femme le rendait heureux –, mais Mme Guebhardt mère et ses propres parents s'y étaient violemment opposés. Séverine s'était levée dans la nuit, avait écrit une lettre désespérée à Vallès, refusant sa proposition, avait pointé un revolver sur sa poitrine et avait appuyé sur la gâchette. La balle ne fit qu'effleurer le cœur. Victor découvrait d'où venait sa cicatrice.

Depuis, un billet ne la quittait pas, à cet endroit, sous son corsage. C'était un passage des *Illusions perdues* : « Le suicide est l'effet d'un sentiment que nous nommerons, si vous voulez, *l'estime de soi-même*, pour ne pas le confondre avec le mot *honneur*. Le jour où l'homme se méprise, le jour où il se voit méprisé, le moment où la réalité de la vie est en désaccord avec ses espérances, il se tue et rend ainsi hommage à la société devant laquelle il ne veut pas rester déshabillé de ses vertus ou de sa splendeur... »

Elle gardait les yeux mi-clos pendant qu'il lisait la lettre imprégnée de son parfum qu'elle venait de lui montrer. Victor savait qu'à cette seconde, elle s'était échappée très loin de lui. Il n'osait pas interrompre le cours de ses sombres pensées et lui demander de revenir à lui, à la vie, à l'amour.

Il lui caressa le front, comme il l'eût fait d'une mourante.

Au bout d'un long moment, elle sembla s'éveiller et le fixa d'un regard angoissé.

– Je finirai ainsi, et cela vaudra mieux pour tout le monde. Pourquoi n'ai-je jamais été capable d'aimer, ni homme ni enfant ?

67.

MARGUERITE ne revint à Paris que trois jours plus tard. Elle manquait terriblement à Victor, qui s'était attaché au-delà même de ce qu'il avait imaginé à cette frêle jeune femme de vingt-trois ans, dont il avait parfois le sentiment qu'elle n'était pas encore tout à fait sortie de l'adolescence. De son côté, elle trouvait en lui une épaule pour la soutenir, une force tranquille que ne lui apportait pas son mari. Victor abusait un peu de ce rôle, que ne lui avait pas autorisé Séverine. Il jouait les mystérieux, multipliait les allusions sur ses origines et ses actes secrets. Elle l'écoutait, conquise.

Elle ne revenait hélas ! pas seule du Vaucluse. Son mari l'accompagnait, et il lui devint beaucoup plus difficile de voir son amant. Tous deux en souffraient.

Pour ne pas la perdre, Victor se résolut à la

fréquentation des cercles boulangistes. Son amitié avec Séverine l'y autorisait. Prêt à tout pour approcher Marguerite, ne fût-ce que quelques minutes, il alla jusqu'à rédiger quelques articles pour *La Cocarde* – sans les signer, toutefois. Il entendait les rédacteurs s'extasier sur la grâce et la beauté de Marguerite, qu'ils appelaient « la Madame Roland du boulangisme ». Certains se demandaient à haute voix ce que cet elfe si délicat, né pour briller sur les scènes de Paris, faisait aux côtés de l'ondoyant Laguerre, mathématicien de formation, avocat de profession et politicien aussi peu convaincant que convaincu : naguère secrétaire de Louis Blanc, il était aujourd'hui l'âme damnée du « général Revanche »...

Victor se posait lui aussi bien des questions sur cet étrange mouvement qui visait à propulser Boulanger jusqu'à l'Elysée. Libertaire dans l'âme, il se méfiait de tous les germes de dictature. Et, bien que très réservé sur la détermination du général, il éprouvait les plus grandes craintes à l'égard de son entourage, qu'il s'agît de Déroulède ou de Clemenceau. Il exemptait Labruyère et Laguerre de ces soupçons-là.

A voir Séverine évoluer si facilement dans son nouveau milieu, il comprenait mieux les réticences de Jules Guesde et de sa bande. Elle continuait à se dire socialiste, mais affirmait avec tant de force que l'ennemi principal était le pouvoir, pas le boulangisme, qu'on pouvait s'interroger sur la fermeté de sa pensée. Victor choisit pourtant de fermer les yeux ; tout ce qui le rapprochait de Marguerite était bon.

Un soir de grand trouble, il assista au bouclage de *La Cocarde*, rue Saint-Roch, espérant y voir sa maîtresse, n'y rencontra que Laguerre, se précipita rue Montmartre pour rejoindre ses amis du *Cri du peuple* qui, eux aussi, achevaient le numéro du lendemain, puis, n'y tenant plus, courut à l'autre bout de Paris, avenue Marceau, dans l'espoir d'embrasser quelques secondes Marguerite. Il tira le cordon du 45, grimpa les deux étages de l'immeuble et s'apprêta à sonner. Un râle, derrière la porte, l'en dissuada. C'était sa maîtresse, visiblement reconnaissante à son mari de sa fougue. Victor pouvait-il le lui reprocher, avait-il oublié que son amante était d'abord la femme d'un autre ? Il aurait dû s'éclipser, s'enfuir ; il resta là, à fixer éperdument le paillasson et à tendre l'oreille. Il n'était plus que cette oreille par où la douleur s'engouffrait, le cœur battant à se rompre. Il n'était plus qu'un cœur malade. Il sonna.

Le râle s'arrêta net. Il entendit quelques chuchotements, des pas derrière la porte. Il imagina les corps, encore secoués par l'amour, et devina les questions que se posait le couple. Il serra les mâchoires et attendit. Au dernier moment, il se déroba. Il redévala l'escalier et erra longtemps dans la nuit avant de rentrer rue du Débarcadère, l'âme grise.

68.

Ses amours contrariées avec Marguerite occupaient beaucoup plus les pensées de Victor que son travail au *Cri du peuple.* Sa chronique s'en ressentait. Il lui arrivait de ne pas la livrer à temps. Séverine ne s'en inquiétait guère ; elle aussi avait la tête ailleurs. Elle n'en avait rien dit à Victor, mais il avait la certitude qu'elle était parvenue à ses fins avec Georges Laguerre, et la situation n'en était que plus absurde et plus douloureuse.

Victor décida de se rapprocher encore davantage du couple le plus en vue de Paris. Ils sortaient beaucoup. L'avocat préférait l'opéra au théâtre ; Victor découvrit donc un art qui lui était jusqu'alors étranger. Il ne se passait guère de soir sans qu'il se retrouvât en leur compagnie dans une loge de l'opéra de Charles Garnier ou, tout à côté, de la Salle Favart, joliment reconstruite après l'incendie de 1838. Il aimait ce lieu plus intime, moins mondain, qui réunissait les mélomanes curieux des dernières nouveautés. Après le spectacle, ils allaient souper, en compagnie de Séverine, de Bel-Ami et de quelques amis de Laguerre.

Un œil averti aurait observé que Victor s'arrangeait immanquablement pour se retrouver aux côtés de Marguerite, et Séverine de l'avocat. Labruyère semblait, lui, ne s'apercevoir de rien. Quant à Laguerre, il eût été difficile de savoir avec certitude s'il se doutait de quoi que ce soit. Le spectacle de ces destins croisés autour d'une table avait quelque chose de réjouissant aux yeux de Victor qui aimait ces moments ambigus. Il se répétait qu'il avait de la chance, que la vie, après l'avoir longtemps boudé, lui faisait là de bien jolis cadeaux. Fils d'une lavandière et de père inconnu, il n'était écrit nulle part qu'après vingt ans de labeur dans une fabrique de province, il se retrouverait un jour au bras des plus jolies femmes de Paris, dans des lieux pleins de raffinement.

Pour autant, il ne pouvait s'empêcher de penser qu'il n'y était pas pour grand-chose et que, de sa vie entière, le hasard était le seul maître. Son irrésolution lui sautait aux yeux. C'est elle qui le poussait d'une femme à l'autre, d'une conviction à une frivolité, d'une velléité à rien.

Mais dans l'euphorie douloureuse de son amour, ces doutes ne duraient jamais bien longtemps. Il lui suffisait de sentir la cuisse ferme de Marguerite contre la sienne pour que l'univers lui appartînt de nouveau. Il glissait alors sa main sous les jupes de sa voisine et, pendant qu'elle continuait à converser le plus naturellement du monde, les doigts de son amant couraient sous sa jarretière, se livrant parfois à d'intimes caresses. Victor observait du coin de l'œil sa poitrine qui semblait battre plus fort, ses narines qui se dilataient comme pour respirer les senteurs de l'amour. Ces moments-là étaient délicieux, et lorsqu'il arrivait à Marguerite de chercher à son tour le sexe de son amant sous le tissu de son pantalon, il atteignait une jouissance que l'interdit décuplait.

Il fallait, d'ailleurs, qu'il s'en contentât. Le retour de Laguerre à Paris avait rendu plus difficile la poursuite de leurs relations. Deux ou trois fois pourtant, la jeune actrice put se libérer à l'heure du déjeuner et le rejoindre place Saint-Ferdinand. Ils se livrèrent l'un à l'autre avec appétit. Il semblait à Victor qu'il avait enfin trouvé la femme de sa vie.

69.

TOUT doucement, sans doute parce que Séverine et Victor s'adonnaient à d'autres passions, *Le Cri du peuple* s'étiolait. On était loin des tirages des temps héroïques, loin aussi des belles atmosphères survoltées. Comme les contestataires étaient partis, les débats étaient moins enfiévrés et il semblait à chacun qu'il n'y avait plus d'enjeu, plus d'ennemi à pourfendre, plus de causes à épouser.

La Cocarde, au contraire, prospérait. Georges de Labruyère y passait désormais le plus clair de son temps, délaissant lui aussi *Le Cri*. On murmurait qu'une charmante rédactrice boulangiste lui tournait autour. Séverine entendait et ne disait rien.

Les intérêts du jeune quotidien étaient servis par une actualité foisonnante. Le peuple, à présent, ne criait plus rue Montmartre, il s'indignait rue Saint-Roch. Le 30 avril, Guillaume Schnaebelé, le commissaire de police de Pagny-sur-Moselle, fut enfin libéré par les Allemands. Depuis dix jours il était retenu de l'autre côté de la frontière, Bismarck lui reprochant de s'être aventuré sans autorisation en terre étrangère. Terre étrangère, la Lorraine ! Le gouvernement français n'avait guère réagi, et il avait fallu une campagne vigoureuse de Paul Déroulède et de sa Ligue des patriotes pour que le ministre de la Guerre, le général Boulanger, élevât une protestation solennelle. Cette initiative déplut fortement au président de la République, Jules Grévy, qui le fit savoir. La presse de droite se déchaîna. On entendit les cris de : « Rendez-nous l'Alsace et la Lorraine ! » La blessure de la défaite de 1870 saignait toujours.

Le 3 mai, l'atmosphère s'envenima encore. Le chef d'orchestre Charles Lamoureux, qui voulait depuis longtemps adapter Wagner en français, donna à l'Opéra une première représentation de *Lohengrin*. La Ligue des patriotes cria au scandale, mais son journal, *Le Drapeau*, garda le silence. Un concurrent, *La Revanche*, mobilisa de maigres troupes pour manifester devant l'Opéra. Quelques excités parvinrent à s'introduire à l'intérieur du bâtiment et à perturber la représentation. Le lendemain, la bronca fut encore plus forte.

Victor avait tenu à être là. Sans jamais avoir entendu une note de Wagner, il n'aimait pas l'idée qu'on puisse censurer un musicien par pur chauvinisme. Et puis, n'était-il pas journaliste ? Ne devait-il pas se trouver là où les choses se passaient ?

Georges Laguerre n'avait ni ce prétexte ni ce courage. Il refusa ce soir-là de se rendre dans sa loge. La vérité est qu'il ne voulait pas cautionner par sa présence l'entreprise de Charles Lamoureux et s'attirer les foudres des amis de Déroulède. Il laissa donc sa jeune femme aller seule à l'Opéra avec Victor.

La salle semblait assez calme, mais dès que le chef d'orchestre apparut, il fut accueilli par un concert de sifflets et d'injures. La majorité des spectateurs semblaient gênés par cette muflerie ; ils y répondirent avec réprobation, mais ils étaient infiniment moins déterminés que la poignée de perturbateurs. Lorsque Charles Lamoureux leva sa baguette pour attaquer l'ouverture de *Lohengrin*, les sifflets reprirent de plus belle. Des huées les couvrirent sans que l'on sût bien qui sifflait quoi, qui applaudissait qui

Victor crut un instant que la cabale cesserait

à la fin de l'ouverture, au lever du rideau, mais dès que la première basse s'avança de deux pas pour entamer son air, un cri hostile déchira la salle :

– Boche !

Ce fut un beau tollé. Une grande partie de l'assistance s'indigna de l'injure, et le fit savoir bruyamment. Des spectateurs en vinrent aux mains, on échangea des coups de canne et de parapluie. Profitant d'un répit, le chanteur, qui s'était interrompu, tenta de se ressaisir, mais le chahut reprit de plus belle. Le régisseur fit baisser le rideau de scène.

Les lumières se rallumaient dans la salle. Chacun savait désormais à qui il avait affaire. Victor vit quelques spectateurs se prendre au collet. Des chapeaux volaient. Des rires fusaient, des injures aussi.

Bien abrité dans sa loge, Victor s'en donnait à cœur joie.

– Bande de sectaires ! criait-il.

Marguerite admirait son héros. Elle profita de la confusion générale pour l'embrasser à pleine bouche. Personne ne les regardait. La représentation ne reprit pas et *Lohengrin* ne fut plus donné ce mois-là.

70.

Le 25 mai, Victor avait une nouvelle fois projeté de se rendre à l'opéra avec les Laguerre. On donnait *Mignon* à l'Opéra-Comique.

La veille, Séverine avait profité d'un reportage de Bel-Ami à Reims pour s'octroyer un peu de bon temps avec son autre Georges. Elle avait suggéré à Victor d'occuper du mieux qu'il pourrait la soirée de Marguerite. Il ne se le fit pas dire deux fois.

Les deux amants allèrent s'encanailler dans une guinguette des bords de Seine, sur l'île de la Jatte. Ils riaient, ils s'aimaient.

Un fiacre les ramena à la chambre de Victor, entre les fortifications et l'Arc de Triomphe. Leur chemin passait par les Sablons, à l'endroit même où Alexandre s'était jeté sous les sabots d'un cheval. Comme c'était aussi le lieu où le duc d'Orléans avait rendu l'âme après que sa calèche eut versé, une statue équestre du fils de Louis-Philippe avait été érigée là, ainsi qu'une chapelle commémorative. Une émotion étreignit Victor, la même qu'il avait ressentie huit ans plus tôt lors de son premier pèlerinage.

Il se sentit très amoureux de Marguerite et la serra dans ses bras. Cette nuit-là, ils firent longuement l'amour, jusqu'à l'épuisement, et s'endormirent sans précautions. Elle n'avait même pas pensé à regagner le domicile conjugal.

A l'aube, des coups frappés à la porte les réveillèrent.

– Mon Dieu, s'écria Marguerite, il nous aura surpris ! Je suis perdue !

Victor s'approcha de la porte. Comme elle, il redoutait la visite d'huissiers pour un constat d'adultère. C'était leur heure.

– Qui est là ? demanda-t-il, d'un ton mal assuré.

Il eut la surprise d'entendre une voix familière :

– C'est moi, Victor, ouvre-moi !

C'était Séverine. Elle paraissait au comble de l'agitation.

– C'est lui qui t'envoie ? demanda Marguerite. Il sait ?

– Pas du tout, ma bonne Marguerite. C'est bien plus grave que ça.

Elle s'assit et raconta :

– Vers six heures, Georges et moi, nous avons été réveillés par un ouvrier typo. Il nous annonçait qu'un commissaire et une demi-douzaine de policiers avaient pénétré dans l'imprimerie et demandaient le directeur. Ils semblaient assez excités. J'étais sûre qu'ils venaient saisir le dernier numéro ; l'article de Dauchez n'était pas très gentil pour la préfecture et un mouchard avait pu les prévenir de mon « Appel à Boulanger », aujourd'hui. Mais c'est après toi qu'ils en avaient, Victor, et ils n'avaient pas l'air de s'intéresser à ta chronique : ils recherchaient un criminel ! Je leur ai répondu d'aller voir ailleurs, qu'au *Cri*, nos seuls crimes visaient la police de la pensée. Le commissaire l'a pris de haut et m'a menacée de me conduire au poste. Bel-Ami est intervenu. Tu connais son sens de la diplomatie. L'autre s'est radouci. Il nous a sorti de sa poche un exploit d'huissier et la commission rogatoire d'un juge d'instruction de Lyon. Il m'en a donné copie. Lis :

« "Suite aux révélations faites devant nous ce 21 mai 1887 par Mlle Charlotte Hardy sur la participation supposée de M. Victor Priadov-

Parker aux attentats du 8 février dernier contre le palais de justice de Lyon, donnons mandat à toute force de police de rechercher immédiatement le suspect, dont l'adresse est ignorée, mais dont l'emploi de journaliste le conduit à travailler au quotidien *Le Cri du peuple*, sis rue Montmartre, à Paris, et de s'en saisir sur-le-champ aux fins d'interrogatoire."

Victor était atterré. Il se demandait ce qui avait pu pousser Tacha à le trahir. Est-ce que décidément l'infidélité lui collait à la peau, ou bien cherchait-elle à se venger de ses aventures parisiennes ? Mais comment les connaîtrait-elle ? Et pourquoi cette vengeance-là ? Il avait bien plus de raisons de lui en vouloir. Restait l'hypothèse d'une confidence imprudente sur l'oreiller de son magistrat, mais Victor n'y croyait pas trop.

Comme il se taisait, les deux femmes surent que l'accusation n'était pas fausse. Séverine eut le tact de ne pas le questionner et tenta de parer au plus pressé.

– Ils m'ont demandé ton adresse, reprit-elle, et ils vont rester au journal pour t'y cueillir. Je leur ai dit que tu nous faisais souvent parvenir ta chronique par tes amis camelots, que tu n'étais pas un collaborateur si régulier que cela. Georges a été impeccable. Il est allé discrètement faire disparaître tes feuilles de paie, mais je ne suis pas certaine que d'autres papiers ne mentionnent pas ton adresse. De toute façon, ils vont interroger tous les journalistes et les typos un à un ; ils ne tarderont pas à te trouver. Je leur ai dit que j'allais chez moi pour essayer de retrouver ton adresse ; ils ont paru me croire et je jurerais qu'ils ne m'ont pas suivie. Mais file, je t'en supplie. File vite.

71.

SÉVERINE était repartie aussitôt, afin de ne pas éveiller les soupçons des enquêteurs par une trop longue absence, et Marguerite l'avait suivie de peu pour regagner le domicile conjugal. Elle venait de comprendre que son mari n'avait pas passé la nuit avec Séverine, puisque celle-ci était dans les bras de Bel-Ami quand on l'avait prévenue de l'arrivée de la police. Elle avait donné un rapide baiser à Victor, avait chuchoté : « A ce soir » dans l'escalier, sans lui confirmer davantage le rendez-vous de l'Opéra-Comique. Les deux femmes avaient laissé Victor désemparé.

Après une brève méditation sur la trahison de Tacha, Victor se reprit et agit comme si ce 25 mai 1887 devait être le dernier jour de sa vie. Il était résolu à ne jamais retourner en prison, à ne plus jamais plier sous aucun joug. Il ne se laisserait pas prendre par la police.

Victor se rasa lentement, soigneusement, comme s'il allait offrir son cou à la guillotine. Il s'habilla avec raffinement ; il ne voulait pas qu'on retrouvât un cadavre dépenaillé. Pendant ce temps, il essayait d'imaginer de quelle manière il pouvait échapper à la police. Paris, et Lyon à plus forte raison, étaient devenus peu sûrs. En revanche, il était certain de ne jamais avoir parlé de Saint-Gervais et de son parrain, François – pas même à Séverine. Personne ne connaissait ces six mois de sa vie, et personne n'irait le dénicher là-bas.

Lui-même avait étrangement coupé les ponts avec le maréchal-ferrant. Son dernier courrier datait d'Orléans, quelques jours après son départ d'Auvergne, au moment de sa brève rencontre avec la fleuriste. Et six mois plus tard, il n'avait pu résister à une coquetterie assez vaniteuse : il lui avait adressé anonymement, sans le moindre commentaire, le premier article signé de son nom dans *Le Cri*.

Mais Victor se sentait incapable de quitter Paris sans un dernier adieu à Marguerite. Il voulait qu'elle sache où il se cachait, dans l'improbable espoir de la retrouver plus tard – et pourquoi pas à Saint-Gervais, si elle devait un jour se lasser de l'intrigant Laguerre et de la vie superficielle des Parisiens. Il irait donc comme prévu, ce soir, Salle

Favart, puis s'échapperait à l'entracte pour rejoindre Clermont par le train de nuit.

Il ne se pressait pas, choisissait avec soin les objets qui accompagneraient sa fuite : la lettre-testament de sa mère, celle de sa grand-mère que lui avait confiée François, l'exemplaire de *L'Assommoir* dédicacé par Zola, la collection complète de « Ce que crie le peuple » (une centaine d'articles finalement), quelques mots doux et ambigus de Séverine, un programme de théâtre qui portait la marque d'un baiser de Marguerite, l'insigne en fer galvanisé acheté place de l'Etoile lors des funérailles de Victor Hugo et le pistolet que lui avait offert Bel-Ami pour le remercier d'avoir été le témoin de son duel contre Lissagaray. Il laissait ses livres à regret ; il les léguerait à la grande Séverine. A Marguerite, il donnerait ce soir son épingle de cravate, le seul cadeau qu'il se fût offert avec les maigres émoluments du *Cri*. Il y joindrait une de ces lettres que les femmes sont fières de garder, parce qu'elles témoignent de leur emprise sur un pauvre petit cœur d'homme.

La main sur la poignée, il contempla longtemps cette chambre qui avait abrité ses rêves balzaciens et ses amours interdites, et referma la porte.

72.

Ses pas l'avaient conduit une dernière fois vers le cimetière proche de Neuilly. Il s'assit sur la tombe voisine de celle d'Alexandre, comme il le faisait, enfant, quand sa mère venait parler à l'homme qu'elle n'avait aimé qu'une nuit.

Lui aussi, parla longtemps à son père. Il lui dédia ses amours, ses premiers pas de journaliste, le peu de réussite qui avait été la sienne. Il le pria d'excuser son irrésolution, ses convictions trop molles, son manque de confiance en soi. Il attendit des réponses qui ne vinrent pas : Alexandre n'avait rien à dire à son fils. Après quarante ans, chacun est maître de son destin. Il est atteint, le mitan de la vie, ce qui reste à venir n'est que chute, dégringolade. Le col est passé, il faut savoir redescendre le chemin avec le pas du sage. Mais Victor ne savait rien de tout cela. Il quémandait, encore et encore, comme il l'avait fait si longtemps auprès de sa mère.

Victor se résigna enfin à partir. Lorsqu'il se leva, son regard croisa celui d'une vieille dame qui avait dû être très belle et dont le visage lui disait quelque chose. Elle parut hésiter, et, après avoir ralenti le pas devant la tombe d'Alexandre Tabarant, elle voulut passer son chemin lorsque Victor l'interpella :

– Mademoiselle Ozy ?

– Non, monsieur, Mme Pilloy, pour vous servir.

Rien en elle ne s'était troublé. Victor avait dû toucher juste, mais il semblait en cet instant qu'il n'obtiendrait rien de plus de cette vieille dame naguère indigne qui le dévisageait. Leur seule rencontre remontait à deux ans, lors des funérailles de Victor Hugo. Elle ne pouvait pas s'en souvenir. Il lui sembla pourtant qu'elle l'avait, non pas reconnu, mais déchiffré. Elle s'éloigna. Victor ne chercha pas à la retenir.

Il sortit du cimetière et se dirigea vers la rue Saint-Paul, où s'était déroulé le duel entre Bel-Ami et Lissagaray. Il y avait là une auberge où les ouvriers du faubourg tout proche de Levallois se restauraient, sous une tonnelle au fond du jardin. Un camelot passait. Victor fut le seul à lui acheter *Le Cri du peuple.* Il s'attabla et lut pour la première fois son propre journal avec des yeux de lecteur ordinaire.

Il n'y avait rien de lui ce jour-là. Séverine en revanche s'était offert un article tiré sur quatre colonnes : « Lettre à Boulanger ». Victor y découvrit avec effarement l'étendue de l'influence de l'ambitieux Georges Laguerre : « Si jamais, mon général, écrivait Séverine, il vous prenait la fantaisie de ficher la Chambre à l'eau, ne vous gênez pas pour les socialistes – les socialistes ne vous gêneront pas. J'ai même idée que le peuple rigolera ferme et que la Ligue des anti-propriétaires vous donnera un coup de main... pour peu que le cœur vous en dise. On s'expliquera après, voilà tout. Car j'ai une théorie bizarre, qui peut déplaire à première vue mais qui, à la réflexion, a vraiment du bon. Dans les tirs de foire, je préfère l'unique lapin de plâtre – joie et orgueil de l'établissement, plus facile à jeter bas parce qu'il est plus "conséquent", plus flatteur aussi parce que la galerie s'enthousiasme davantage –, je préfère cette grosse pièce-là aux centaines de misérables petites pipes, difficiles à viser, peu glorieuses à atteindre. Il est au Palais-Bourbon cinq cents glaireux qui collent aux doigts et seraient le diable à dégluer. Tandis qu'un seul homme... Soyez le lapin, mon général ! »

Le lapin ! Séverine s'aveuglait. La rédaction, une fois de plus, allait se retrouver sens dessus dessous et Victor ne serait plus là pour l'apaiser. Il relut l'article et sourit des enthousiasmes de son ancienne maîtresse.

C'était bien elle, ce « coup du lapin »... D'ailleurs, tout n'était pas faux dans ce qu'elle écrivait – et notamment sa définition : « Le boulangisme, c'est le dégoût non pas de la République, grand Dieu ! mais de "votre" république ; ce régime bâtard, sans cœur et sans entrailles qui, en dix-sept ans, n'a rien fait pour les pauvres, rien pour le peuple à qui il doit tout ! » Mais le ton était excessif. Les idéaux socialistes qu'elle avait si longtemps défendus, elle les offrait tout crus à cette graine de dictateur. Etait-elle seulement consciente de la portée de ses propos ? Ecrivait-elle sous influence ? Voulait-elle à ce point séduire son nouveau Georges ? Victor se refusait à juger la femme qu'il avait failli aimer et qu'il admirerait jusqu'à son dernier souffle.

Il s'acheta un cigare, le fuma jusqu'à la fermeture de la guinguette et s'en alla flâner dans les rues de Paris en contournant soigneusement les grands boulevards et le quartier de la presse.

Il s'attarda sur les quais de la Seine, là où autrefois Catherine frappait son linge en compagnie de son bambin, retrouva la maison du boulevard Saint-Germain, au numéro 37, où elle livrait son travail de lavandière à une adorable grand-mère dont la maison sentait si bon le chèvrefeuille. Traînant sa nostalgie, ou entraîné par elle, il passa ensuite rue de l'Amiral-Cloué chez une autre cliente de sa mère qui le gâtait à chaque visite. Toutes ces femmes devaient être mortes depuis longtemps, mais il leur devait, ainsi qu'à Catherine, cette fidélité du souvenir.

Et quand la nuit tomba, il put enfin se diriger vers la place Boïeldieu, à l'Opéra-Comique, pour dire adieu à Marguerite.

73.

ON donnait ce soir-là deux opéras qui tenaient l'affiche depuis longtemps et qui attiraient toujours autant de spectateurs : *Le Chalet*, d'Adam, et *Mignon*, de Thomas.

Victor s'inquiéta de la foule qui allait se presser à l'ouverture des portes et décida de n'arriver qu'à l'entracte, par la rue Favart. A cette heure, les contrôles seraient plus lâches, et les forces de l'ordre rares ou absentes. Quant à Marguerite, son goût des mondanités l'inciterait à rester au moins jusqu'au lever de rideau de *Mignon*.

Après avoir traîné dans le quartier, en évitant toutefois la Maison des journaux, sans doute toujours surveillée, il se présenta devant les six colonnes imposantes qui ornaient la façade de l'ancienne place des Italiens. La représentation du *Chalet* se terminait. Quelques spectateurs devisaient déjà dans la rue en fumant le cigare, les foyers se remplissaient de dames parfumées à qui l'on apportait des coupes de champagne. Victor se faufila discrètement au milieu de la foule et s'introduisit sans bruit dans la loge des Laguerre. Marguerite y était seule. A l'aide de ses petites jumelles, elle scrutait la salle qui se vidait lentement.

– Mon chéri, dit-elle en sursautant lorsqu'il lui effleura l'épaule, je te cherchais ! J'étais inquiète ; j'avais peur que tu ne viennes pas. C'eût été vraiment trop dommage, Georges n'est pas là ce soir...

Elle le regardait d'un air implorant qui fit monter en lui un grand désir. Victor l'attira à lui derrière une des tentures de la loge et l'embrassa fougueusement. D'une main, il tira le loquet de la porte, de l'autre, il dénoua les lacets de son corset. Elle se laissait faire.

L'orchestre de l'Opéra était désormais presque vide. Seules quelques rombières, qui avaient passé l'âge des flirts d'entractes, restaient vissées à leur fauteuil en pérorant. Excité par le danger, un œil sur le loquet, un autre sur la salle, Victor fit l'amour à Marguerite debout, comme il ne l'avait encore jamais fait, pas même avec une ouvrière. Il dut lui mettre la main sur la bouche pour l'empêcher de crier.

Lorsqu'ils arrêtèrent, exténués par leur ardeur et l'inconfort de la position, ils étaient tous les deux en sueur – suint d'amour et suint de peur. Il aimait ces odeurs mêlées, cette eau d'amour, *odore di femina*, qu'il épongeait avec le revers de sa manchette.

Les spectateurs remplissaient à nouveau l'orchestre.

– Lève le loquet, Victor, dit Marguerite en se rhabillant, on ne sait jamais. Et reste avec moi : nous ne partirons qu'après le premier acte. Je t'emmènerai dîner au Café Riche, tu me diras ce que tu comptes faire pour échapper à la police, j'ai moi aussi une idée là-dessus.

Victor fut incapable de lui avouer ce qu'étaient ses intentions, ni même qu'il avait prévu de s'éclipser avant la représentation de *Mignon*. Elle frissonnait encore, tout son être n'était qu'amour. Les premiers violons commençaient à s'accorder, le chef faisait son entrée sous les applaudissements. La dernière représentation de *Mignon* à l'Opéra-Comique allait pouvoir commencer.

74.

VINGT minutes après le début du spectacle, vers neuf heures moins dix, pendant le tableau des bohémiens, quelques étincelles tombèrent sur la scène, derrière Mlle Merguillier qui jouait le rôle de Philine. Rares furent les spectateurs qui s'en émurent ; la plupart pensèrent même que cela faisait partie de la mise en scène.

Philine poursuivait son duo avec Laërte, interprété par le baryton Soulacroix, un ami de Marguerite : « Oui, voilà pour ce soir ma nouvelle conquête... Je veux, je veux la revoir... », lorsque de nouvelles gerbes de flammèches tombèrent des cintres. Cette fois, l'assistance s'affola. Des cris fusèrent, des spectateurs se levèrent. Le ténor Taskin s'avança vers la rampe :

– Rassurez-vous, il n'y a aucun danger.

Dans les frises, un rideau appartenant à un ancien décor de *Lakmé* venait de tomber sur une herse à gaz ; c'est ce qui avait déclenché le feu. Des lambeaux de toile enflammée volèrent sur la scène, puis sur un lustre qui surplombait la fosse d'orchestre. La panique devint générale. Les musiciens menacés enjambèrent l'estrade et se jetèrent dans la salle. Artistes, choristes et figurants se replièrent vers les coulisses ; choix funeste, car un rideau de flammes de plus en plus hautes isolait chaque seconde davantage la scène du reste de l'édifice.

Victor garda son sang-froid. Ne songeant qu'à protéger Marguerite, il lui fit quitter la loge malgré la foule qui se pressait vers la sortie et l'épaisse fumée qui commençait à envahir les deuxième et troisième galeries.

Son bras était ferme, il enserrait la taille de sa compagne en pressant comme il le pouvait le mouvement qui se dirigeait vers la place Boïeldieu. Des femmes criaient, pas Marguerite. Il sembla à son amant que ce moment ne devait pas cesser, que cette lente marche vers le salut n'était qu'accès au paradis. Ils l'avaient tous deux mérité.

Ils atteignirent la sortie sans encombre, malgré la brutalité de quelques goujats qui n'hésitaient pas à s'accrocher aux robes des dames pour mieux les écarter, voire les piétiner.

Face à la véranda de l'Opéra-Comique et à ses

trois grandes fenêtres tendues de soie claire, la place était désormais noire de monde et les fauteuils d'orchestre s'étaient évacués sans panique excessive, lorsque l'on vit s'agiter de nombreux spectateurs sur le balcon extérieur des troisièmes galeries. Ils venaient de faire céder les portes vitrées sous leur poids et s'empressaient sur la terrasse pour échapper à la fumée âcre. Ils étaient pris au piège. Certains d'entre eux sautèrent dans le vide et s'écrasèrent sur les verrières en contrebas. La foule recula, dans un mouvement d'effroi, au lieu de courir leur porter secours.

L'affolement était à son comble. De partout, les hurlements jaillissaient et, à chaque minute, on découvrait de nouvelles silhouettes effarées, notamment sur la corniche du balcon de l'amphithéâtre. Gagnés par la panique, respirant de plus en plus mal, les malheureux sautaient les uns après les autres malgré les objurgations de la foule et chutaient lourdement sur le pavé de la place Boïeldieu.

A neuf heures vingt arrivèrent enfin les premières pompes à bras et des échelles qui s'avérèrent trop courtes pour atteindre le deuxième balcon. La pharmacie Mialhe avait été transformée en hôpital de fortune. Victor argua de sa qualité de journaliste pour y faire pénétrer Marguerite, secouée de tremblements et qui pleurait convulsivement.

Un quart d'heure plus tard, alors qu'un appel de clairon sonnait le ralliement qui ordonnait aux pompiers et aux gardiens de la paix de quitter la salle, le ténor Sala-Martin vint avertir Victor :

– Soulacroix est coincé dans sa loge. Aidez-moi !

– Reste ici, mon amour, cria Marguerite, je ne veux pas qu'il t'arrive malheur...

Il sourit en lui caressant le front.

Les deux hommes se précipitèrent rue Marivaux et pénétrèrent dans l'édifice par la loge du concierge, en dépit des exhortations d'un pompier qui voulait leur en interdire l'entrée. Dans l'escalier, devant le bureau du régisseur qui continuait à organiser l'évacuation avec sang-froid malgré l'appel du clairon, ils croisèrent des femmes en cheveux, à demi nues, et des figurants encore costumés qui venaient de s'échapper des coulisses.

Sala-Martin trouva enfin la loge de Soulacroix, mais elle était vide. Les battants de la porte-fenêtre étaient grands ouverts.

– Il a sauté ! cria Victor.

Les deux hommes coururent à la fenêtre pour y découvrir une corde tendue – et au bout, le baryton qui vivait dans l'obsession d'un incendie. Par deux fois déjà, en 1783 puis en 1838, ce qu'on appelait alors le Théâtre-Italien avait brûlé.

La corde était trop courte. Le chanteur se balançait à un mètre à peine d'une marquise vitrée.

– Lâchez ! cria Victor.

– Ne saute pas ! disait au même moment Sala-Martin.

Mais comme il n'y avait pas d'autre retraite possible, et pas d'échelle de pompiers à proximité, Soulacroix se laissa tomber. Dans sa chute, il brisa la marquise, en fut ensanglanté mais se releva sans difficulté et, sembla-t-il, sans blessures autres que superficielles.

– Merci, mes amis ! cria-t-il en s'époussetant. Descendez, maintenant, je vous réceptionnerai.

Sala-Martin suivit le conseil, s'accrocha à la corde à nœuds, puis sauta sans encombre, grâce au baryton. Victor s'apprêtait à enjamber la fenêtre à son tour lorsqu'il entendit un cri plaintif à l'entrée de la loge.

– Monsieur..., disait tout doucement un enfant déguisé en bohémien et qui n'avait pas plus de dix ans.

– Viens, viens, appela Victor, je vais t'aider à descendre avec la corde !

– Non, monsieur, on ne peut pas. Il faut aller chercher mon grand frère à l'étage.

– On y va. Comment s'appelle-t-il ?

– Aurélien.

– Et toi ?

– Florian.

Le garçon mit avec confiance sa main dans celle de l'adulte. De l'autre, il conservait la torche qui les aidait à se repérer car on venait de couper le gaz d'éclairage, de peur d'une explosion. Ils enjambèrent des corps inertes, asphyxiés, et parvinrent à une passerelle brûlante qui menaçait de s'effondrer. On ne pouvait plus progresser.

– Aurélien, Aurélien ! crièrent-ils en chœur.

Soudain, Florian vacilla sur ses jambes. Il avait un malaise. La fumée était de plus en plus difficile à supporter. Victor le prit dans ses bras et battit en retraite, redescendant prudemment les marches, une à une. La torche du petit garçon s'était éteinte dans sa chute. Ils avançaient désormais dans un noir complet.

L'espoir revint : une intense source de lumière surgissait de l'intérieur de la salle. C'était la toiture qui s'écroulait, libérant une immense cascade de feu, pareille à celle d'un volcan. Le magasin de costumes puis celui des accessoires furent à leur tour gagnés par l'incendie. Des feux de Bengale qui devaient être utilisés dans *Mignon* explosèrent en gerbes colorées.

Le visage de l'enfant s'illumina de vert, puis de rouge. Il semblait à Victor qu'il tenait là le plus précieux de la vie, son courage ultime. Il respirait mal. Il s'arrêta un instant et regarda Florian. Ses yeux grands ouverts le fixaient déjà depuis l'au-delà.

Victor mit un genou à terre, puis les deux. Il s'inclina sur l'enfant, redressa la tête avant de la reposer contre la joue de celui qui venait de lui offrir sa rédemption. Quelques images de femmes défilèrent dans son cerveau enfumé – celles de Marguerite, de Séverine, de Tacha malgré tout. Et puis ce fut Catherine qui vint.

Elle semblait apaisée. D'une voix très douce, elle chuchota à l'oreille de Victor :

– Dors, mon petit garçon...

Et elle lui ferma les yeux.

Epilogue

Du jour où Victor lui avait adressé sa première chronique dans *Le Cri*, François Jeuge s'était abonné au quotidien. Il était le seul à le recevoir à Saint-Gervais, et sans doute dans toute l'Auvergne.

Une semaine après le drame de l'Opéra-Comique, il en lut le récit sous la plume de Séverine qui s'était rendue sur les décombres encore fumants du Théâtre-Italien. Dans deux très longs articles, elle racontait par le détail ce qu'elle avait vu. Trop émue pour relater la mort de son ancien amant, elle en avait laissé le soin à Georges de Labruyère et concluait son reportage par une apostrophe où resurgissait toute sa nature rebelle : « L'horrible pèlerinage est terminé. Nous sommes redescendus et nous voilà de retour sur place. Je regarde pour la dernière fois le bûcher où a grésillé tant de viande humaine, et une grande colère me flambe au cœur. Ce ne serait pas la peine d'avoir vu tout cela pour ne pas jeter un cri de vérité et de justice : Qui a tenu les portes closes ? Qui est l'assassin ? »

C'est ainsi que François apprit la mort de son filleul. Il ne s'en remit pas et mourut quelques mois plus tard, à tout juste soixante ans. Sa dernière pensée fut pour Catherine, la lavandière.

Tous les journaux consacrèrent des numéros spéciaux à l'incendie. *L'Illustré* parut sur douze pages avec de saisissants dessins de Henri Meyer. La presse insista sur la responsabilité des pouvoirs publics, qui n'avaient pas tiré les leçons de l'incendie précédent, cinquante ans plus tôt. Le 12 mai 1887, deux semaines à peine avant la tragédie, un député avait interpellé le ministre des Beaux-Arts et de l'Instruction publique, Berthelot, pour attirer son attention sur les dangers encourus par le personnel de l'Opéra-Comique en cas de catastrophe...

Le drame impressionna grandement les Parisiens, qui répondirent nombreux à une souscription nationale destinée à aider les familles des deux cents victimes. *Le Grelot* ironisa sur leur générosité en la comparant à leur pingrerie, quelques jours plus tôt, lors du premier des coups de grisou qui firent plusieurs centaines de morts chez les mineurs de Saint-Etienne.

A la fin de l'année, le président de la République Jules Grévy démissionna. Son gendre Daniel Wilson, député d'Indre-et-Loire, utilisait son influence pour organiser un trafic de décorations à l'Elysée. Condamné à deux ans de prison, il fut acquitté en appel – ce qui n'empêcha pas les caricaturistes de s'en donner à cœur joie : « Ah ! quel malheur, d'avoir un gendre », chantait Jules Jouy au Chat Noir. Le successeur de Grévy, Sadi Carnot, fut assassiné en 1894 par un anarchiste italien.

Le général Boulanger, congédié du gouvernement par le nouveau président du Conseil cinq jours après le drame de l'Opéra-Comique, profita de son limogeage pour reprendre sa foudroyante ascension. Par deux fois, en août 1888, puis six mois plus tard, il remporta un triomphe aux élections. Il était aux portes du pouvoir. Mais l'homme était faible... et amoureux. En avril 1889, la rumeur de son arrestation se répandit comme une traînée de poudre ; il s'enfuit à Bruxelles pour y rejoindre sa maîtresse, Mme de Bonnemains, qui mourut peu après. Il se suicida sur sa tombe le 30 septembre 1891.

Clemenceau eut ce mot injuste – et méprisant pour ceux qui se donnent la mort : « Il est mort comme il a vécu : en sous-lieutenant. »

La cause boulangiste ayant vécu, Georges de Labruyère fonda une nouvelle feuille, *La Jeune République*, qui professait les idées inverses. Sa carrière s'effilocha, alors que celle de Séverine ne cessait de prospérer. Ils se quittèrent et ne se retrouvèrent que juste avant la mort de Bel-Ami, en 1920. Le docteur Guebhardt écrivit alors à son épouse légitime et lui proposa avec compassion de venir finir ses jours auprès d'elle. Après trente ans d'absence, il l'aimait comme aux premiers instants. Il s'éteignit heureux dans sa maison de Pierrefonds, « Les Trois Marches », en mai 1924, à l'âge de soixante-quinze ans.

Roland disputa son héritage à sa mère. Il ne lui avait jamais pardonné de l'avoir abandonné. Louis, retrouvé beaucoup plus tard, se montra plus généreux. Ses cinq filles adorèrent leur grand-mère, dont elles admiraient la réussite exceptionnelle : du *Gaulois* à *Gil Blas*, Séverine se fit d'abord la spécialiste des reportages « à chaud » et pleins de sentiment qui la firent surnommer « Notre Dame de la larme à l'œil »... Mais elle fut aussi de tous les combats féministes, pour l'avortement ou le vote des femmes, et fonda avec son amie Marguerite Durand – divorcée de Laguerre en 1890 – le premier journal militant en ce domaine, *La Fronde*. Elle fut également à l'origine du prix Fémina pour faire la nique aux frères Goncourt. Contre l'avis de presque tous, elle soutint avec passion les anarchistes lors de l'exécution de Ravachol en 1892, le capitaine Dreyfus en 1897, la paix en 1914 et la Russie soviétique en 1917. Ce qui ne l'empêcha pas de démissionner du parti communiste six ans plus tard : elle détestait l'embrigadement.

Grâce aux livres très documentés et passionnés d'Evelyne Le Garrec[1] et de Jean-Michel Gaillard[2], nous savons qu'elle ne mit pas fin à ses jours comme elle en avait naguère caressé l'idée. Elle mourut en 1929, dans sa maison de Pierrefonds, veillée jusqu'à son dernier souffle par son amie Marguerite, qui racheta « Les Trois Marches » et en fit une résidence d'été pour les femmes journalistes.

Jusqu'à la fin de sa vie, en 1936, il n'y eut pas de jour où Marguerite ne pensât à Victor,

1. *Séverine, une rebelle*, Le Seuil, 1982.
2. *Mémoires inventés d'une femme en colère*, Plon, 1999.

l'homme qui l'avait sortie des flammes avant d'y retourner, peut-être pour se sauver lui-même. Toute sa vie, il s'était laissé porter en espérant mettre un jour ses pas dans ceux de son père. En éprouvant son courage dans l'Opéra-Comique en feu, il eut sans doute le sentiment d'y être enfin parvenu.

Marguerite ne se rendait plus à Paris que pour fleurir la tombe de son amant, qui reposait aux côtés de son père, au cimetière de Neuilly. Elle y croisa parfois Alice Ozy, devenue Mme Pilloy, qui se recueillait sur celle d'Alexandre [1].

Le hasard voulut que le prince Kropotkine s'éteignît le même jour que le procureur Bile, en février 1921. L'un avait réussi sa vie qu'il avait offerte aux autres, l'autre l'avait ratée à force de l'avoir ressassée.

Charlotte Hardy, dite Tacha, tint ses promesses. Elle ne tarda pas à quitter son président de cour d'appel, monta à Paris pour y mener une vie luxueuse de courtisane et, après être passée dans bien des bras prestigieux, se fit épouser par le marquis des Roys des Champs de Lys. La jeune marquise ne raconta jamais à son mari qu'elle

1. *Un héros de passage*, Albin Michel, 1996.

avait un jour trahi l'homme qu'elle aimait le plus au monde simplement parce qu'elle avait appris par un journal à scandale qu'il était tombé amoureux d'une autre qu'elle. Elle ne lui avoua pas davantage qu'elle avait eu de lui un enfant qu'elle avait appelé Numa. Numa est mon grand-père [1]. Le lendemain de l'accouchement, alors que Victor était encore en Auvergne, elle s'était empressée de le mettre en nourrice à la campagne, chez une amie, près de Chartres.

Victor ne sut jamais qu'il était père. Les pères ne savent jamais rien de leurs fils. Ni les fils de leurs pères.

1. *Une trahison amoureuse*, Albin Michel, 1998.

DU MÊME AUTEUR

Aux Éditions Albin Michel

LETTRES À L'ABSENTE, 1993.

LES LOUPS ET LA BERGERIE, 1994.

ELLE N'ÉTAIT PAS D'ICI, 1995.

ANTHOLOGIE DES PLUS BEAUX POÈMES D'AMOUR, 1995.

UN HÉROS DE PASSAGE, 1996.

UNE TRAHISON AMOUREUSE, 1997.

LETTRE OUVERTE AUX VIOLEURS DE VIE PRIVÉE, 1997.

LA FIN DU MONDE (avec Olivier Poivre d'Arvor), 1998.

PETIT HOMME, 1999.

Chez d'autres éditeurs

MAI 68, MAI 79, Seghers, 1978.

LES ENFANTS DE L'AUBE, Lattès, 1982.

DEUX AMANTS, Lattès, 1984.

LE ROMAN DE VIRGINIE (avec Olivier Poivre d'Arvor), Balland, 1985.

LES DERNIERS TRAINS DE RÊVE, Le Chêne, 1986.

LA TRAVERSÉE DU MIROIR, Balland, 1986.

RENCONTRES, Lattès, 1987.

LES FEMMES DE MA VIE, Grasset, 1988.

L'HOMME D'IMAGE, Flammarion, 1992.

LES RATS DE GARDE (avec Éric Zemmour), Stock, 2000.

La composition de cet ouvrage
a été réalisée par I.G.S. Charente Photogravure,
à l'Isle-d'Espagnac,
l'impression et le brochage ont été effectués
sur presse Cameron dans les ateliers
de Bussière Camedan Imprimeries
à Saint-Amand-Montrond (Cher),
pour le compte des Éditions Albin Michel.

Achevé d'imprimer en juillet 2000.
N° d'édition : 19164. N° d'impression : 003169/4.
Dépôt légal : août 2000.